宛平城下

任　重　邱美煊　著

海峡出版发行集团 | 海峡文艺出版社

图书在版编目(CIP)数据

宛平城下/任重,邱美煊著. 一福州:海峡文艺出版社,2018.11(2019.12 重印)
ISBN 978-7-5550-1699-1

Ⅰ.①宛… Ⅱ.①任…②邱… Ⅲ.①长篇小说一中国一当代 Ⅳ.①I247.5

中国版本图书馆 CIP 数据核字(2018)第 224961 号

咪咕数媒　联合策划

宛平城下

任　重　邱美煊　著

出 版 人　林玉平
责任编辑　任心宇
出版发行　海峡文艺出版社
经　　销　福建新华发行(集团)有限责任公司
社　　址　福州市东水路 76 号 14 层　**邮编**　350001
发 行 部　0591－87536797
印　　刷　福州力人彩印有限公司　**邮编**　350012
厂　　址　福州市鼓楼区福飞路义井村池前 10 号鼓东工业小区
开　　本　787 毫米×1092 毫米　1/16
字　　数　240 千字
印　　张　16.75
版　　次　2018 年 11 月第 1 版
印　　次　2019 年 12 月第 4 次印刷
书　　号　ISBN 978-7-5550-1699-1
定　　价　48.00 元

序

丁黑

任重创作、出版长篇小说《宛平城下》，在我的意料之外，又在情理之中。

出乎意料的是，任重能够从拍片等演艺工作的繁重与辛劳中腾出这么多的时间、能从林林总总的影视剧塑造的人物情感中腾出一片思想情感的宝贵净土，用20多万字的小说容量，构筑自己牵挂已久的宛平城内的厚重战争与清新爱情。说是在情理之中，是因为他时时念叨着这个交织着家国情怀与热烈爱情的宛平城下的故事。这个故事在他心中如一把火，埋藏已久，熊熊燃烧，如果不及时泄放，任重可能会爆炸。

宛平城，是一座悲壮的城。80多年前，日本人借口在卢沟桥外演习时士兵失踪，要求进宛平城搜查，遭驻守宛平城内的29路驻军拒绝，遂向守军开枪并对宛平城发起炮轰。中国驻军奋起反抗。1937年7月7日夜的枪炮声，是日本帝国主义全面侵华战争的开始，也是中华民族进行全面抗战的起点。伟大的中国人民抗日战争，是中国人民近代以来争取独立自由史册上可歌可泣的一页，是中华民族历史发展进程中饱经沧桑的一章。宛平城依旧站立，战争的硝烟已经散去。宛平城下的英雄壮举依旧激奋人心。

任重既感怀历史的厚重，慨叹家国情怀之伟大，却又不舍得忽略被时代洪流裹挟的青春、美与爱。于是他反复琢磨宛平城一触即发的战争前夜的状态，反复琢磨青年间的爱情如何发生如何表达。

任重给出的小说作品厚重又清新。厚重的是宛平城抗日烽火惊天动地，清新的是宛平城内的青春爱情美丽脱俗。

充满凛然正气的任重用小说去重构战争，用一个又一个极具画面感的场景描写还原出惨烈的战争场面。看完这些篇章，谁也不愿意再去面对残酷。但愿这样的战争只发生在我们常常置身的片场。

年轻的任重演过一部又一部情感剧。我不知道他心中会有多少种爱情的模样，但青春脱俗的爱情一定会有重要的一席之地。这不，即便在战争的状态下，任重还是设计出令人怦然心动的爱情故事。在小说的前半段，在战斗还没打响的时候，小说中的谷少城、王中阳、卢静姝等，彼此之间的相遇、相识，以及动心、试探、表白，都如一塘清池，虽有波光粼粼，却是清澈可人。看这样饱满的青春、看对梦幻般爱情坚定的追求，我甚至想，任重再浓墨重彩写战争便是画蛇添足。但任重不能不去触碰战争，他心中的宛平城是有特殊含义的。他曾说过，无论是反映淞沪会战还是反映南京大屠杀的影视作品，都给自己极大的震撼，就是遗憾还没有宛平城下的精彩故事。这里隐藏着他的一种雄心。当然，我也知道，只有把爱情放在非常态下去描写才会更显得丰富、深刻而伟大。这也是小说的一种技巧。

无论是战争还是爱情，都是极好的影视创作题材。我在上一段的话中就揣测，任重这小子是另有雄心的。你看看，整部小说充满了情节性与画面感，瞬间就可以转化为镜头语言；你看看，他和他的伙伴把战争的现场写得那么惨烈，仿佛就是片场故事；你看看，小说里的人物都是已经设置好的，每个角色都可以一眼看出来他们该怎么做，而不愿意花笔墨去对性格和心理进一步开掘……看完小说后也不解气，不由得让我怀疑他可能另有剧本在手。

好兄弟任重这次写小说是一次“出走”。我一口气读完这本小说后，认定他马上就要归来。归来仍少年——任重是有初心，也有追求的。

他说这是“坐家”静心之学，但我为任重用小说“出走”，转身为作家的一刻喝彩。

丁黑，导演，毕业于西北大学中文系。1997 年，执导个人第一部电视剧《大人物李德林》，从而开启了他的导演生涯。2001 年，执导爱情剧《致命邂逅》。2003 年，凭借《玉观音》被评为中国广播电视学会第 3 届中国电视艺术节“双十佳”导演。2006 年，执导民国爱情剧《长恨歌》。2009 年，执导战争剧《地道英雄》。2013 年，执导的古装剧《大秦帝国之纵横》获得第 27 届中国电视剧金鹰奖优秀电视剧奖、第 30 届电视剧飞天奖优秀电视剧奖。2015 年，执导都市情感剧《拥抱星星的月亮》。2017 年，执导年代剧《那年花开月正圆》。

目　录

引言

“保卫领土是军人天职，对外战争是我军的荣誉，务即晓谕全团官兵，牺牲奋斗，坚守阵地。即以宛平城与卢沟桥为吾军坟墓，一尺一寸国土，不可轻易让人。”

七七事变前夕，秦德纯以此话勉励年仅29岁的37师110旅219团团长吉星文。

这番话，在此后的岁月里，被无数人无数次地引用，尤其是最后一句，堪称中华民族14年艰苦抗战的光辉写照——

“一尺一寸国土，不可轻易让人。”

一

日本女人

宛平城里，日本女人竹田江美正在厨房里削萝卜，厨房里热气弥漫，也只有土豆炖排骨的香味让她心里踏实。世道这么乱，在家里待着也不得安宁，那群孩子来家门口越来越频繁，总是大声嚷着童谣：

吃着中国饭，赚着中国钱，
喊着鬼子爹，睡着鬼婆娘。
点头又哈腰，围着鬼子转，
扛着膏药旗，每天当汉奸。
我有杀猪刀，亮闪闪，
让他的脑袋滚下山。

骂的是卢学初，日本女人的丈夫。

起先，卢学初总是很愤怒地冲出门去，那群小孩都尖叫一声，作鸟兽散；再后来，卢学初冲出门去，孩子只是散去，在离着家门百米的地方，冲着卢学初做鬼脸；再后来，干脆对着卢学初唱这样的歌谣。卢学初终于放弃了努力，孩子们在门口唱歌，他选择充耳不闻。

卢学初干脆躲进了书房，端坐在书桌前，看着前面墙上的字“淡泊明志”，这是老太爷写的，老太爷一生起起落落，年轻时要过饭，种过田，尝尽白眼；在咸丰年间当过太常寺卿，也算是官运亨通，受尽谄谀。留下一幅字，算是对子孙的劝勉。学初只是觉得，祖上也是出过大官的人家，出门鸣锣开道，前呼后拥，大家都得让三分，何尝料到现在天天有孩子上门叫骂？有时候他也提笔画点花鸟、山水消遣，或者临写字帖，临案伏笔，身材还是颀长挺拔，倒是书生的模样多些，不像42岁的中年人，也不像商人。让竹田江美满意的也是这一点，儒雅温和的人让她感到安稳，她不喜欢打打杀杀，也不喜欢轰轰烈烈，平平淡淡就够了。

这阵子宛平天气都不太好。该晴的时候不晴，该雨的时候不雨，整个气候都乱套了。这让竹田江美常常会想起日本的天气。

竹田江美改嫁到中国已经三年了，早习惯了中国大锅大碗的饮食方式，土豆的做法、萝卜的吃法、大白菜的储藏保鲜，她烂熟于心；生鱼片的腥鲜倒带着梦幻的气息，她只是在深夜梦里被勾起对故国的惦念，梦里还会响起海风和潮汐的声响，她和前夫大津佑之在沙滩上奔跑，她跳起来落下，脚底被坚硬的贝壳硌伤了脚。

猛然醒过来，发现潮汐的声音还在，是丈夫卢学初在打呼噜；风声也还在，平原上的风总是不停歇，在窗户的缝隙里挤进来，呜呜作响。天还没亮透，她已经睡不着了，但她躺着一动不动。卢学初睡眠很浅，稍有动静，就会被惊醒。她回头看着丈夫，丈夫在睡梦中常常眉头紧蹙，嘴角下抿，有时还会不自觉地抽搐一下，好像在做噩梦。她心里叹气，“真是个苦人儿。”十几年来，卢学初都在日本经商，身负钱财，又逢乱世，戒心重重，睡都不得安稳，回到宛平三年，心还是悬着。

卢学初在宛平待得并不愉快，不全是因为经常出现在门口胡说八道的小孩，而是女儿卢静姝。自己忙于生意，十几年频繁往返中国、日本，对她疏于教导，甚至连陪伴都很少，全靠静姝母亲打理照料。静姝母亲贤良淑德，他说不出来的满意，要不把整个家交给她，他也放心不下。虽然不像新式男女，对她说一些情情爱爱的话，但学初还是经常给她一些暗示。比如，女儿出生，夫人问孩子取什么名字，学初说："叫静姝吧?"学初也是读了一些书，选了《诗经》作为女儿名字的由头，《静女》曰："静女其姝，俟我于城隅。"他想表达两个意思，一是希望女儿静姝长成以后文雅美丽端庄，二是向夫人致谢，感谢她一直守着婚约，"俟我于城隅"。

他不知道夫人是否明白自己的心意，夫人听到他给女儿取名"静姝"，微微一笑，只答了一个字"好"。

他很想问她"这名字好在哪里"，但话到嘴边，又缩了回去。大概是想到相敬如宾，夫妻之间总有些默契，说穿了反而无趣。就也对着夫人微笑，名字算是定下来了。

直到5年前，静姝母亲过世，恰好学初羁旅日本之际，碰到中日两国关系恶化，浪人上街闹事，到处殴打反对战争的日本人，碰到华人更是拳脚相加。风声鹤唳的，连回国的船都上不了。那时他非要回国，在码头被几个头绑白布条、拿着武士刀的浪人打劫，幸好大津佑之路过，说这是他的朋友，卢学初才躲过一劫。两人成了好朋友，卢学初在这时就已经有了回国的想法，一边交代在日本剩余的买卖，一边筹划回国的事宜。不到两年，变故横生，有些日本人更加激进，大津佑之参与反战游行，被浪人殴打，白白送了性命。竹田江美没地方可去，卢学初干脆就把她带回中国来，都是孤苦的命，就凑合着在一起过了。

这彻底激怒了静姝，母亲尸骨初寒，父亲就另有新欢，还是个日本人；日本人在东北坏事做绝，父亲居然不能与日本人划清界限，反而把日本女人娶回家。静姝对父亲失望透了，她被"国恨家仇"冲昏了头脑。两年前，她听到门口的孩子唱诵歌谣，嘲讽父亲是汉奸，也没能忍住，跟父亲大闹一场，父亲在气头上，打了她一巴掌，她算是彻底跟父亲闹翻了。她跟父亲吵闹的时候，心里有一些短暂的不忍，但最终还是被报复的快意淹没了。她把这些年憋在心里的怨恨都一口气撒在父亲头上，母亲临终的孤苦，自己一夜之间变得无依无靠的恐惧，还有被同学嘲笑"有个日本小妈"的委屈，全部都抛给父亲。看着父亲愧疚地流泪，难过地流泪，愤怒地流泪，委屈地流泪，却束手无策的样子，她感觉自己好像是一个胜利者。

在宛平的学校，有同学上台演讲，说起日本侵略者时咬牙切齿，义愤填膺，卢静姝听得激动，也忍不住跟着高呼“打倒帝国主义”，但是身边的同学都转过头来，给了她一个暧昧不明的笑。虽然大家什么也不说，可是眼神已经很明确地告诉她：“你也要爱国吗？你不配！”尤其是许志芳，早年她哥哥死在日本人的枪下，她就恨上了关于日本的一切，包括卢静姝在日本经商的父亲。对于许志芳来说，日本太遥远，仇恨就像天边的星辰，不如恨卢静姝的父亲来得直接，来得酣畅淋漓。

卢静姝曾经跟她大吵，告诉许志芳：“我父亲赚着日本人的钱，一颗中国人的心，堂堂正正！”可自从父亲把竹田江美带回来，她就再也没有与许志芳争吵的底气，她和日本女人成了一家人，“汉奸的女儿”就这样被坐实了。在许志芳和同学们眼里，“汉奸的女儿”是不配爱国的。她也是用这样的方式告诉父亲：“你也爱我妈妈吗？你不配！你也想爱国吗？你不配！”

学初哄不了，请来了姑姑，还是哄不好。

静姝并不是个刁蛮的人，官宦人家最重教养。静姝只是生气，她觉得，父亲亏欠着母亲，也亏欠着自己，亏欠这个家。她说气话狠话，是因为她知道，父亲在乎她的想法——她要狠狠地刺伤父亲——这惩罚是父亲应得的，看着父亲束手无策的样子，她感到一阵快意，在几个瞬间，心里还有“我替妈妈报仇了”的痛快。但看父亲狼狈地离开，又有些许不忍心——父亲每次回家，都给她带最新奇的玩意儿，一有空就把她驮在肩上，去逛街吃零嘴儿，予取予求，对妈妈也从未红过脸，回家话不多，但是总是跟在妈妈身边，帮这个帮那个，妈妈也开心。在家的日子，对母亲和自己的各种宠溺，都太真实。

静姝有时候觉得自己无理取闹，包括父亲带回来的日本女人，其实也没有什么好苛责的——大门不出，二门不迈，做家里的活儿倒是勤勤勉勉；自己经常恶言恶语，她都一笑而过，说得过分了，就充耳不闻；她还想尽办法融入中国的生活，换着花样做菜做衣服，讨好自己。可是，自己看着她唯唯诺诺的样子，就觉得气不打一处来。现在算好多了，刚到中国，见了后门拉粪车的大爷都是90°鞠躬，一副贱骨头模样——有时候，她还想，日本鬼子这么坏，是不是就是这些日本女人给惯的？

冷战了几天，静姝倒也消停了。看着父亲和日本女人都低着头，没话可说的样子，自己也尴尬，就提出要去北平念书。父亲拗不过，就送她去了女子学校。虽说只有十几公里，可毕竟算是远离了“国恨家仇”的中心，静姝心里说不出的痛快。

1936年初夏，静姝终于如愿抵达北平，北平是一个新天地。

去年“一二·九”的浪潮余威犹在，卢静姝听着同学们讲当时的风云变幻，南京国民政府接受“何梅协定”和“秦土协定”，把平津在内的河北、察哈尔两省的大部分主权拱手送给日本，日本推行华北五省“防共自治运动”，策划成立傀儡政权，在华北进行政治、经济、文化侵略……听到“华北之大，已经安放不下一张平静的书桌了”，她忍不住流泪了。在这里，她感受到了更炽烈的爱憎。当听到紧闭着的新华门前，排列着警车和架着机关枪的摩托车，军警宪兵手持刀枪杀气腾腾对着高举着旗帜、手持标语、高呼抗日救国口号的请愿学生时，她愤怒了；当听到同学们游行到王府井大街南口，那些军警挥舞皮鞭、木棍，凶狠地抽打手无寸铁的爱国学生，大家依旧与军警勇敢搏斗，当场有数十人被捕时，她痛苦不已。她无比确信，“抗日救亡”是自己当下最最紧迫要投身的事业，“为了在华北，可以安放下一张平静的书桌！”她在心里说。

卢静姝在这里如鱼得水，她终于可以像其他同学一样表达自己的情感，在街头发传单，喊口号。所有游行的学生，激情而又节制地表达自己的爱恨情感。她很激动，常常被同仇敌忾的感觉包裹着。

就这样，热热闹闹地过了半年，华北已经进入秋天。她忽然感到有点疲倦——每天上街嘶喊，每天群情激昂着，却好像什么东西都没改变。虽然军警们不再对他们施加暴力，甚至冀察政务委员会委员长兼29军军长宋哲元还信誓旦旦“若日本仍然增兵华北，余将与29军将士实行抗日”，可是，日本依旧增兵，宋哲元好像也没有实行抗日——对，日本增兵依旧，学生游行依旧，军队绥靖依旧。什么也没有改变。

还来不及细想，她又一次跟着同学们上街头，大家沿着王府井大街一路走，往东交民巷去。

“打倒日本帝国主义！”

“拥护29军抗日！”

“抗日救亡，匹夫有责！”

……

这时候，前方传来一阵阵骚动，一声哨响，跟着就是整齐划一踢踢踏踏的脚步声，年轻的士兵们手持棍棒跑过来，站在路两旁，威风凛凛的。学生们看士兵没有带枪，并不害怕，口号声反而喊得一声高过一声。

就在东交民巷附近，她碰上了许志芳。许志芳听说北平有学生游行，特地从宛平赶过来声援。她一眼就看到了卢静姝，她挤到卢静姝身边，大声地说：“来啊！瞧一瞧看一看，汉奸的女儿也在这儿装爱国啦！”就这一句，周边的游行队伍都渐渐安静了。

卢静姝反驳：“你说谁呢！”

许志芳说：“谁应我就说谁！”

“我爹不是汉奸！”

许志芳不甘示弱：“那你说说，你爹是干啥的！”

“我爹是做生意的！”

“他在哪里做生意？跟谁做生意呢？”许志芳质问。

卢静姝一下子没敢回答。许志芳可得理不饶人了，大声地对周边的人说：“我告诉你们，她叫卢静姝，宛平县人，她爹叫卢学初，十几年都跟日本人做生意。她的小妈，就是个日本女人！”

卢静姝稍微冷静了一点，“我爹是赚日本人的钱，但是没丢中国的人！前几年他就回来，再也不跟日本人做生意了！”

许志芳冷笑说：“那还不是娶了日本女人做你的小妈！”

卢静姝辩解说：“那日本女人一家，可救了我爹的命……”

还没等卢静姝说完，许志芳就大声喊：“打倒汉奸！打倒卖国贼!”

周围的学生也跟着喊：“打倒汉奸！打倒卖国贼!”外围的不明就里，以为这里有国民党的官出现了，也跟着大喊：“打倒汉奸！打倒卖国贼!”

卢静姝大声喊：“许志芳，你欺人太甚!”

许志芳忽然很激动，使劲推了一把卢静姝，“我就欺负你，你是汉奸的女儿，就是个汉奸!”卢静姝倒下去，连带着把身边几个学生都扯得踉踉跄跄，大家一下子都躁动起来。卢静姝从小到大没吃过这个亏，回头使劲推了一把许志芳，两人互不相让，你抓住我的衣襟，我揪着你的头发，像两只斗鸡。旁边站着的士兵是谷少城和王中阳，他们担心引发事故，就上来劝架。

谷少城想把她们分开，站在两人中间，没想到许志芳在气头上，冲过来撞在少城身上，少城脚下没站稳，把卢静姝扑倒在地上。卢静姝小姐脾气上来了，恨恨地看着他。谷少城满脸愧疚，赶紧站起来，弯腰伸手去拉卢静姝，静姝抬手抽了谷少城一巴掌，“打日本鬼子不行，欺负女学生倒是在行！我呸!”

谷少城捂着脸，愣着，一言不发。

卢静姝转头又和许志芳抱在一起撕扯，远处有个学生站在高处看着这边起了骚乱，看见两个大兵张开手挡在女生中间，就大喊一声：“不得了啦！军警打人啦!”瞬间学生们与士兵们都扭打在一起……整个东交民巷都炸锅了，士兵们得到命令不能跟学生动手，只能举手躲避，有些士兵的棍棒被抢走，还莫名其妙挨了几棍子。

这时，营长金振中看到情势不对，果断拔出枪，朝天开了三枪，大吼：“都给我住手!”听到枪声，学生们都害怕了，喊：“当兵的开枪啦，快跑，快跑!”都作鸟兽散。士兵们还在旁边，一直喊：“大家慢点！别推别推，注意安全。”一个学生正在跑着，跑过谷少城身边时，一个踉跄，谷少城赶紧把他扶住。学生看到是阿兵，抬手拍了一下少城的脑门，骂一声：“你个小龟孙!”然后飞快地跑了。

谷少城一脸稀里糊涂，不明所以，倒是王中阳、王家宁和周围的士兵们没忍住笑，谷少城生气了，“笑，笑什么笑！”

不一会儿，整个东交民巷的学生跑得干干净净，剩下灰头土脸的士兵们面面相觑。地板上留下一些标语的纸片，五颜六色的旗子，被踩得破破烂烂的传单，一阵风吹过，哗啦哗啦响。

二 兵临城下

有个消息在北平传开。

在游行当晚，带头游行的学生张佳伦失踪了，学联的人一碰头，心想要糟糕，八成是被政府的人绑走了。有同学说："洋鬼子在我大中华横行霸道，官僚也不见出个声气，我们同学上街走几步，倒被悄无声息地抓走了！""这还有没有王法了?!"于是连夜纠集各学校的骨干，商议继续上街，抗议政府私下抓捕进步学生的行为。

静姝功底好，打小写得一手好字，被叫去写横幅，写标语。在昏黄的灯下，静姝和同龄人一起，静默而笃信地写着"放了张佳伦""打倒列强""中国人不打中国人"等标语。静姝相信，她在做的事即将改变中国的命运——哪个年轻人不这样想呢？大家忙活了一个晚上，然后把横幅和小旗帜收好分类，码得整整齐齐。然后一群年轻的男女看着彼此，眼里都是血丝，却依旧神采奕奕，谁也不觉得累。如果心中有抱负，总会不知疲倦。

静姝在这个时刻想到了死，就像是多年以前的刘和珍君。她想象着一颗罪恶的子弹洞穿了自己的身体，那个瞬间，鲜血在空气里盛开成一朵花。静姝颤抖了一下，恐惧一瞬而过，心里马上响起一个声音，"人固有一死，或重于泰山，或轻于鸿毛”。她缓了缓神，轻轻吐了一口气，走到窗户边，刚好可以看到远方的天空，黑云压城，离日出还有好久的时间。

大家都可以感受到屋里的凝重，虽然大家都没说话。大概是昨天学联里的有些言论，让大家嗅到恐怖的味道。有同学说：“今天出去游行，要做好挨枪子儿的准备。他们已经可以偷偷摸摸地暗杀，自然也不怕光明正大地开火。”也有人说：“那就让我们做一个殉道者吧！”

殉道者。这个词让每个在场的人都感到兴奋。多少人终其一生，都无法在历史舞台的中央，发出一点声响，但天亮以后，我们就是那群站在中国当下的历史舞台中央的人。

静姝看着身边的同学，这些同学看起来满脸圣洁，满脸无畏，真是“殉道者”，她心中涌起难以言状的柔情，她很想告诉他们，“我爱你们。”她这半年找到了归宿，找到了精神所依。可是，她终究没有开口，爱这个词放在殉道者身上，总觉得有点多余。

大家安静等待着东方吐白，等待着旭日东升。夏天天光得早，天一亮，这些横幅小旗帜就被等在校门口的学生们瓜分了，带回去分给全部准备上街游行的人。看得出来，许多人一夜未眠，也有些人在门口等了很久。静姝在这时刻，总是被这些热情洋溢的为了国家不顾一切的人感动着。

出乎所有人的意料，游行几乎没有碰到任何困难，连维持秩序的军警都没出现，有几个警察在街上，看到游行的学生过来，就躲进了茶馆。学生们在街上走了半天，也没人搭理，静姝感觉到大家的沮丧，就像是满腔爱慕，表错了情。大家开始激动起来，跑到政府门前聚集，大声喊着“放了张佳伦”“政府无耻”等。终于喊来了一个官员模样的人，他也没多说话，就说政府要员都开会去了，没在这，大家喊破喉咙他们也听不见；又说同学们的诉求都知道了，张佳伦不是他们抓的，如果找到了，会尽快送回学校去；最后表达了一点，希望大家好好学习，学好本领就能为国家做贡献，别天天闹学潮浪费时间，说如果大家真的希望报效祖国，征兵处在东交民巷的尾巴，可以直接投笔从戎，党国欢迎大家。然后就缩回去了。

学生们更愤怒了，尤其是最后一句话，简直是赤裸裸的嘲讽。大家开口就是骂，如果不是忌惮门口那一队荷枪实弹的警察，怕是要冲进去打起来——可是谁也没往东交民巷的尾巴去报名入伍。于是只能在门口继续高喊口号，一直等到下午3点多，忽然有个消息传来，说张佳伦回到学校了。

有人开始尖叫，说游行起了大作用，政府终归还是怕了我们。但是认真一问，原来昨天游行后，张佳伦被同乡叫去喝酒，喝过了头，一觉睡到了午后。折腾了一天，闹了个大乌龙，活该政府当了冤大头，挨了一天骂——也幸好民国政府官员平时被人骂惯了，外交失利挨骂，物价上涨挨骂，学生被打挨骂，路面不平也挨骂……不管大事小事，不管是不是冤有头债有主，凡是有点不对的地方，政府官员都背了锅，落得现在个个脸皮比城墙还厚。

大家觉得没趣，吹口哨的，起哄的，嘘声四起，都是给张佳伦的，可是张佳伦根本就没到场。有些人撕了游行的旗子，又是满地狼藉。

今天谷少城他们没有出现在街上维护秩序，是因为他们收到命令，说宛平城外有日军聚集，频繁地进行军事演习，上司命令29军219团第3营往宛平去，负责宛平城和卢沟桥的安全，“密切注意日本的动向”。其实，不止第3营的弟兄，整个29军从军长宋哲元以降，多数人都没把这当一回事。两国交战，哪有这么容易？中国的历史记载的战争千千万万，哪个还不讲究个“师出有名”？贸然开战，可是冒天下之大不韪。大家想着，日本不会干这样的蠢事，与全世界为敌吧？

游行就这么草草结束了，静姝走在回学校的路上，第一次觉得游行很没劲——大家群情激昂，觉得是为了国家兴亡，拯救同学于牢狱，没想到政府根本没把大家当回事。于是就想起昨儿游行时的大兵哥，他们有枪有弹，其实也没对学生怎么样。倒是我们学生，得寸进尺，太没把大兵哥当人。

说起来，上次打阿兵哥那一巴掌，确实有点无理取闹了。卢静姝想起前阵子看翻译来的哲学小品，里面有一句话，“愤怒是无能的表现”，她也真知道自己的无能，面对许志芳泼的污水，百口莫辩。她觉得许志芳有点泼，说话根本不分是非，直接泼妇骂街，什么话都能说出口，但自己就不可以，从小家教就严，被要求着“心存善念，口不出恶言”，碰到许志芳，那就是秀才见到兵，有理说不清。

可是卢静姝又觉得对许志芳恨不起来，大家喊着“抵御外侮，建设新中国”，可不就是为了拯救像她这样的人？卢静姝衣食无忧，本可以怡然自处，甚至拍拍屁股跑去国外逍遥，躲开这乱世，求得个岁月静好。可是卢静姝觉得自己应该过更有意义的生活，就像谭嗣同或林觉民那样，至少得像个秋瑾。

许志芳可怜，从小家里穷，父亲早逝，如果不是靠母亲拉扯，兄妹都不知道怎么熬过去，好不容易等孩子长大，眼见好生活触手可及，许志国却被日本兵误杀了，母亲遭受打击，成了疯婆子，经常十天半个月找不到人。许志芳铁了心，一心要打日本鬼子报仇。静姝觉得，为了私仇去斗争太低级了，缺乏大爱，这可是涉及民族大义、国恨家仇。但是，她不懂该怎么告诉许志芳自己的想法。

北平最近也真不太平，三天两头听说有女学生失踪，卢学初担心不已，就这样提心吊胆地过了半年，好不容易熬到假期，静姝要回来了。

静姝一是想着要“考验自己”，二是不想那么快回家面对父亲和日本女人，拒绝了父亲来接的美意。她只是没想到，短短的十几公里路会这么难走。约莫已经一季没有下雨，漫天黄沙往人的脸上拍，卢静姝自个儿都觉得狼狈不堪。直到时将入夜，静姝灰头土脸地进了宛平城，走在回家路上。正值深秋，傍晚生了些许凉意。她不禁抱住了自己的双臂试图抵御身边的凉风，可越是紧抱，心中越发有些忐忑。面前不远的宅子就是自家，门边有棵正落叶的老榆树，落下的叶子铺了一地，踩上去还沙沙作响。

轻轻推开老木门，父亲正端坐大堂，等候着自己。一边的竹田江美穿了一身崭新的旗袍，学着中国妇女的样子，正给父亲慢悠悠地盛着一碗汤。静姝想过很多次进去的状态。要客气一点？或者热情一点？或者亲切一点？在心里预演过很多次，但在推开门的一刹那，她看见竹田江美与卢学初恩恩爱爱的样子，脸上就凝起了霜。

卢学初看了自己女儿一眼，一脸关切，正想去好好慰问下，看到静姝冷冰冰的表情，不由得皱起眉头，转瞬，又被风抚平皱眉似的，默默闭上眼睛，叹了口气，带着沉重的语气问道："怎么这么晚才到？"

竹田江美停下盛汤的手，看了看卢学初，又望了望静姝，说："先过来吃饭吧，孩子饿了。"

"不饿。"静姝仿佛在赌气，用手裹着自己的双臂，低着头，抿着嘴，看也不想多看竹田江美一眼，就往自己房间走去。

"多少吃一些，我炖了鱼汤。"竹田江美把碗端起来，静姝吸了吸鼻子，从她面前擦过，头也不回。

"你给我站住！"卢学初嘴边的一撇胡子开始微微颤抖，"长辈给你盛汤递碗，你这是什么态度？！"

卢静姝慢慢转过身子，刚想顶嘴两句，卢学初又激动得嚷道："我多少次叮嘱你，别和那帮闹学潮的学生搅和在一起，你有没有听？现在局势紧张，万一你出了什么岔子，我怎么跟你死去的娘交代？"

"交代？"她一下被刺激了神经似的提高了嗓门，伸出修长的食指，指着竹田江美，"这就是你给我娘的交代吗？这个日本女人，穿着我们中国人的旗袍——你！"她粗鲁地抬高了嗓门，"这是我们中国的旗袍！不是你这个日本人能穿的！何况、何况……"

卢学初把眼睛瞪得铜铃一般，竹田江美拉住了他，劝他冷静。一时间，卢静姝忍不住鼻头一酸，逃跑似的回到自己房门，用"咔"的一声关门声，结束了这段对话。

站在门后许久，隐约听见那日本女人劝自己父亲先吃饭，父亲的话语被木门隔去了一大半，仔细听也听不出个所以。静姝想，这要是在几年前，怎么说也是父亲好声好气地上来劝。又想，竹田江美今天身上穿着的旗袍是有些好看，可偏偏是母亲生前做过的样式。想到这里，眼泪不争气地掉了几颗。

过了好一会儿，她长长地吐了口气，刚想要平复自己的情绪，一转头，赫然发现书桌上放着一台崭新的相机。她用力擦干眼前的泪，想要看个仔细，可真一看仔细，大小姐脾气立刻又上来了，一把抓起相机，开了门，满面怒容地冲到卢学初面前，把相机摔在桌上！卢学初正细细嚼着一口鱼肉，看到女儿这副模样，一根鱼刺卡在喉头，连连咳嗽好几声，一旁的竹田江美赶紧替他递茶擦嘴。

“你……你又要什么脾气?!”卢学初拍着自己的胸腔，看起来非常难受。

“说了多少次了，不要再买日本货，不要再买日本货！日本人拿卖这些东西赚的钱，不知道造了多少子弹，这些子弹，可是全都打在我们中国人的身上!”说完，她用手推一把，相机直溜溜滚去了桌下，竹田江美见着心疼，伸手抓了一把相机带子，缓了一下力道，但还是没抓住，相机落地一声脆响，让家里陷入一片静寂。

卢学初被呛到，用力咳嗽着，好不容易把鱼刺咳了出来，走到茶几边端着茶碗咽下一口浓茶，瞪着两个圆圆的眼珠，怒道：“从小到大我什么都依着你，你说要学新闻，你说要做记者，我可曾反对过？这相机是我今早特地买来的，就等着让你回来高兴高兴，可你呢?！你真是……”卢学初一拳捶在老榆木桌上，吓得竹田江美一个激灵，“你真是要气死亲爹呀!”说完，又连连咳嗽起来。竹田江美又端来一碗茶，替他抚背轻捶，他这才咽了一口气下去，胸腔一阵疼痛。

卢静姝看了看面前的日本女人，看了看卢学初，越发觉得这家是待不下去了。可是又不知道还有什么地方可去。外婆早就过世了，母亲去世后和舅舅家慢慢都疏远了；姑姑向来和父亲一个鼻孔出气。于是就不咸不淡地在家里过完了年。她盼着过了年还回到北平去，可是开春后，却没能回到北平。日本人在宛平周边闹得太厉害，父亲说什么也不肯送她去北平，她各种吵闹，各种抗争，父亲都没有低头，就是吃了秤砣铁了心，要把她留在宛平。她就把受的这些气变本加厉地回报给竹田江美，竹田江美一点脾气都没有，能躲就躲。卢静姝也没了法子。

倒是父亲看不下去，经常为了竹田江美，跟卢静姝吵吵闹闹。

卢静姝只能想另外的办法，“成，你若应我一件事，我保证再也不找她的麻烦，更不再去北平游行了。”

卢老爷子哑着嗓子，问：“什么事？”

“我要去学兵营！”卢静姝已经听说了第3营搞学兵营的事——第3营的官兵想着，在宛平闲着也是闲着，就搞起了学兵营，把宛平附近的男女老少、学生等带着操练，只凭大家的兴趣，随便报名都可以。

卢学初一把把茶碗摔在地上，漂亮的青瓷茶碗一下被摔得粉碎，只落个脆生生的响。

“时局乱成这样，还要去什么学兵营！你……你给我滚回楼上去，闭门三日！你休想我再顺着你一点意！休想！学兵营？好啊，你想去……你想去，除非我在你面前死了去！”

面前的父亲，仿佛一下苍老了20岁。卢静姝一跺脚，无可奈何，只得回了自己房间。等房门再次被沉重关上，“咣”的一声之后，夜晚仿佛又沉在了无声的底端。

疲惫，无奈，静姝躺在床上一动不动，浓厚的秋意仿佛包裹了她的身心。在北平这小半年里，她和父亲之间的“战争”越来越简短，从一开始喋喋不休的大道理，劝告，威胁，终于慢慢变成了激烈的冲突，所有的冲突，最后都只剩下无声——或者说，父亲早已经感到力不从心，现在也只能以死相逼来劝回自己的女儿。可外头的“战争”却越来越喧闹，动荡不安，一触即发。有时她憎恨着自己的父亲和那个日本女人，有时，竟又生了怜悯之心，忍不住想要和他们交谈，一张嘴，却又成了咄咄逼人的冰刺。这半年间，她呐喊过，反抗过，白天的这一切，入了夜后，就都被沉重的黑色包裹着，慢慢沉进水底，泥底，心底……

宛平城西门外，永定河平静得没有一丝波澜。这时节本应春暖花开，可是今天的太阳竟有点毒了。风是凉的，穿少了冷，穿多了热，不知道该如何是好，大家都直想骂娘。宛平街头，连狗都耷拉着脑袋，像挨了一闷棍似的默不作声。

突然，永定河面被细碎的沙石溅起涟漪，不远处的闷轰声惊动了守城的士兵。士兵们拿起望远镜往远处望去，越过横跨在河上的卢沟桥，可以看到，东北方的田野上，日军正进行演习，听起来威风凛凛，气势汹汹。那闷轰声，正是日军丢下的手榴弹发出的响声。

自 1901 年签订《辛丑条约》后，日军已然在宛平城外驻扎了 36 个年头。“允许外国军驻扎从北京到山海关沿线的 12 个战略要地”，而外头的日本军早已冠冕堂皇地改名为“中国驻屯军”。隔着卢沟桥，对面的日军时不时做一些“小动作”，近期越发嚣张，连续几日进行军事演习，好像狡猾的黑手都要整个伸进宛平城中来了。

“又在挑衅了!”守城的士兵跑回军营向排长谷少城汇报情况。

还未等谷少城开口，王中阳先发话了：“这是把咱爷们当哑巴呢吧？他们演习，我们也来演习啊!”

“对！对!”王家宁马上附和，“这摆明了是演习给我们看的啊!”

也有士兵想息事宁人的，反正仗打不起来，鬼子爱折腾就让他们折腾去呗！他们其实是怕打仗，当个兵本来就只图个平安温饱，胜过颠沛流离，要在战场上送命，可从没想到过。陈庆业就劝谷少城说：“忍一时风平浪静，退一步海阔天空。”

谷少城说：“老子从小到大，可没有怂过!”

“没错！日本鬼子就是想看我们笑话，这是变着法说我们怂呢!”又有几个士兵站出来说话，说着，还把枪扛在肩头，好像马上就要打一场恶仗。

一时间，本来沉闷得慌的第 3 营，突然活跃了起来。看着面前这群军人，谷少城发话了：“列队！准备演习!”一瞬间，第 3 营战士们迅速排成整齐的列队，手持长枪，踏步至永定河东岸。

“给小鬼子看看，我们 29 军也不是吃素的!”

“遵命!”

士兵们迅速分成十几股分队进行演习，谷少城时不时用望远镜察看日军演习状况，恨不得一双眼睛飞过上空去，死死盯着日军的一举一动。

“报告排长!”守城的战士又来了，“那群日本人正一点点往这移过来了!”

日军步步紧逼中国军队的警戒线，分明是想挑衅。谷少城连忙跃出战壕，冲对方喊道：“快回去！你们已经到警戒范围了！”可日军丝毫没有退让的意思。王中阳怒了：“你们给老子滚回去！不然老子就开枪了！”

听到“开枪了”三个字，对面的日本军一下来了劲，“唰唰唰”，一时间，几十支枪上膛的声音响了起来，王中阳的额头直冒冷汗，谷少城赶紧把他拖回战壕。战壕里的战士们也立即把机枪拉栓上膛。一时间，空气静止，剑拔弩张。

这时，大腹便便的翻译才慢悠悠走出来，满脸堆笑：“哎哟，军爷们，这是干什么呢？我们只是演习，只是演习！用不着刀枪相向的！”

谷少城站了起来：“演习？你们已经到了警戒范围了，马上退回去！”

“是是是，这就退这就退。”翻译一脸油腻，“演习得入迷了，没注意到。”

谷少城冷哼一声：“那麻烦你告诉日本人，这块地儿还是中国的，只要有我在这，想过来，做梦！”

见日军一点点退走，谷少城这才指挥大家回到城内，临走前特地增加了值班战士，以防不测。

宛平城城内，营部。

营长金振中背着双手，在全军战士面前焦虑地徘徊，时不时停下来，怒视谷少城。

“报告营长！日军暂时没有再过来，没有任何动作！”值班战士第三次过来汇报情况，这时，金振中才用鼻孔用力出了一口气，转而又瞪向谷少城：“谁允许你带领战士们去永定河边演习的？！”

“报告营长！我自己决定的！”

“鲁莽！万一激怒了日本人，真打起来了，城里的十几万老百姓怎么办？！你负得起这个责任吗？！”

“报告营长！他们这个行为明显是在挑衅我们的底线！再不杀杀他们的锐气，明天他们就该从卢沟桥上大摇大摆走过来了！”

“放屁！”金振中怒喝一声，“这不是还有我们 29 军在这吗！会那么轻易就过来吗！”

“报告营长！正是因为我们29军驻守卢沟桥，才更不能一味退让！否则华北将沦为第二个东北！”

金振中听了谷少城的话，更觉得气不打一处来：“你给我说说，我带着这29军，连几个日本人都抵挡不住?!”

“报告营长!”王中阳粗着嗓门大喊了一声，“这几日对面那帮日本人的演习越来越频繁，而且他们驻军在对面已经30多个年头了，这期间不断增员，我们必须要明确态度！不然他们以为我们都是吃素的，都是哑巴!”

“王中阳！我有问你话吗?”金振中背着手，满脸肉气得直抖，“好好好，我是吃素的，我是哑巴，我倒管不了你们了，别忘了我还是你们营长！当排长当班长，可把你无聊透了是吧？你们不就想盯着对面的日本人吗？去城楼上守城值班，给你们盯个够，看个够!”

谷少城和王中阳被降了级，29军也开始动荡不安。

有的说：“看今天这个情况，对面气焰嚣张得很，看来一场仗是难免的了!”有的说：“那倒不一定，都驻扎了36个年头了，也没有打过来。”有的说：“这36个年头可不就是忙着增员派兵，准备打场硬仗?”又有的说：“我们29军好歹也有几万人，一个卢沟桥都守不住?”

在军队里训练了一年多的陈庆业很是乐观，认为：“他们也就在那骚扰我们而已，并不敢真的打过来的。”而经常守城楼的王家宁则不同意他的想法，觉得日军可能在蓄谋什么，搞不好又要弄出个“柳条湖事件”。军营里分成两股人，一股支持陈庆业的想法，另一股人则认为王家宁的想法才是正确的。一下子，大伙又乱成一团，王家宁大喊了一声：“别吵了！营长才刚走，等会儿惹他回来了，你们一个都跑不了，都处罚!”

“可别说了，再说啊，你们一个个都过来跟着我们哥俩守城去了。”王中阳也插了句话，这下，鸦雀无声。

谷少城拍了拍王中阳的肩膀：“走吧，可不是要好好盯着那帮人嘛。”

背着长枪，两个人在深夜的宛平城内慢悠悠地走着。王中阳憋不住气，骂了两句：“金振中也是个怂货，要我说啊，对面日本鬼子过来一寸，就打回去一寸!”

“你当时不也是吓得冒汗了吗?”谷少城笑道,“对面几十把枪上膛的声音,一个擦枪走火,现在我就在给你收尸了。”

“那……那金振中也是怂!都快打家门口来了,还不抵抗不抵抗!迟早这里变成东北!”

“别嚷嚷!”谷少城一把扯住了王中阳,“给人听见了,到时候可不是守城这么简单了。”

“你小子也怂。”

“听说金团长在喜峰口以一敌十,那可不怂!”

“听说而已。再说,喜峰口打完以后怂了,也保不齐。”

“我们作为军人,重要的是服从命令,听指挥!”

王中阳一听这话,更觉得好笑:“听个龟儿子指挥,指挥你去死,你去不去啊?!”

谷少城叹了口气,觉得对牛弹琴。

王中阳把肩上的枪一丢:“老子不干了,买酒吃去!”

“大半夜的,你去哪买酒!”谷少城低吼了一声。

“你、你管我!你现在可不是排长了,既是兄弟,就替我兜着!”

谷少城哭笑不得,又拦不住,只好捡起王中阳丢下的枪,独自往城楼方向走。直到后半夜,王中阳才醉醺醺地出现,卧倒在城楼边一直睡到了第二天中午。这下连累了谷少城,两人一齐被罚到学兵营当了教练。

学初最终是答应了静姝去学兵营的条件,但他也提出了条件:去那边玩玩,过一阵必须回家!心中虽不满这个条件,但卢静姝还是同意了,高高兴兴收拾了一些简单的衣物和用品,和同学们一块去了学兵营。

卢静姝和几个同学一起有说有笑地去学兵营报到,正准备编队入营,就听见一个不愉快的声音:“哟,真是冤家路窄。”

抬眼一看,正是那处处与她作对的许志芳。

许志芳双手抱胸,挑着眉毛,高声质问:“你一个汉奸女儿也来学兵营,是想偷些情报不成?”

“对,我们会盯着你的!”许志芳的小跟班赵丽芳说道。

卢静姝刚想回嘴两句，就被旁边的同学拉住了：“静姝，别和她一般见识，第一天入营，咱们别惹出什么事端。”

卢静姝只得把一口气生生吞进肚中。许志芳见没什么意思，也就不再理睬卢静姝。

学兵营里，谷少城因被降了级，现在又被罚来了学兵营，闷闷不乐了好几天。听见外头有些嘈杂，他也无心去看，双手枕在脑袋下，闭着双眼，静静想着些什么。这时，王中阳走了进来，拿起杯子灌了自己一大口水，抹了抹嘴，看见谷少城这个样子，一脚轻踢在他架在床边的小腿上：“不就降了个级嘛，至于吗？”

谷少城不作声，还是紧闭着双眼。

“外头来了一帮学生，要不要一起出去看看？”

谷少城摇了摇头，表示没有兴趣。

王中阳又道：“还有一大帮女学生呢，你真不想看看？”

谷少城这才慢慢抬起双眼，直起身子，道：“把其他人也叫起来，一起出去看看！”

王中阳笑道：“老子还真以为你不食人间烟火呢，看来也只是个凡人啊。”

谷少城在想什么事，没有搭理他，他又推了谷少城一把：“哎，我说你是不是打什么歪主意呀？说出来我给你参谋参谋？”

谷少城答：“你以为人人都跟你一样啊，听到女学生，眼睛都直了——我，我只是出去看看有没有熟人。”

“我怎么没有听过你有什么熟人呀？还是女学生，你少蒙我。我俩天天凑在一块，你还能有我不知道的朋友？”

“不是朋友，一面之缘罢了。”谷少城摆摆手，“你叫大家都起来吧，学生来这里是学习的，别一个个懒懒散散蔫头耷脑，让人笑话。”

听说学兵营来了一群女学生，一下子，营里热闹了起来，几个汉子还脱了上衣，露出黑黝黝的脊背，拿着大刀去操场上耍。慢慢的，越来越多的士兵加入这个阵营，谷少城和王中阳自然不会错过这样的事，也脱了上衣，在操场上耍起大刀。热辣的阳光毫不留情地晒在他们大汗淋漓的身体上，他们却不知疲倦，想要把学过的本领全都展现出来。女学生们一阵鼓掌，赞叹这样壮观的表演。

远远的，卢静姝看着其中一个兵，甚是眼熟，盯着看了许久，偏是想不起哪见过这样的一个人。而谷少城，正耍在兴头上，可总觉得被一股奇怪的眼神包围着。分神一瞥，马上认出了卢静姝——这不就是东交民巷打了他一巴掌的那个女学生吗！他想起那突如其来的一巴掌，一个不稳，刀差点从手上滑落，亏得眼疾手快，左手快速接住刀把，轻轻一抛，大刀在空中画出一道弧线，不偏不倚又被接回了右手。这一动作潇洒流畅，引得大家一阵叫好，瘦瘦小小的赵丽芳还尖着嗓子大声喊："太棒了！这个士兵叫什么名字？如果是他教我们就好了！"

"这人真是爱出风头！"卢静姝心想着。可仔细看着那人，确实面熟，又叫不出个名姓。

这时，尖锐的哨声响彻操场，原本在操场上威风凛凛耍着大刀的战士，立刻排成纵列集合。

"谁带的头？哗众取宠！出列！"

雄厚的男声从队伍后头响起，一位军人迈着矫健的步伐快速走上前来，大声质问着列队的士兵。见士兵们默不作声，他又加了一句："没人承认，就所有人罚绕操场蛙跳！"

"报告连长！"谷少城最先出列，"是我带的头！"

那人正视一眼谷少城，厉声喝道："操场跳十圈！背着你的刀去跳！"

卢静姝听了，都替他捏了把汗，这样毒辣辣的太阳下，被惩罚一定是一种煎熬。可谷少城习以为常似的，一句话也没说，背着大刀，开始了受罚。

"那是谁呀？好凶啊。"赵丽芳小声地问了一句，很快有人接话道："应该是连长叶天明！"

"叶天明？是那个上过报的叶天明吗？"

"是啊，就是那个喜峰口抗日英雄，在喜峰口砍死了十几个日本鬼子呢!”

“听说啊，他还是南开大学的高才生呢!”

“真是厉害，难怪把一群人治得服服帖帖!”

听到这里，人群中的许志芳，不由得对眼前这位英雄崇敬万分。她一想到未来能与这样的将士一起训练、战斗，心中甚是憧憬。静姝却有些发愁，她与许志芳是截然不同的两种人，每每见到静姝，许志芳就像一只面对敌人的斗鸡，把浑身的羽毛直直竖起，就等着往静姝身上狠狠叨上一口。静姝只想在学兵营里好好训练，安然度过这些日子，并不想再发起什么争端。

王家宁让学生们排好队，先按人头编了号数，再编进每个宿舍里。许志芳带着几个小跟班，排在队伍中间。赵丽芳扯了扯她的袖子：“那卢静姝就在最后面站着，我们会不会跟她分到一块呀?”许志芳往后看了一眼，心生厌恶，就拉着几个女孩往前挤。

“挤什么挤?赶着投胎啊!”人群一下被挤得七荤八素，王家宁很是生气，指着许志芳几个人吼道，“滚到后头去排队!”

“可是……我们刚才已经排到中间的位置了呀……”赵丽芳低着头嘟囔着。

王家宁又吼道：“来学兵营你们就是士兵，就要守规矩，不守规矩就要接受处罚!你们现在是要接受处罚，还是到后面去重新排队?”

赵丽芳嘟着嘴，一脸的不情愿，站在那儿好久，才挪着步子往后走去。许志芳看王家宁严厉地瞪着她们，只能不好意思地站到后面排队。“真倒霉!”许志芳大声抱怨了一句，不知道是指被王家宁吼了一顿倒霉，还是与静姝一同站在后头倒霉。

卢静姝听到这刺耳的三个字，只顾扯着自己的包袱，在后头排队，不想与许志芳再起争执。她祈祷着不要和许志芳分在同一个宿舍，可是不巧，她们一同在后头排队，就是分在了同一个宿舍。

军营里的宿舍不够用，12个姑娘挤在一间小屋子里，四张三层的架子大床倒是稳稳当当地摆在那，被褥也已经铺好，豆腐块的被子整齐地叠在床上。两张老木桌子放在正中间，桌面上干干净净的，姑娘们把东西陆续往桌上一放，马上就把桌子占满了。

大家先按号数分了床，怕高的赵丽芳分到了第三层的床，到处询问有没有人愿意换床位的。许志芳爱干净，道："我跟你换吧，睡在最下面，床总免不了被别人坐，我不喜欢。"

这时，又一个姑娘惊呼："呀！我的床板有些裂开了！"

大家凑上去一看，真的，隔着被褥就能看见床上塌下去好大一块，揭开后，原来是床板陷了一些下去。

"这怎么睡人呀！夜里还不得一屁股坐在地上？"

谷少城听到303宿舍的吵闹声，循声而来。他双手抱胸靠在门边，姑娘们见宿舍突然来了个士兵，都不好意思地散开，站在那看着他。

"怎么睡？就这么睡呗！这张床已经找人钉过了，不会出事的。"学生们点点头，围过去问他叫什么名字，问他军营里都有什么训练。馋嘴的赵丽芳长得很是瘦小，她挤到谷少城跟前问："学兵营里都有什么好吃的？有红烧肉吗？"大家哄笑起来，谷少城看了她一眼："你是来学习的，还是来吃饭的？"她不好意思地抓抓头："平时吃得没那么好，所以想……"

谷少城扫视了大家一眼，严肃地问："一个宿舍12个人，你们怎么只有11个人？"

许志芳抢先说道："卢静姝呀，准是当逃兵去了。"

正说着，静姝出现在宿舍门口，吓了大家一跳。"真是冤魂不散！"许志芳说道。

静姝白着一张脸，看着面前的女孩。谷少城认出这个女孩，问道："你去哪了？军营里是有规矩的，请你不要随意走动。"

静姝的脸惨白惨白，唇边没有一丝血色，"我刚才去找厕所了。"她扫视了一遍宿舍，"我的床是哪一张？"

"这里这里。"赵丽芳热情地指了一张床，那张床正是刚才坏掉的床，"你看，我们特地为你留的。"静姝看也没看，把行李往床上一丢，就坐在床上。大家本想看一场好戏，可是什么事也没发生，自觉没趣，又围着谷少城问这问那。谷少城丢下一句“明日还要训练”就走了。女孩们各回床上，叽叽喳喳地讨论起今天遇到的战士们：连长叶天明是登过报的英雄，又是高才生，大家一致同意他是军营里最厉害的。凶巴巴的王家宁好像自身带了架子，就不怎么讨人喜欢。倒是谷少城，长得还有些英气，经常跟着他的王中阳虎背熊腰的，仔细一看还有些可爱。

卢静姝扯过一个枕头，把脑袋埋在枕头下。她有些中暑，刚才去厕所吐了好久，好在有个士兵给她递了水。身体的疲惫叫她昏昏欲睡，耳边的噪音又吵得她睡不着。她在床上左右翻转着，怎么也找不到一个容易入睡的姿势。等大家慢慢都没了声，她还是觉得身下颇不舒服，从一头转到另一头。上铺的女孩生气地骂了句：“卢静姝！你在下面打仗呢?”静姝呆呆地躺在那里，一动也不敢动，身体僵持了好久，才沉沉入睡。

三 女学生失踪

训练的日子太艰苦了，转眼卢静姝入学兵营已经5天，她拖着不听使唤的肢体往宿舍里走去。没人跟她说话，她也不跟别人说话。她心里对自己的体力明白得十分透彻。她在学兵营度过了前面两个失眠的夜晚，倒不是因为认床，而是因为过度疲惫引起的精神亢奋。接下来是茶饭无心，食不下咽，下了训练，随便吃点东西然后倒头就睡，睡得混混沌沌，噩梦连连，翻个身都感觉自己在地狱的油锅里打滚，从骨头疼到毛孔，又从毛孔疼到心肺。

她不服气，为什么许志芳她们都能顶住热浪，自己在太阳底下站不过几个小时就头晕目眩呢？她又听到那些同住的女生在背后嘀咕：“千金小姐，肯定熬不过三天。”不，我不是千金小姐，我一定会坚持到底，也要像她们一样，做一个真正的女战士。这是她咬着牙坚持下去的动力。

晚上，卢静姝洗漱过后，感觉到一点畅快，脚步也不像前几天一样沉重，让她有点劫后重生的感觉。以前家里厨房的大娘挑水，静姝问过：“大娘，为啥你每天挑这么重的水，都不会疼？”大娘告诉她，“三日肩，四日脚”，说的就是人的身体会习惯劳动强度，习惯过程是最难熬的。大娘说的对极了。静姝心里想着，哼着小曲儿走到303宿舍，推了下门，门紧闭着，她就着月光伸手去摸门锁，锁得严严实实的。这是对开的门，门缝大得很，她也不知道是舍友从里面锁了门，还是其他。卢静姝试着在门上敲了几下，"笃笃笃"，里面静寂无声，没人应门。

在这间屋里，其他姑娘都是跟许志芳一个出身，穷苦人家的儿女，看到跟自己不一样的姑娘，难免戴上有色眼镜，早早地站队。静姝内秀外中，这些都看在眼里。小时候爷爷带她读过四书五经，她总是以"清者自清，浊者自浊"安慰自己，不习惯与人辩白。沉默是双刃剑，长时间的忍耐可以等来水落石出，短短的时间里倒像是默认，坐实了别人的非议。

静姝不知道她们是不是睡着了，感觉自己像是一个无理的闯入者。只好在门口傻傻地站着，随后安慰自己，也许她们还在操场上看谷少城和王中阳练习蛙跳——他们总是捅娄子，常常被上级处罚，像是学兵营里的活宝——不对，就是活宝，听说他们以前是街头卖艺的，吸引人眼光的事，干得最在行了。

静姝想到这里有点心酸，每每谷少城和王中阳耍宝，许志芳她们都是不吝笑声，叽叽喳喳地起哄，笑得前仰后合的，甚至可以随意跟他们开些无伤大雅的玩笑，谷少城和王中阳就闹得更欢了。但是静姝不敢像她们这么放肆。静姝从小家教严，家人总是教她举手投足要像个大家闺秀，行走端庄，笑不露齿，这是规矩。明明自己心里笑得欢，肚子都快笑痛了，脸还是紧紧地绷着。她打心里羡慕许志芳她们百无禁忌。

刚刚想到这儿，身后就响起脚步声，刚受完罚的谷少城上宿舍查房来了。

"啊！教……官，教官好！"卢静姝的心扑通扑通跳着，脸就如一颗熟透的柿子，幸好天黑得很，看不清脸上的表情。她也不愿意让谷少城发现她脸红心跳的模样，和这样一个英俊挺拔的青年男子独处，简直闻所未闻，就想着要以什么理由溜走。

谷少城好不容易逮住接近卢静姝的机会，装得严厉："站住！"

不等卢静姝站定，谷少城径直走到她的跟前，面对着面站住，"报上名字!”

“卢静姝!”

“这么晚不待在宿舍，还要去哪里?”

“报告! 宿舍门锁了，没人，我想下楼找管理员要备用钥匙。”

谷少城突然起了疑窦——许志芳一行人不是早就回宿舍了吗? 刚刚自己在操场受罚时还听见她们一路欢声笑语往宿舍走。他也说不上来为什么，明明姑娘们都走远了，为啥那操场上的欢声笑语还逗留了许久，像是碎在操场上的珍珠屑，像是城垛上的白月光，晶莹剔透。有女子在的地方，总不缺惊鸿一瞥的美。

对于谷少城，卢静姝就是一颗圆润的珍珠，发着自身的光，纯粹得可以融进人的眼睛里、心底里。他虽然把卢静姝叫住了，可是一时之间也不知道该怎么开口跟她说话。两人呆呆地站了半晌，谷少城听到303宿舍里传出轻轻的窃笑声，门缝里有几双好奇的眼睛在盯着他和卢静姝。他有点害羞了，大男孩面对一群姑娘的取笑，总是会难堪的。他没对卢静姝说话，反而朝303宿舍大嚷:“查房! 开门!”

门在卢静姝的面前开了，迎面而来的是一张诡计得逞后洋洋得意的脸。

“许志芳，你……”

许志芳双手别在胸口，“我怎样?”然后嬉皮笑脸对其他的女孩说，“大家快来看! 汉奸的女儿回来啦!”

宿舍里的女孩们都窃窃私语，时不时传来几句交头接耳的轻笑。

卢静姝本想息事宁人进入宿舍，许志芳愣是挡在她跟前，静姝往左，她就横在左边，静姝往右，她就挡在右边。卢静姝按捺不住，咬着牙低头不说话，但是心不甘情不愿的，尝试了一次又一次。

谷少城看不下了，许志芳刁难卢静姝，真有欺负人的意思。他往前跨一步，抢先进了门，在背后留了一个空，用自己的身体在许志芳和卢静姝之间砌起了一堵墙。许志芳被挡住了，嘴里还是叽叽喳喳地说个不停，谷少城说:“查房，列好队，开始报数!”

“1，2，3……”才喊到11呢，卢静姝正准备喊“12”，许志芳就先抢了话："报告教官，全体宿舍应到 11 人，实到 11 人。"

谷少城依次点了一遍，然后说："是 12！报数有误，应到 12 人，实到 12 人才对！宿舍长你是怎么回事？想要跑操场吗？做事这么不认真！"

没想到许志芳一点都不怕，"报告教练，今天隔壁宿舍说我们是'汉奸宿舍'，都是因为卢静姝，一人汉奸，大家都汉奸。所以经大家投票，一致决定将卢静姝赶出 303 宿舍，303 宿舍应到 11 人，实到 11 人，我没有报错！"

卢静姝闭上了眼，委屈得快要哭出来。今天的她没有心思和许志芳吵架，她也不愿意让谷少城误解她是"汉奸的女儿"，坐实这个挥之不去的肮脏名号。

"这里没有汉奸，大敌当前，不是说这些的时候。大家都应该是一个集体！"谷少城说。

"我们不是卖国贼，我们不和汉奸同一个宿舍！"其他女孩迎合道。

"对！我们坚决抵制汉奸！"

303 宿舍正吵得不可开交，背后响起了一声呵斥声："吵什么呀！"大伙回头一看是叶天明。

谷少城趁机上前一步，在许志芳的身边轻声说："得饶人处且饶人。"

许志芳轻哼了一声，提高嗓子道："我们谷教官真是和汉奸同一个鼻孔出气啊！"

宿舍所有人的眼睛朝向谷少城和卢静姝，叽叽喳喳的，说谷少城和卢静姝关系很微妙。

谷少城有点恼，狠狠踢了一下门，"你们胡说八道，小心舌头烂掉！"

可能谷少城吓到她们，也可能她们自己觉得过分，都不敢说话，但许志芳仍然不依不饶地质问谷少城："你偏袒汉奸的女儿，是不是想跟汉奸在一起?!"谷少城知道他的解释苍白无力。越是解释，众人越怀疑，简直是跳进黄河也洗不清了！

"够了！我爸爸不是汉奸！"卢静姝大声说，"他只是个生意人！"

"把日本货卖到中国，又把中国货卖到日本，挣中国人的钱给日本人拿去做炮弹，还说不是汉奸！”许志芳质问。

许志芳的一个小跟班说：“而且还在家里养着日本女人。”

卢静姝气得说不出话，泪水在眼眶里打转，几度想开口话都噎在了嘴边，过了良久，她知道解释再多无用，干脆闭了嘴，走到自己的床边，低头啜泣着。

许志芳阴阳怪气地说：“哟哟哟，看看这千金小姐，装可怜可真在行！”

卢静姝忍受不住了，“哇”的一声哭出来，甩开大门跑了出去。

谷少城迟疑了一下，想要追出去，看到叶天明站着一脸严肃，没敢动身。叶天明没拿正眼瞧他，就顾着给女学生训话：“我说你们，是怎么回事？你们看不见日军在自己门口军演吗？磨刀霍霍，就想着对我们动手了，你们还搞这些小心思。‘万众一心，众志成城’，只有大家团结一致，才能像铁板一块，坚不可摧……我们士兵打仗，全靠拧成一股绳，彼此信任，精诚合作，这叫士气，有了这股气，才能成为虎狼之师……等到日本人打进来，战争爆发，那就得全民皆兵才行。士兵们都在前方作战，就顾不了你们了，你们还得彼此照应。这也是我们搞学兵营的初衷……”

这通话说了怕有一刻钟，叶天明才回过头来，看到谷少城还笔挺挺地站在身后。叶天明一下子想起跑出去的卢静姝来，劈头就是一掌呼在谷少城的手臂上，“女学生跑了，你居然还在这儿傻站着？!”

谷少城早就想走，赶紧行了个礼就跑了，心想：“要不是老子怕你罚，早去了。现在来赖我。”跑到学兵营门口问了哨兵，哨兵说卢静姝一个人哭着往门口去了，问她话也不答。谷少城急了，一个爆栗敲在哨兵的头顶，“你们是蠢猪?！一个女学生，半夜就让她一个人出去?!”哨兵一个立正，答道：“她一个姑娘，硬要往外冲，我们不敢去拉她……”

谷少城更急了，“你们蠢猪，不懂来报告吗？”说完也不听他们解释，火急火燎地回到住的地方。一阵喧嚣过后，灯火通明的，他叫上全体教官，往城里找卢静姝。

王中阳听说卢静姝离营，都快急疯了，二话不说就往外冲。谷少城叫住他，“你别一个人瞎跑，大家组织好，一人一条街一条巷子，就不会跑重。”然后王家宁带几个人往东，王中阳带几个人往西，谷少城带队往南，叶天明亲自带人往北，碰到巷子就分开行进，地毯式地搜寻过去。大家也不敢出声，只是静悄悄地走在夜幕里，在大街小巷里穿梭。

王中阳走得很快，像一只猎犬，悄无声息地潜行在小巷里。一只土狗在门后打盹，就一晃神，感觉门口有一阵风掠过去，它猛然惊醒，嘴里呜呜作声，准备起吠，可是它从门洞里钻出来，王中阳老早就消失在巷子的拐角。土狗悻悻地缩回去，继续打盹。

王中阳往西，到了城墙下，沿着台阶冲上去，往南边转，很快就到西南角的城垛上。卢静姝正抱着膝盖，蜷缩在城墙上，头埋在双膝中间，一头柔软的长发披散下来，就着柔软的月光，散发出柔软的光泽。王中阳抑制住自己因为跑得太快而难以控制的喘息，生怕惊扰了这柔软的天地。

卢静姝应该是听到了身后的脚步声，后背明显抽动了一下，但是没有回头，大概是她听到这脚步声，从沉重慌乱一下子变得小心翼翼，就猜到身后的人没有恶意。

王中阳站在静姝的身后，越过她的头顶看着远处黑沉沉的田野，心中满满是保护的欲望，无论如何，也不许任何人伤害她。他愿意在这里站下去，一直站着，直到地老天荒。

可是，不一会儿，谷少城匆忙从南边小跑过来，看到王中阳，也看到卢静姝，他的脚步也变得温柔了。他和王中阳并排站在一起，一句话也没有说。

过了好一会儿，卢静姝从城墙上下来，低着头说：“对不起。”谷少城和王中阳一时都不知怎么回答，卢静姝又说：“我们回去吧。”然后就慢慢地往学兵营走去。出于习惯，谷少城和王中阳走着走着，就成了“齐步走”的队形。谷少城觉得，两人像是保镖，保护着一个千金小姐，出来赏夜景。

夏日的风掠过三人的脸庞，谷少城和王中阳隐隐约约闻到一阵难以捉摸的发香。王中阳觉得脚步有点飘，忽然很想跟上卢静姝的步伐，于是左脚多垫了一步，然后步子也变小了，走成了大家闺秀的样子。王中阳完全没有发现谷少城诧异地看着他。

在学兵营附近，起了一阵骚乱，狗儿一顿狂吠，惊动了好几个巷子的狗儿一起乱吠，一会儿就无声无息了。

第二天，鸡叫了三遍，天已经微微亮了，蛙已经蛰伏，蛙声渐渐隐去，倒是鸟叫声此起彼伏的，猫头鹰的叫声从山头的另一边远远传过来，仿佛是隔了千山万水过来的。竹田江美的心头竟有一阵的凄凉。她早就醒了，翻了个身，床的一边空荡荡的，卢学初去北平办事了，昨晚没回来。再翻过一个身仍然睡不着。漫长的夜晚啊！这一夜她不知道翻了几次，从左边翻到右边，从右边转到左边。家里没有别人，连早起煮饭都懒得了，百无聊赖地躺着，倒也省事。

竹田江美还是下了床，将自己打扮得清清楚楚，这是她8岁起养成的习惯，奶奶和妈妈教会她的。这个习惯从日本跨越了大江大洋跟随她来到中国，却也不曾改变。

“江美!”

竹田江美吓了一跳，手中的木梳掉到地上，她弯下腰捡梳子，抬起头来正对上一张风尘仆仆的脸。

“学初，你回来了呀!”竹田江美终于觉得自己的心平定了下来。

卢学初坐下，脱下正装，竹田江美捧来一盆清水，卢学初洗了个脸，接过毛巾擦脸，擦完脸就开始擦手，“听说昨天晚上城里丢了一个女孩子。”

“在哪里丢的?”竹田江美的心又提了起来。

“西郊外的学兵营。”

“静姝的学兵营?”

卢学初点了点头，没再说什么。江美若有所思，也坐着发呆起来。不知道过了多久，竹田江美猛地起身。“糟糕，粥焦了。”嘴上说着，竹田江美跑进厨房里，铿铿锵锵忙着准备早餐。卢学初走进书房看早报。这是他的习惯，碰上烦心事，总会在书房里待着，找一点宁静罢了。

吃早餐时，卢学初喝了一口粥，一股焦味萦绕在喉舌之间。他一向不喜吃焦掉的食物，觉得对食物不敬重，可是今天他却什么也没有说。静姝去学兵营有一个星期了吧？没点消息传来，该不是还在生我的气？哪来这么多的隔夜气呀？那个失踪的女孩会不会是静姝……呸呸呸，净瞎想……卢学初怪自己胡思乱想，幸好竹田江美没有察觉，只是静静地嘟着嘴吹凉粥，捧着陶瓷琉璃碗，仿佛是捧着圣杯的圣女。这个世界安静得刚刚好……

“砰！砰！砰！”

卢学初看着竹田江美的筷子“啪”一声，一根落在桌上，一根掉到地板。“没事吧？”卢学初问。

竹田江美勉强笑了笑，起身探头问：“外面又发生了什么？”

卢学初摇摇头，制止了她的好事，“不用想也知道那群学生又在游行了，昨晚我打听到失踪的女孩可能是日本人搞的鬼，这群学生肯定也听到消息了……”

宛平城内确实像个锅，炸开了。所有人像在这个热锅上的蚂蚁，焦虑布上每个人的额头。街上是拉着横幅静坐的学生，交通瘫痪在十字路，警察挥着警棍却阻止不了乱窜的人，横冲直撞的各种马车、小汽车、人力车，巴不得这条街能再宽一点，容下它们的放肆，容下它们的恐慌。

“日本人！日本人在那！”不知谁喊了一声。

有个日本浪人正在早餐铺吃早点，转眼被一群人团团围住，所有的手指向他，所有的眼睛瞪住他，像是怕他从眼皮底下溜走，这一群人，大有要将他撕之而后快的决心。

“你这条日本狗，如实招来，那个女孩被藏在哪了？”

群情喧嚣，日本浪人听得懂几句中文，虽然没能全部听懂。人的恶意总是很容易被感受到，浪人觉得自己受到了威胁。他从腰间拔出了武士刀，摆出随时要还击的架势。

“你横什么横？这里是中国人的地盘，有刀就了不起了吗？今天不交出失踪的女孩，我们绝对不会让你走出这条街！”

日本人嘴上又是咿咿呀呀一通，在场的没有一人听得懂日本话，也许因为听不懂更加愤怒，几个学生要冲上去，可是怵着明晃晃的武士刀，倒是没有一个人真敢上前去。

“看什么呢？揍丫的！”水泄不通的人群，看热闹的人居多。不知谁在后边吼了一声，围观的人都往后看，内围的一阵骚动，让出来一些缝隙。

这时，日本人趁机袭击挑衅他的人，他一个拳头撂倒一个，左勾拳，右勾拳，一个回旋踢踢倒好几个人，原本坚固的群众堡垒，瞬间溃散了。

“东亚病夫！”日本人啐了一口，咬牙切齿地说出一句不像样的中国话。

所有人的愤怒再度被点燃，但也只在嘴皮子上动一动，不敢靠近，日本人所到之处都是后退的人，没人再敢挑衅他。他露出得意扬扬的笑容，整了整自己凌乱的衣衫，慢慢逼退人群，准备往城门而去。

这时，两个年轻人堵住了去路。浪人双手持刀，双脚前后下弓，做出一个防御的姿势。两个年轻人一点都不怕，哈哈地笑着。一个年轻人说声“老规矩”，两人玩起了“石头剪刀布”，眼见那赢了的一个，说了声“轮到我上了”，就随手在街边抄起一根木棍，三招两式就把日本人踢倒在地，嘴角磕出了血。日本人从地上爬了起来，立即恢复作战的姿态。

全场沸腾了，终于有一人出马替所有人出了这口恶气，当然是欢呼声一片。

只见那年轻人身手敏捷，招招挡了浪人的进攻。两人看起来不分上下，明眼人却能看出年轻人没尽全力。

“打呀，你是傻了吧，只知道躲，不会出手啊！打呀！”

“打呀！打呀！”

浪人吃了闷亏，全神贯注守住年轻人，随时准备出击。年轻人倒不在意，嬉皮笑脸同另一个人打哈哈，手中的木棍晃来晃去，左右脚来回移动。浪人等得不耐烦，面目狰狞，双手握刀，直挺挺冲过来，那年轻人随手一挥，木棍向右抵住刺刀，轻轻一拨，刺刀将木棍划出一层皮。末了，年轻人一个反转，将木棍往浪人腹部一撞，浪人连退三步，刺刀划进地里，单膝跪地，刚刚的狰狞霎时变成惨白。

“王中阳，今天便宜你了，下次我一定赢回来！”另一个年轻人走出来，当众押住浪人。这两个年轻人便是穿便服的谷少城和王中阳，经过此番搏斗，他们制服了浪人。

人群聚集越来越多，几乎是潮水一般围堵了整条街，大家群情激昂，谩骂和谴责声此起彼伏。

“打倒日本鬼子!”突如其来的一声吼叫像开阀的水坝，一泻千里，几个大胆的人也跟着大喊：“杀了他，杀了他!”

“打呀，打死他!”

愤怒的群众发出雷鸣一般的叫喊。他们围成一个人墙，步步逼近。谷少城意识到捅了大娄子，大家现在只有杀了日本浪人才能泄愤了。一时之间不知进退，杀了浪人回营肯定受罚，说不准还得被逐出军营，不杀他的话，看起来是难以脱身了。怎么才能平了这民愤呢？正当谷少城和王中阳苦苦思索时，一位身形瘦削、腰杆笔挺、儒雅温和的中国人出现在大家面前。他就是卢学初。

他谦谦有礼朝大伙行了个秀才礼，“卢某不才，懂得几句东洋话，可否耽误大家几分钟，让我问这位日本人几句话?”

众人不满，纷纷叫嚷着：“汉奸！跟日本狗狼狈为奸，是什么居心?”大家都认为日本人欺人太甚，应该杀鸡儆猴，趁机让日本人知道中国人也不是好惹的，灭一灭他们的威风。

谷少城觉得这中年男人面善，总感觉哪里见过，便打圆场说：“让他们说几句话呗，大家眼皮底下，还能做出啥事来?”围观群众也不敢再说什么，生怕谷少城放了日本人，大家又拿不住。

两人呜呜哇哇地说了一通，卢学初回头对大家说：“城里走丢了一位姑娘，确有其事。这位日本的……”他忽然觉得要跟大家保持一致，“这位日本……狗，说进城吃早餐时，刚好碰到两个浪人把姑娘带出去。”听到这话，围观的群众立马骂声一片，把手上的菜叶都往日本人身上丢，口中喊打喊杀的。

卢学初做出让大家安静的手势，好一会儿，大家才停下来，“我想日本那边很快会发现日本浪人被我们擒住的事，不如我们先留着这个筹码……”卢学初心想这一计一来可以拖延时间，保护日本浪人，二来可以以此为筹码向日方要回失踪的女学生。他说：“我看杀了这个日本人，也没啥大用处，不如用他把我们宛平的姑娘换回来，不是两全其美？”

“我呸！我看你是要保护日本人吧？”

“汉奸！果然是汉奸！”

“打倒汉奸！”

……

谷少城听着愤怒，拎着日本浪人，往地上一坐，拿了他的武士刀，喊了一声：“谁想杀他的，上来？刀在这儿，你来砍?!”周遭的人顿时就悄然无声，面面相觑，啥话也不敢说。过了半晌，并没人作声。“没人敢动手，那我就带走了？”谷少城说完就走。围观群众顿时炸了锅。

“我们都是良善之人，平日里杀鸡都不敢，哪杀得了人？”

“君子动口不动手，我们又不是蛮夫，不能动手的。”

“我看你们倒是英雄好汉，怎么不把日本人杀了？没点血性!”

大家顿时找到了共鸣，所有的愤怒都指向谷少城和王中阳，仿佛他们不杀日本人是一种罪。

在群众的愤怒中，谷少城和王中阳把日本浪人带去了学兵营。介绍了一下，卢学初知道两人是29军的，负责学兵营的训练。就忍不住向他们打听卢静姝，“不知二位是否知道有个叫卢静姝的姑娘？”两人忙不迭地回应，学初说：“正是劣女，给你们添麻烦了。”聊到了卢静姝，三人顿时有了话题，卢学初说静姝儿时趣事，两人说静姝在学兵营里好强上进，只是双方小心翼翼地避开了“汉奸”的话题，两人也不敢说静姝刚刚离营出走的事儿。

不过短短的一个时辰，城里立刻来了一队日本部队的人马，要大家交出日本浪人。

谷少城和王中阳陪着卢学初出面和日方交涉，“放人可以，但我们也要相应的交换。”卢学初在日本做生意的几年学得一口标准的日语，和日本军方沟通完全无碍。

“交换什么？”

“昨晚在宛平走丢的女孩!”卢学初说。

“宛平丢了女孩，跟我们有什么关系?”日本人装傻。

“刚刚浪人已经告诉我们了，女孩就在你们手里。”卢学初步步紧逼，头顶上全是汗珠，“不如一命换一命，日本浪人交换中国女孩如何?”

日本人不答应，威胁说，如果不放人就打进来。

“别忘了，宛平城也有记者。”卢学初不卑不亢，“中国有句老话，叫‘祸不及无辜’，贵军这样的做法怕是有失公理。”

日本人没有接话，大概是在衡量利害。他看到围观的确实有几个拿着相机的中国人，皱了皱眉，也没有说话。

“我是生意人，在中日之间往来贸易多年，只知道和气生财，打打杀杀，只会两败俱伤。不如各退一步，握手言和可好?”

日本有个长官模样的人哈哈大笑，调侃卢学初说：“你这个中国佬真会做生意。”

卢学初微微一笑道：“彼此彼此。”

就这样，卢学初成功用日本浪人把女学生置换回来，避免宛平城再度发生流血事件。可是宛平城里不明事由的群众不满意了，卢学初为什么要帮助日本人?这是明摆着做日本人的走狗，是中国的卖国贼。他们肆意揣度，认定卢学初就是日本人养在宛平城内的走狗。

午后，学兵营内一片肃杀的气氛，29军高层震怒，因为谷少城和王中阳擅自行动，差点让战事一触即发，军长宋哲元十分生气，把气全都撒在他们身上。命令层层下达，传到了学兵营。

谷少城不服，当面质问：“日本人挞伐中国领土，29军为何不迎战?”

“上级未下达命令，我军不得擅自行动!两国交战不是儿戏，战争带来的是生灵涂炭，我军始终坚持以和为贵!”军中多数军官如吉星文等都是这样的观点，倒也不是怕事。一是礼尚外来，面子上不能太过。两个月前，日本才发声明：“用公正的态度……形成日中间的友好关系。”29军还接受了日本华北驻屯军赠送的十几门山炮，日本主动与冀察当局改善关系，还邀请宋哲元军长、张自忠师长两人访问日本，参观陆海空联合演习。日本算是赔着笑脸来的，伸手不打笑脸人，这是古训。二是大家认为29军兵强马壮，人数是日军的5倍有余，就算他们来挑衅也不怵。三是战火燃起之后，万里河山一片焦土，打来打去总是祸及民生，只能给国家和人民带来灾难。

这些军官早些年都参与过喜峰口战役，长城上下血流成河的惨状让他们对战争有不同的认识，倒是那些从没有经历过战争的，对打仗的事儿看得有点轻率了，恨不得一言不合就拔枪相向。像谷少城这些新招募来的有些才干的士官就跃跃欲试。谷少城听了上层的批评，满满的愤愤不平，冷冷一笑，说："宛平城内的老百姓都在嘲笑29军无作为，敌人踩在我们头顶，我们却打不还手。这样下去，宛平城只能拱手让给日本，我们好做亡国奴……"

"谷少城！你做好自己分内的事就行了，上级自有打算，今日你和王中阳的事还没完，两人记大过一次，到城上去站岗！"叶天明也在场，看到吉星文团长目光灼灼，心中怒火中烧，赶忙打断了谷少城的话，罚他们去守城。

谷少城和王中阳虽愤怒难平，囿于军令，只得去城上站岗。

卢学初虽然人回了北平，但总有些日本那边的消息传过来，日本国内主战派权势越来越大，一直在全民动员，做好战备工作。当然也有日本人在报纸上连篇刊载中国见闻、对中国国情之分析。

日本人不可谓不细致。对中国的一切，他们自居最为了解。他们在报纸上看到中国状况，老百姓居食无安、流离失所、卖儿鬻女的常有人在；整个社会人心离散，民国虽立，但是离心离德，各种主张意见林立，未见共识，而且多是知识分子折腾，底层少有参与；生逢乱世，人人蝇营狗苟，自顾不暇，没有血性，根本不顾国恨家仇……

卢学初无法跟他们辩驳，"久居芝兰之室，不知其香；常处鲍鱼之肆，不闻其臭"，生在某一种文化中的人，未必知道那个文化是什么，像水中的鱼似的，不能跳出水外去看清楚那是什么水。可是也不能说他们讲的全无道理，眼见身边人一盘散沙，贪生怕死，一群人看到日本人拿刀，没有一个人敢上前，要别人杀人，反而义正词严，慷慨凛然了——可是，他也知道，中国文化有自己的长处，看似无序得一团糟，其实内里自有规则，只是无法言说罢了。自诩能够客观地观察的旁人，因为生活在这种文化之外，就极难咂摸到它的滋味，而往往因一点胭脂断定他美，或几个雀斑而断定他丑。

谈判之后，卢学初对宛平的前景日益担忧。日军在城外屯守操练，自然图的不止强身健体。看29军处罚两个官兵，这状态也让人想不明白所以然，关系看起来十分微妙——看似井水不犯河水，其实又在各自角力。思前顾后，日本肯定另有所图，说不定只是想激怒中国人，稍有不慎就成战争的导火索。想到这，卢学初汗出如浆，赶忙和竹田江美商量，决定买船票去日本避难——其实日本也是是非之地，中国人在那多有不便，可是，要竹田江美带着静姝去其他地方，好像太勉为其难，人生地不熟，两个女人家也是危险。竹田江美是日本人，自然是先回去日本，可保一时无虞。最后的决定是，竹田江美先带静姝去日本短住，卢学初留在宛平，先把财物生意变卖了，再去日本接她们，转去美国避难。

卢静姝刚踏进家门，卢学初便说出自己的决定。卢静姝一贯坚决反对，这一次无例外又是和卢学初大吵一架。

卢学初急忙解释："现在宛平乱，日本军队前几日已经进了宛平城，听说是进城采办，明眼人都看得出这是挂羊头卖狗肉，马上要开战了。我已经托朋友帮忙买去日本的船票，下个月你们先去日本避难。我随后就来。"

卢静姝更加反感，"日本人杀害中国人，我不去日本，宁死不踏上日本一步!"

卢学初耐心劝道："爸爸的日本朋友都是反对打战的，同是日本人，也分好坏的，不能一竿子打倒所有人！就像中国人也分爱国的，卖国的，还有投机的，你怎么就这么幼稚呢？你这是不分是非，被仇恨冲昏了头!"

卢静姝才不管，在她眼中日本人都一个样，本来许志芳就一直说她是汉奸，要是去日本，那真的坐实了汉奸这个名号了。

卢学初觉得卢静姝不可理喻，气得火冒三丈，他不留余地警告卢静姝："你不去也得去，我们一家人不能分开。"

卢静姝歇斯底里大喊："我不去！不去！不去！就不去！"

"啪！"卢学初一巴掌掴在静姝脸上，竹田江美看傻了眼，卢静姝也愣住了，脸火辣辣地疼。卢静姝脑海中浮现出昨晚的一幕幕，许志芳的刁难，同期女孩的窃笑，一个人在宛平城漫无目的地走……所有的委屈一股脑冲击着她，现在父亲又逼着她要去日本，她想逃跑，逃得远远的。不能哭，不能娇气，她不是任人摆布的玩偶。卢静姝甩开卢学初和竹田江美，冲出家门。

卢学初跟了出去，眼见着她气喘吁吁地跑进了学兵营，才放心地回家。静姝进了学兵营，就藏了起来，隔着墙，在缝隙里看着父亲离去，然后又鬼鬼祟祟地溜了出去。

没想到，小兔子精，老兔子更精，卢学初还在门口候着呢，正好被逮个正着。卢学初大发雷霆，把静姝拎回家。

卢静姝还一路顶嘴，卢学初怒不可遏，给她关了禁闭，撂下话，"没有我的同意，一步也不能离开。"卢静姝白眼一翻，"关就关呗，我才不怕！"

这些日子，日军常常"演习"。白昼越来越长，天蓝如洗，骄阳如火，滚过宛平的学兵营，学兵营里男男女女在热火朝天地训练，直至黄昏将至。天空红彤彤的，乌云正打算吞噬下夕阳的余晖，夕阳给乌云镶上一道金边，发出耀眼的光，乌云看上去光彩照人，美极了。

四 城墙夜话

夜晚，虫鸣渐次登场，草丛里的各种昆虫才醒来，叽叽喳喳地讨论着春风带来的温暖。兴许是虫子们也烦躁，聒噪的讨论声仿佛更像是一场热烈的争吵，一声赛一声似的发表自己的高见。

谷少城笔直地站在城楼上，严格执行着他的站岗任务。另一边的王中阳早已佝偻着背，歪斜着身子，嘟嘟囔囔。

看谷少城站得像棵树一般，王中阳撇嘴道："我说，你别这么认真行不行？又没人盯着。"

"我们在接受处罚。"谷少城回答。

王中阳抹了抹额头上的汗，没有理会谷少城的这句话，而是歪着头，看着天上的月亮。被云遮挡而缺了一大块的月亮，正尽它所能地用微微一角发出最亮的光。

"过几天就入夏了，这天气真是让人头昏脑涨。"王中阳又抱怨了一句，"现在要是有一桶绿豆汤，老子准能一气喝下三大碗！"谷少城瞥了他一眼，咽了口唾沫，没有回答。

"哎，你说，"王中阳探着身子朝城楼下看，"过阵子就是蟋蟀居壁的时节，咱下去能不能逮到两只呢？”

谷少城默不作声，还是站得笔直。王中阳看到谷少城一脸正经的样子，突然想逗逗他。于是一面走过去，一面揉着自己有些酸痛的后颈，走到谷少城正右方才停下，也站得笔直，并死死盯着他看起来。好一会儿，谷少城忍不住扑哧一笑：“你干什么你？”

“执勤，站岗，受罚。”王中阳回答。

“那你盯着我做什么？”谷少城往左跨了一步。

王中阳马上嚷嚷起来：“你不是受罚嘛！动了！动了！”

“我是个人，当然会动了，况且是你逼我动的。”谷少城振振有词。

王中阳反嘴道：“你这理由可不好，军人站岗受罚，不管发生什么事，都不能离开自己的位置，你可不是什么好兵——不过我也不是。”

谷少城听了有些生气，又笔直站着一动不动，只留王中阳一个人在那唠唠叨叨。王中阳见对方毫无反应，自觉没趣，悻悻挪回自己的位置上，耷拉着脑瓜，歪斜地站着。

今天他俩值夜勤，无聊的气氛和闷热的天气，也让谷少城有些坚持不下去。偶尔一丝凉风吹来，还没来得及深吸一口它卷来的凉气，就很快从脸上拂过，消失了。今儿这天确实怪异，本应凉爽的夜晚却等不来几袭微风，看来是憋了一场大雨。只站了三个小时，谷少城也忍不住动了动身体，想给自己换个舒服点的站姿。他把眼神瞥向王中阳，好家伙，站着都睡着了！王中阳的脑袋，钓鱼的浮标似的，一点一点的，十分好笑。谷少城松了口气，稍微动了动自己的腿——他又想起王中阳说的“你不是好兵，我也不是”，马上又逼迫自己站得笔直，想要认认真真完成这次的受罚。

这时，王中阳睡醒了似的，用力地伸了个懒腰，还打了个十分夸张的哈欠，扭了扭自己的脖子和手指关节，发出“咔咔”的声响。

“真累啊！”他说着，看了一眼谷少城，“你还站着呢？小爷我都会了庄周回来了。”

不过，他又拍了拍自己的脑门，“不对不对，会的不是庄周，是那个……嘿嘿！”

见谷少城不理他，他又自说自话起来："我刚才啊，梦见卢静姝了。她在梦里可真好看，还冲我笑呢，让我教她怎么用枪。"

"我们是士兵，打仗的事放在第一位，儿女私情都是小事。"谷少城终于开口了。

王中阳嘿嘿一笑，凑了过来："现在还没打呢，我们就聊聊闲话，你觉得那女孩怎么样？"

谷少城微微歪了歪身子，问："什么怎么样？"

"就是那个卢静姝呀！你觉得她长得怎么样？"

"就那样吧。"谷少城含糊地回答。

王中阳一拍大腿："我觉得她长得可真好看啊！还挺有脾气，我喜欢！"

谷少城叹了口气："嗯，那说明你很有眼光，她是挺不错的。"

王中阳挤眉弄眼起来："那……你帮我想想，我怎么跟她表明我的心意比较好？"

谷少城面露难色，轻微咳嗽了一声，答："别想那么多，你看他爹的模样，说话的水平，肯定是官宦人家，我们穷小子，哪高攀得上？醒醒吧。"

王中阳说："就算我们是癞蛤蟆，还不兴想着吃回天鹅肉？想想总是可以吧？"

谷少城支支吾吾："这……这是你们个人的事吧，我怎么帮你想？"

"唉！我这不是没啥经验嘛！"

"我也没有……"

王中阳抱着双臂在原地转了两圈，自言自语似的说："怎么才几天，我就觉得这个妞真讨我喜欢呢！缘分！肯定是月老牵线了。那我等处罚期过了，就跟她表白去！"

谷少城问："那你决定怎么表白呢？"

"哎呀，这个自由恋爱，就是两个人的事，一个说，一个答应，不就结了！"

谷少城想了想，说："我倒是听说过学生们有什么自由恋爱的，听了半天也听不出个名堂，你见识的女子少，这才一个，就这样把你迷住了？倘若你又见了四个五个，八个九个，个个都是这样柳叶眉桃花眼，那你可转不过来。你可把自由恋爱想得太简单了吧？”

“那没准是你想复杂了呢？万一她也喜欢我，却不好意思说，那我跟她不就错过了？”说完这句话，王中阳自己都不好意思地笑了起来，笑声粗犷又带着一点羞涩。

停了好一会儿，“你说得也对！她的眼光肯定很高。我们高攀不起。”王中阳有点低沉，“不过，我可以努力啊，我现在是个兵，以后可以当排长，当连长，当团长师长……那时候她就会看上我了。”

谷少城看了一眼王中阳，这个从小一起的小弟，忽然之间就已经长大了。王中阳并没有注意谷少城，只是自己想着，怎么建功立业的事。在某个时刻，他甚至希望日本人现在打进来了。他幻想自己就像是《三国演义》里的常山赵子龙，在敌人千军万马中进进出出，如入无人之境。

月不知何时已经落到树梢之下，王中阳又打了个长长的哈欠，慵懒的声音惹得谷少城被传染似的，眯着眼也打了个不痛快的哈欠。好一会儿，鱼肚白时，换岗的人来了，两人才疲惫地回营睡觉。

一早的日光被厚厚的云盖去了大半的光，没有风，可是热度一点儿没减，热得守城的士兵大汗淋漓，稍胖一些的，汗水把衬衫都浸湿了大半。整个宛平城似蒸笼般。树上求偶的夏蝉叫得比谁都响亮，吵得营中补眠的两个人睡不着。王中阳翻来覆去，换了好几个睡姿，始终觉得不舒坦，大骂了一句：“再吵，再吵捉下来油炸了！”

只一句，蝉就住了嘴。少了蝉鸣，好像世界一下清净了不少。谷少城忍不住问道：“你这又是哪学来的神技？”

“嘿嘿，”王中阳得意一笑，“爷爷我可是虫祖宗！”

又过了半天，一股穿堂风吹进来，吹得两人一哆嗦。刚迷糊入睡的王中阳马上跳了起来：“这是暴雨要来了！我说呢，这天热得怪吓人的，那蝉也收了嘴，那是被雷公爷爷吓得住了嘴啊！”

谷少城双眼惺忪，还分不清什么状况，就被王中阳一脚踢了小腿肚，吃痛地爬了起来。

“快！窗户关了！别忘了上回咱‘水淹陈塘关’的事儿了！”

刚把屋子里的窗关好，果不其然，豆大的雨就落了下来，非常迅速地夹着风一起砸向大地，把暑气一点点从地面上砸进地底下。虽然关了窗，可是缝隙中还是渗了雨水进来，于是两人又忙着拿布把水吸干。

雨，雷，电。天上的这三种东西，给世间的一切赋予了声音，所有东西都在合奏一首曲子，无数种不同东西就演出无数种不同的乐器。

等雨停了，谷少城打开窗，日光又照了进来，刺得他睁不开眼。

“我的雷公爷爷啊！”王中阳一头倒在床上，“老子真的很累了。必须，必须要睡一觉。”

谷少城也累了，可是他睡不着。他用力吸着雨后的空气，想，如果这是无数的子弹，那是一副怎样的场景？

夹杂浓重的硝烟味，是否还能让他这样大口享受着空气？

他突然觉得自己有些好笑。他明明不希望有战争的，可是又那么渴望自己能够拿着枪炮打走那帮日本人。他明明希望这宛平城，就像现在雨后一样安静清新，可是他又幻想自己带领战友们穿过枪林弹雨，把那日本鬼子的脑门打开花。他看着远处雨后的路，雨后的草，雨后的山，雨后的一切，仿佛又看到远处一个娇滴滴的身影。他睁大眼睛，探出身子，才发现那不过是一棵兰花草。

外头学生的声音也吵得两人睡不着。静姝走后，一宿舍的人争着把自己的东西往静姝床上丢，宿舍太小了，没有那么多位置放行李。这一阵雨，又把大家淋得够呛，许志芳俨然成了落汤鸡，她站在门外，吵着要把静姝没带走的东西都丢出去，好腾出位置给大家放没干透的衣物。几个女孩怕惹事，一直劝道：“她就留了几件衣服，放在角落便是了，不碍事的。”许志芳不依不饶，就是觉得碍眼。

叶天明的身上都是雨水，他拿了伞，直直走过去，喊了声：“都进去！别在这吵！”

许志芳一看到他，就脸上羞红：“我们不吵了。”

屋檐上的雨水落下来，叶天明撑了伞，放在许志芳头顶。

“你是许志芳吧？”

“连长认识我？”她心中颇是喜悦。

“嗯，听几个教官说，你是学生里头最有上进心的。继续努力。”

许志芳不好意思地说：“我的心愿就是成为真正的战士，上战场打鬼子去！就像……就像连长你这样！”

叶天明点点头：“愿望是很好的，但是战士最要紧的是强健的体魄，你也别淋雨了，快进去吧。下雨不训练，你和大伙都好好休息。”

许志芳点点头，笑盈盈地说：“那你也保重身体。”

叶天明点点头，把伞递给许志芳：“至于那位学生的东西，就放在那儿吧，她应该会回来取的。”

许志芳甜甜地“哎”了一声，叶天明就离开了。许志芳站在那看了许久，赵丽芳嬉笑道：“人都走啦，你还看。快去洗个澡吧，免得叶连长心疼咯！”

许志芳白了她一眼：“嘿，你这小东西，竟敢这么跟我说话，小心我扯烂你的嘴。”说着，就作势要去扯她，两人嬉笑着跑进宿舍，闹成一团。

叶天明站在远处，看着学生宿舍。他的心中感慨万千：若是真的打起仗，这群学生是不是能够帮得上什么忙？可是他们中又有谁不是有父有母，又有谁愿意让自己的孩子上战场呢？光说那个卢静姝吧，卢家托他好生照顾，就来了六回电话。在宛平，卢家世代都是乡绅，即使改朝换代依旧是开明绅士，怎么说也是有影响的人。他的眼神穿过浓浓的雨雾，操场上冒雨训练的战士们，叫喊声把他带进了心里的另一个世界。

这样的雨断断续续又下了两回，等王中阳终于觉得自己能好好睡一觉时，已经到了执勤的时间了。两个人的眼皮垂得老低，像在梦游一样，一路挪到了城门。

已经过了晚饭时间了，两个人因为睡觉，错过了晚餐，又累又饿，强打着精神站在城楼上。王中阳还有力气开玩笑：“你咋不跟昨天一样正经站着了？”谷少城没那精力回应他的玩笑，王中阳住了嘴，自己也没心思再多说两句打趣的话了。

"喂——你们二位，站岗的时候打瞌睡不会再被处分吗?"

听到这个声音，两人一下精神起来。来者是卢静姝，她梳着两条长长的麻花辫，穿着青花样式的短袄和靛蓝色的长裙，干净又好看，右手还拎着好大一个篮子，不知道放了些什么宝物。王中阳一看到卢静姝，立马犯起了"花痴"，又有力气耍嘴皮了："这不是卢小姐嘛，今天怎么有空来这儿欣赏风景?"

"要我说呀，这宛平城的无数风光，就属夜景最漂亮。这宛平城的夜景啊，就属这城楼上最讨我欢喜。"

谷少城漫不经心问了句："那你怎么上来的?"

"对呀，这地方可不是说来就能来，你一个姑娘家，三更半夜不在家待着，陪我俩大老爷们在这城楼站岗，不太好吧?"王中阳说着，还探出身子往下望了望，"这要是被传出去，你可就'早节不保'了啊!"

卢静姝扑哧一笑："什么早节不保啊，你怎么乱用成语。"

"嘿嘿……我王中阳没读过两天书，能知道这个词儿就不错了。"

卢静姝捂着嘴笑了笑，又斜眼看了看谷少城："喂，榆木脑袋，你不欢迎本姑娘吗?"

谷少城挠了挠头，不知道说什么，好半天才挤出几句："我不是榆木脑袋……你还是先回去吧，被人看到了确实不好。"

"呸，你还怕本姑娘对你有非分之想不成?"卢静姝瞪了他一眼。

王中阳马上圆场："这小子嘴笨，不会说话，来，咱俩唠。不带他，他说话可不中听。"

"我呀，是听说你们被罚了，这才一回学兵营，就买了好菜想补偿你们，看来是狗咬吕洞宾，不识好人心了，那本姑娘就走了!"

"别别别!"王中阳赶紧拦住，"你来得可真巧，我俩都还没吃呢，五脏庙早就在抗议了。"

卢静姝又看了看谷少城，看他不作声，只好冲王中阳一笑："得，我还是老实拿给你们俩吃吧，不然我可吃不下这么多。"

卢静姝把篮子放在地上，先揭开盖子，拿了一块蓝白条纹的餐桌布，细细铺在地上，接着一层层一碟碟端出菜食：炒三香，熬白菜，木樨肉……统共端了四五碟，最后还拿了只烤鸭出来。

“中阳，不能吃，这是违反纪律的！”

谷少城叮嘱了一句，王中阳的白眼都要翻到后脑勺了：“你都已经违反纪律了，还怕什么违反纪律？”

“就是！你不吃，我们俩还吃呢，你不添乱就行，榆木脑袋！”卢静姝轻骂了一句，又解释道，“城下执勤的小哥我都认识，不会说出去的！”

“榆木脑袋！”王中阳随声附和。

“我才不是……”谷少城咽了咽口水，咬牙坚持。

城下执勤的正是王家宁，卢静姝大声招呼着：“家宁！快上来！一起吃夜宵！”

王家宁慢悠悠走了上来：“哟，好菜啊！”

王中阳愣了一会儿，问：“静姝，你啥时候认识这小子的？”

静姝已经摆好碗筷，递给王家宁。王家宁接过碗筷，顺势坐下，一边夹菜，一边漫不经心地说：“就几天前，她来学兵营报到那会儿，认识的。”

王中阳捶了他一拳，有些不解气，又一拳下去，疼得王家宁龇牙咧嘴：“打重了打重了！”

“我咋没你这运气！”王中阳很是气愤。

静姝捂嘴笑道：“上回去学兵营报到，天气比较热，编完宿舍后就很不舒服，到处找洗手台。多亏有了王家宁，给我端了水，还送了一些药给我吃。”

王家宁摆摆手：“小事一桩。”

谷少城若有所思，好一会儿，又说：“你们快吃，被人发现就不好了。”

王中阳夹了一筷子的木樨肉塞进嘴里，故意发出“吧唧吧唧”的声音，道：“你还说你不是榆木脑袋？就比静姝家门口的老榆树还固执！”

“我不是！”

卢静姝道：“你要证明你不是，你就来吃啊！老顽固才遵循那些规矩呢，要我说，规矩是死的，人是活的，你一个大活人，还要被规矩给活活饿死不成?”

谷少城又咽了咽口水，左右看了看，才慢悠悠坐下，拿起筷子夹了白菜。白菜的甜味混着浓郁的汤汁，成了饥饿的人口中不可割舍的美食，这下，谷少城再也不提那些规矩了，只管安静吃下面前的一盘盘美食。

才吃半饱，王中阳就放下筷子，打了个闷嗝。谷少城嚼着嘴里的东西，眼睛却看向面前的二人——王中阳昨晚就说要告白，莫非他现在就要行动了？这么一想，嘴里的味道也没心思去尝了。

半晌，王中阳果然开口：“静姝，我想问问你——你大半夜在这里待着不要紧的吗?”

谷少城倒吸一口气，“嘶”了一声，原来是嚼了自己的舌头了。王家宁冲他暧昧不明地笑了笑，谷少城把脸扭过去，颇为尴尬。

“我跟我爹说，我回学兵营了。”

“你可别骗我们啊，别到时候又全城找你一个人。”谷少城不识趣地说。

卢静姝翻了个白眼：“我会骗你们吗？我是受过教育的，不说谎。”

“你对你爹就说谎了啊。”谷少城继续用自己笨拙的舌头发表观点，王家宁用胳膊肘捅了捅他，这才闭嘴。

看静姝有些不高兴，王中阳连忙圆场：“他这是闪了舌头，瞎说话呢，饿急了不但把自己舌头吃了，还开始尽说些讨人厌的话了，别理他——你跑出来，是发生什么事了吗？和家里人吵架了?”

静姝用筷子头碾着盘子里的木樨肉，说：“嗯……这种事常有。”

“那你爹怎么又同意你来学兵营呢？不怕你出事?”王家宁问。

卢静姝继续摆弄着筷子，许久，才说：“我是从后门偷溜出来的，他们不知道，我等天快亮了就回去——反正他们关我禁闭，我不能出屋子，那我就等天亮之后再回去睡去，神不知鬼不觉的。”

听完，谷少城嘴里的食物差点没喷出来，一把把筷子一横，态度坚决：“你一个女孩子，跟我们在这算什么？你赶紧回去!”

“回什么回?!”几乎同时，静姝和中阳一起反对。王中阳看了看旁边的静姝，清清嗓子：“都这么晚了，一个人回去多危险，等一会儿吃饱了，我送你回去。”

静姝道：“就是跟你们在一起，我才不怕危险。”

谷少城又问：“那你这次又为什么跑出来？你还真是‘专业出走’，上次从学兵营走，就闹得满城风雨，这次指不定要弄多大声响呢。”

王家宁随声附和：“对的。上次我们都出来找你，得亏你没事，不然我们没准现在都是罪人了。”

卢静姝有些生气，道：“行啊，那我就不给你们二位添乱找麻烦了，本姑娘现在就回去。”

“你还是快回去吧，你一个娇生惯养的小姐，哪受得了我们这苦？熬不过半夜，你准得累得眼皮都张不开。”王家宁又加了一句话。

“我，娇生惯养？”卢静姝最讨厌别人这样说她，“是你看着我长大的不成？你还知道我娇生惯养？”

“你家多好啊，冷了有人添衣，饿了有人端饭，哪像我们，长这么大不知道何为父母爱。”

卢静姝站了起来：“行啊，我俩换换，你去我家当贵小姐，每天被人指着鼻子骂汉奸，你乐意吗？”

王中阳小声冲王家宁骂了句：“少说两句！”又劝静姝：“别管这两块榆木了，我们说我们的，不理他！”

卢静姝也不想回去，只是痛快嘴，于是又端正坐下：“得亏本姑娘脾气好，要是换个周瑜，早就被你气得吐了三升血了。”

王中阳赶紧夹了一筷子炒三香菜给静姝，哄道：“对嘞，咱们脾气好的人不同他们一般见识。”

卢静姝问道：“那你们又是为什么参军的呢？”

王中阳抢着说：“我和谷少城都是无父无母的流浪儿，从小吃的是百家饭，学的是百家话，听的是百家事。卖过艺，也跟着学过一点儿拳脚功夫，有幸被营长赏识，才进了这军营。不为别的，只为睡时有个暖和的被窝，饿时能端个喷香的饭碗。”

谷少城纠正道：“我一开始也是这么想的，可是咱吃的是中国的米粮，就要有为国捐躯的觉悟。现在局势紧张，你看看对面那帮日本人，巴不得从那边过来，打我们个措手不及。”

静姝终于从谷少城嘴里听到了自己赞同的话，说道：“没错！他们越发张狂，我们就更要做好战争的准备。可惜我们无论怎么抗议，怎么游行，就是听不到政府给出我们想要的回答。”

大家问王家宁，王家宁不说话。卢静姝可就着急了，说：“那不行！你也得说说，要不不公平！”

王家宁斟酌了一会儿，才说：“我希望自己的子孙后代，能过上自由平等、有尊严的生活……”

马上就被王中阳打断了，他满脸嘲讽的意味，“你可拉倒吧！你连老婆都没，还子孙后代……”

王家宁也不气恼，回答说：“老吾老以及人之老，幼吾幼以及人之幼。没听过吧？一个美好的世界，那应该是大家都把老人当成自家的老人，把小孩当成自家的小孩。你不懂。”

卢静姝听得有点惊呆了，这才是我一直想要的大爱吧？

王家宁说：“我们现在的中国，老百姓贫病交加，流离失所，政府软弱无能，官僚腐败。各路军阀心怀鬼胎，各自有各自的小算盘。我都看不到我们国家的希望在哪里……”

卢静姝说：“少年强则国强，我们就是希望！”

“真希望我们真的能齐心协力，别搞‘攘外必先安内’的花样。不要分什么政见，是中国同胞，就别手足相残，而是要一致对外。”谷少城忽然好像开了窍。

王家宁附和说：“对！兄弟阋于墙，外御其侮。咱军长宋哲元，虽说很多事做得不妥，总归是大事不糊涂。早些时候，上头叫他南下剿……剿匪，他硬是没去。”王家宁说这话的时候，有点吞吞吐吐，偷偷看了其他三人的反应，没有任何异常，心里觉得自己有点多心了。

谷少城也很坦诚，说：“鬼子夺我田地，杀我同胞。我希望某一天，能带领我的兄弟们一鼓作气地把那群日本人打回老家去！”

静姝也激动了："没错！我们的国家正被他们这样的蛀虫侵蚀，我们自己脚下的这宛平城都要保不住了，我真希望加入你们，也成为你们的一员，保护我们的家乡！"

"那你又为什么来学兵营？该不是为了好玩吧？"谷少城反问卢静姝。

静姝摇摇头："当我看到这些越发嚣张的日本人侵犯我们的领土，我想过要当战地记者，也参加过学生游行。我恨透了日本人在中国的所作所为，我知道我的力量微不足道，可我还是想为国家献出绵薄之力，想与你们这群战士一起为国抗战。"

大家越说越激动，谈起了现在的局势和自己的观点。可说着说着，就跑题了。

谷少城的话匣子打开了，把自己从小到大在江湖里浪荡的事儿说个不停，说吃过的苦，还有练本事的乐趣。卢静姝讲起自己小时候的故事，也是乐不可支，又唱又跳的。

王家宁用胳膊肘捅了捅王中阳："你看我俩，这是不是多余了？要不要先走了，让他俩好好聊？"

王中阳拼命摇头，把静姝带来的菜一口一口往嘴里塞。"静姝高兴，我就高兴！"他说。

王家宁把两只手枕在脑后，他望着天上的明月，想起自己的大哥。从小父母就离世，只有大哥带着自己，后来大哥参军，他因为年龄不够，独自在家中生活，经常收到大哥寄回来的食物和物品。本想着长大后就参军，和哥哥一起，家也算完整一些，没想到还没等长大，等来的却是兄长战死沙场的消息。他想起兄长临别前的促膝长谈。伴着谷少城和卢静姝的歌谣，他想起在暖阳下，十来岁的少年扯着风筝对他说："家宁，外头起风了。"那时候可真是无忧无虑，不知世间有这么多伤感的事。

静姝坐在满天星光之下，仿佛回到了童年，好像再一转身，就能看见自己母亲催促："静姝，慢些跑，当心摔跤。"好像不远处，就是父亲风尘仆仆地归来，父亲每每都会带来日本的糕点和玩具，让她高兴好长一段时间。可是现在好像很多东西都变了。

卢静姝玩高兴了，跟大家说起自己小时候的事情，拍着手念起了童谣：

杨柳儿活，抽陀螺；
杨柳儿青，放空钟；
杨柳儿死，踢毽子；
杨柳儿发芽，打拔儿。

时候不早了，谷少城让王中阳送卢静姝回去，王中阳还有些不乐意，舍不得送她回去。谷少城把他揪到一边，低声告诫他："你如果真喜欢她，就得顾全她的名节，还有脸面，这事儿被人看到，还不得叫人戳断脊梁骨？"王中阳想着，也是不合适，就悄悄地送她回去了。

谷少城看着他们离去，心里百味杂陈。看着阴沉的天空，发起了呆。

过了后半夜，天阴沉沉的，寂静得可怕，偶尔一阵微风掠过脸庞，像是狗尾巴草挠过，有点发痒。几片闲云空中游荡，让人觉得自在。跟人相比，云和风都是自由的，鸟兽也是自由的。鸟兽已然安眠，周围万籁俱寂，除了偶尔的鸡鸣狗吠和风吹过树梢的声音。

谷少城和王家宁享受着美好夜景，不知今夕何夕，远远见王中阳跑来，急切地问："你去哪？那么久？"

王中阳兴致勃勃地从背后掏出一袋东西，"你们看！"

"花生?！你小子可以啊！"

王中阳嘿嘿笑着，感觉自己做了一件了不得的事。站岗消耗得快，谷少城正觉得有点饥渴，这花生来得正是时候。他们吃得津津有味，王家宁嚼着花生，觉得口干舌燥，就对谷少城说："这种时候要是有酒就更痛快了！"

谷少城瞪了他一眼，"站岗是不能喝酒的。"

王中阳年纪轻，不懂事，但军规他还是知道要遵守的，只见他朝谷少城吐了吐舌头，表示明白了。

"要喝酒是吗？"

谷少城抬头一见来人，吃了一惊，手中的花生来不及收住，掉在地上，散落一地，他仍故作镇定："连长好！王中阳只是随口说说，不必当真。"

叶天明笑着摆摆手说："一两花生二两酒，有花生必得有酒。"他掏出一瓶酒，喝了一大口，"这是我在老卢家顺来的陈年二锅头，可不能浪费，来！谷少城，你也喝一口。"

谷少城接过二锅头，和王中阳面面相觑，犹豫不决的，不明白叶天明的用意。叶天明跳上城墙，盘腿坐下。谷少城见状也盘腿坐下，不再拘谨，灌了一大口酒。酒下肚，像一条火龙热辣辣滚过喉咙，滚过肺，滚过胃，谷少城呛得难受，他深深吸了一口气才将这烈酒压制住。

"少城哥，给我，给我。"王中阳等得不耐放，急急抢过酒瓶，没想到叶天明手更快，又从他手中抢过去，"王中阳，你成年了没？小孩子可不能喝酒!"

王中阳气急败坏，嚷道："我今年二十一，早就成年了。"又从叶天明手中抢来酒，连灌了三口，呛得眼泪在眼眶打转，王家宁和谷少城看了笑得前俯后仰。

忽然，叶天明发现王家宁没有喝酒，"家宁，你也整两口!"

王家宁说："我不喝酒。"

谷少城说："你给我装呢!"

叶天明说："酒都不喝，你是不是个老爷们?"

大家苦苦相劝，王家宁一直笑，就是不肯喝。大家也就随他去了。

酒过三巡，三人都有几分醉意，王中阳孩子心性，忽然对着天空喊："我要当英雄！我要做顶天立地的男子汉!"谷少城和王家宁一脸笑意地看着他，叶天明却面无表情，大口大口地喝酒。

谷少城鼓起勇气问："连长，听说你在老29军，带着大刀队砍到鬼子心惊胆战，怎么从来没听你说过?"

叶天明答："打仗，都是死人，想都不愿意想，有什么好说的?"

王中阳已经半醉，笑着说："连长，大家都说你是英雄！我也要成为你这样的人!"

“成为我这样的人？有什么好的?!”

“成为英雄啊！你说，像我们这样穷苦人家的孤儿，如果不是在这乱世，哪有机会出人头地？快意恩仇，马革裹尸。真是痛快!”王中阳有点语无伦次了。

叶天明脸色一变，想说什么，又硬生生地咽下去，苦笑着说：“英雄哪是这么好当的？说着轻巧!”然后连着喝了好几口酒，“我宁愿自己从来没上过战场。”

王中阳很兴奋，酒意上来了，眼神迷离，哪里还能注意叶天明的神情？“连长，你跟我们说说，打仗怎么样？好玩吗？”

“玩?!你说打仗好玩?!”叶天明怒了，“血流漂杵，哀鸿遍野，全是断胳膊断腿的，你说好玩？”

王家宁也有些恼：“打仗哪是轻松的活？我大哥上了战场，一连几个月收不到他的消息，打了三年仗，只收到两封信……”

“连长，你就说说，当年喜峰口打鬼子的故事嘛!”王中阳有点没分寸了，在闹着。

“没什么好说的!”叶天明愠怒。

王中阳还在撒酒疯呢，“我就想建功立业，当排长，当连长……一直当到军长……然后娶卢静姝……我喜欢她!”

王家宁抓了一把花生，往王中阳嘴里塞，“闭嘴吧你!”

王中阳骂骂咧咧的，和王家宁扯皮起来。

谷少城想了想，绕过了刚才的话题，“连长，我们听过很多29军在喜峰口的故事，可是，我看我们现在的29军，怎么也不敢想象当年的骁勇……”

叶天明叹了一口气，“是喽!”然后低头沉吟不语。

谷少城还是觉得奇怪，为何当初所向披靡的29军才短短两年就变得一点不作为。他问，后来呢？为何29军会变成现在这样？

叶天明叹了口气，犹犹豫豫，一些话在嘴里吞吞吐吐，过了好久，才答道：“喜峰口那场仗，打得真是惨烈……最后我们都扛着大刀和敌人肉搏，从早晨打到天黑，从天黑打到黎明。后来我被炮弹震晕过去，在卫生院里醒来已经是半个月后。这些年总是说以和为贵，也不知道搞什么！国破家亡，能说和就和？我看现在 29 军军心动摇，有人主战有人主和，日军挞伐北平，我主张迎战，与他们意见相左，在 29 军，就过得一天不如一天。”叶天明又停了半晌，好像在说什么见不得人的秘密般，压低了声音，“把你们弄来守城，表面是惩罚你们，其实是针对我的，这只是他们挤对我的理由罢了。现在学生失踪，工人学生游行，29 军内部高层仍旧主张以和为贵，无所作为，看来宛平前景堪忧啊！”

谷少城听完，深深陷入沉思，他从未见过叶天明这样颓唐的模样。王中阳已经昏昏欲睡，兀自在边上喃喃自语，不时露出傻笑的神情。谷少城想，他大概是做梦跟卢静姝喜结连理，子孙满堂，白头到老了。

叶天明大口大口地喝酒，怕也是醉了。此时，叶天明借着酒意哼起了《松花江上》：

我的家在东北松花江上，
那里有森林煤矿，
还有那满山遍野的大豆高粱。
我的家在东北松花江上，
那里有我的同胞，
还有那衰老的爹娘。
九一八，九一八，
从那个悲惨的时候！
九一八，九一八！
从那个悲惨的时候，
脱离了我的家乡，
抛弃那无尽的宝藏，
流浪！流浪！
整日价在关内，流浪！

哪年，哪月，
才能够回到我那可爱的故乡？
哪年，哪月，
才能够收回那无尽的宝藏?!
爹娘啊，爹娘啊。
什么时候，
才能欢聚一堂?!

谷少城也一起跟着唱起来，王家宁也不甘示弱加入了合唱，三个大老爷粗犷的声音，唱着这样的歌谣，在深沉的夜里听起来有种说不清的悲怆。“国恨家仇，战争，你死我活的，拿起了刀枪，就没有了对错。”叶天明心中往事浮现，他看着身边三个年轻人对战争满怀憧憬的样子，忽然心中一阵绞痛。这世界真是残酷啊！他们本该在恋爱，在学习，为什么要让他们经历这样的苦难呢？

酒很快喝完了，崭新的旭阳初露头角，天快亮了。叶天明四人直直地躺在城墙上，抬头望向天际，白茫茫一片。

五 / 去日本避难吗

卢静姝跟谷少城和王中阳玩得开心，兴奋得一夜未眠，天还没亮，她就觉得肚子很饿，偷偷起来去厨房找吃的。竹田江美还没醒，意味着卢学初也没有醒。静姝把门推开，发出“吱呀”的响声，也没有人因此被惊醒。厨房里翻了个遍，没找到东西吃。又偷偷进了屋，做贼似的，她踮着脚尖上了楼。木楼梯发出“吱呀吱呀”的响声，她又关上了房间的门，躲进被窝里头，把那被子一盖，仿佛什么事都没发生。她饿得蜷缩着身体，睡了个回笼觉。

做了个梦，梦里后母唤了自己的名字，她也迷糊地应了声。醒来后，不知是梦还是真实，只听得门后一句“起来吃饭了”，接着便是急促的下楼声。不知为何，木屐的声音一下一下敲着静姝的心脏，她朝门望了望，眼皮疲惫得差点睁不开。强打了精神，才慢吞吞换了衣服，有气无力地下了楼。

卢学初此时正在喝一杯浓浓的茶，略微苦涩的茶味和茉莉花香刺激着他的神经，唤醒他一整天的气力。这茶是他在日本时候喝上的，一个福州的朋友带去的乡茶。远赴重洋，生死常悬于一线，家国之间总要有点寄托，

《茉莉花》的曲调几乎世界皆知，在外喝着茉莉花茶，就像歌曲一样，总是故乡味道。没想到喝上以后就放不下了，回国这些年，每年总要找福州的朋友买一些来，打发寂寥的岁月。杯底残存的茶叶总是让他很安心——只要有一天还能尝到这茉莉花茶的香味，就说明这个家还能挺得过去。

静姝的眼睛发红，黑眼圈还没退，眼里也无神，尽是疲惫。卢学初咂了口茶，发出“哎”的一声——这让他觉得舒服——才放下茶杯，看了看杯底的残渣，问道：“昨晚做什么去了，如此疲惫？”

静姝没好气地回应道：“被你禁足，关了禁闭，还能哪儿去？”

卢学初倒是好声回应：“我禁足你是怕你出了什么事。你能安心在家便好。”

静姝的两只眼睛还没完全清醒，只半闭着，懒懒散散地答道：“你说什么便是什么吧。”

卢学初这才抬起头看了女儿一眼。

竹田江美正端着白粥出来，看卢初学皱着眉，又看静姝一脸的疲倦，连忙说道：“吃饭，早上一顿最要紧。”

卢学初没有回应，一手端着茶杯，碰到唇边，到底是没有呷一口，而是停在那儿，看着静姝杂乱的头发，又放下杯子，问道：“你一个女子，一早起来也不梳洗，这样子怎么见人？”

静姝伸手抓了抓自己的头发，才意识到起床后只顾着困意，头发也没有整理。可又嘴硬道：“你都把我关在家里了，还见什么人呀。”

卢学初面有愠色：“大家闺秀，不管是在家还是在外，都要清清爽爽，整整齐齐。我们家虽不是什么名门望族，但也是有头有脸的，进出往来都不是等闲之辈，你这个样子，被外人看了去，可要怎么想？”

卢静姝一听这唠叨的话语，心里头的叛逆又起了，刚想反嘴，竹田江美马上插话道：“好了，孩子这么大了，心里是知道的，只是今天我叫她起床，匆忙了些，没来得及梳洗罢了。”又看了看静姝，说道，“你们中国人不是说‘民以食为天’吗？吃饭是最大的事，先填饱肚子，有话呀，吃完了再好好说。”

静姝听竹田江美打了圆场，也不再争辩，回了句“我现在就回去梳头”，卢学初倒也和气，说“吃了再去吧”，“一家人”也就坐下，心平气和地吃了一顿早饭。这期间一句话也没有说，也许每个人都在思考着什么，却又不知如何开口，直到静姝放下筷子，说了句“我吃饱了”，又噔噔噔跑回房间。

静姝一边整理自己杂乱的头发，一边想着昨晚的事，嘴角便忍不住上扬，甚至想今晚再去找他们聊聊天。王中阳像个大孩子，说话做事不经大脑，有些糊里糊涂，但是真可爱；王家宁，见识应该不浅，可就是太讲究，一副拒人千里之外、高高在上的样子；那个谷少城，中规中矩，虽总是说些自己不爱听的话，可句句离不开“纪律”“规矩”。本来就讨厌“规矩”二字的静姝，反而有些敬佩起谷少城这样愿意坚守原则的人。这个谷少城，倒有点像自己的父亲，都喜欢讲规矩，都像呆板的老榆树，可两个人给她的感觉又那么不同，具体是什么感觉，静姝自己也说不上来。

等她编好自己的辫子，又发起愁来。楼下还有个板着脸的“千年老榆树”等着自己，不知道要怎么面对，若不去面对，他肯定要找过来。被禁足了，这几日也出不去，只能在家中，要么面对竹田江美，要么面对卢学初。自己的小房间只待一天，就闷得透不过气来，可是面对这两人，一个无话可说，一个不但有话说，还可能转变为争吵，这让静姝十分纠结。她想，不如，今天就好声气地跟父亲借两本书来瞧瞧，先把这几日打发过去，如果晚上睡不着，再偷着去城楼找谷少城他们谈谈天，那也不错。

于是，静姝下了楼。

父亲在看一份昨日的报纸，竹田江美在一旁品茶，还问了句：“松下先生打电话来说近日要来宛平？”卢学初点点头：“应该就这几日。过几天他可能会登门拜访，你记得备好食材，做一顿地道的中国菜。”竹田江美点点头，一眼瞧见静姝，忙去拿椅子：“静姝来啦，快坐。”

静姝拽着自己的衣角，听见他们在谈日本朋友，本想走的，既然竹田江美叫了自己，也只好走过去问道：“你们在说的是谁？”

卢学初还在看报，随口答道：“哦，一个日本朋友，这几日要来宛平做生意，会来家里拜访，论辈分，你得叫他一声叔叔。”

“那我就不下来了，你的日本‘朋友’我不愿意见。”卢静姝阴阳怪气，“朋友”还加了重重的鼻音。

卢学初放下报纸，看了一眼静姝，想教育两句。话到了嘴边，始终没有说出口，于是问道：“你找我什么事？”

“我想借本书来看看，这几日憋在家里，没有事可做。”

卢学初把报纸两边叠好，随手端起茶杯喝了一口茶，问：“学校的书不够看了吗？”

静姝很少跟父亲借书，因为他经常不在家，小时候不识几个字的她都是直接摸进书房，去挑着看了个痛快，才把书端正地放回去。后来长大了，学校要看的书多，自己的书也多，便没有跟父亲借过书。

卢学初又拿起茶壶倒了一杯茶，道：“那你写了借书单吗？”

卢学初对自己的书籍十分爱护，不管是谁想要借书，都要当着面先写一份借书单，写清借去的时间和归还日期，方能借走。若是逾期，他还会拿着单子去问，要再借，还得再写一份借书单才行。这倒是静姝没想到的。

她有些诧异道：“我就在家没出门，看完就还了，不需要写什么借书单吧？”

卢学初思索了片刻，说道：“可以，但是这样的话，我借什么给你，你就看什么，不能挑。”

静姝心想，就几本书，我还会抢走不成？但嘴上还是答应了。卢学初才站了起来，先把报纸叠成四四方方的一片，放在桌上，去书房拿了四册书出来，交给静姝。

静姝拿来定睛一看，差点没气死——书的封面上用毛笔端端正正写着“日语读本”四个大字。

卢学初正色道：“这四册书你若认真学，便能和日本人进行基本的沟通，这是非常有用的。”

卢静姝像捧了个烫手山芋似的把书往桌上一丢，说：“我为什么要和日本人沟通？真让我去当汉奸吗？!”

卢学初见静姝这么激动，反倒是意料之内。他心平气和地把四册书拿起来，用手摩挲着，说："静姝，我认真想过了，宛平城已经不安全了，我们最好离开这里。"

"去哪？"静姝察觉到一丝不快，"去日本吗？"她有些失声。

"是的，先去日本，等我处理完这边的事，就去日本接你们，再去美国。"卢学初说，"中国已经不安全了，这里迟早要被日本人占领，我们离开这里，安全能被最大限度地保障。"

静姝不能理解自己父亲的做法，甚至连父亲说的都没听进去。去美国？不存在的，她只听到去日本的话。"谁来保障我们的安全？那些日本人吗？我们的国家在被他们侵略，我们的同胞在被他们杀害，你怎么能保证他们不伤害我们？"

卢学初解释道："我已经跟日本的朋友联系过了，他们都是有权势有资产的商人，能保证我们一家人的安全，我们可以在日本继续做生意，只是换个环境学习和交朋友而已，你不必担心的。"

"这不是我所担心的，我只想问问你，有没有考虑过我的感受？"静姝感到十分无力，"你有没有考虑，哪怕有一刻考虑过我的心情？如果你有，你就不会擅自做这样的决定。"

"如果我没有，我就不会告诉你这一切，而是直接把你押到去往日本的商船上！"卢学初回答，"倘若我真的不顾你的感受，那这里的一切都好解决，我什么都不需要对你说，你可能睡一觉，醒来就已经在日本了——要不要对你说，我也考虑了很久，你今天这个模样我也早就想过了，正是因为考虑到你的感受，我想让你好好记住这个地方——或许我们不会再回来了，这几日，或许就是你留在宛平的最后几日了。"

"我讨厌日本！我憎恨日本！我参加学生游行为的是什么？就是在抵制日本对我们的侵略，抵制他们的暴行！你这样做，等于把我推进一个万丈深渊！"

卢学初反问道："你可知你每日抵制的是谁？你抵制的是你的亲生父亲！你的父亲，我，在中日奔波，做南北生意来养活你，你却在抵制我？"

卢静姝辩解道："我并不是抵制你，就是抵制日本人，抵制日本货，我抵制正在侵略我们国家的日本军队和指挥他们的日本政府，我抵制关于日本的一切！"

"你的正误是非倒是分得很清楚！"卢学初嘲笑似的说，"可是，你见过几个日本人？你每天冲着的不都是我？还有从来没干过坏事的妈妈？那你有没有看清，我所做的一切，都是为了这个家？我带你去日本，也只是想尽我所能保护你。"

竹田江美听到父女俩的吵闹声，急忙过来想要劝架，可看到的只是落泪的静姝和无声的卢学初。看到竹田江美过来，卢学初又冲着静姝指了指竹田江美，道："你妈妈现在怀孕了，现在我们是一家四口，请你也考虑一下我们的心情。"

竹田江美想开口劝慰静姝，静姝马上一句"她不是我妈妈"，便逃回了自己的房间，让竹田江美到嘴边的话硬生生憋了回去。

卢学初直拍胸口，对竹田江美说："你打电话问问松下先生什么时候来，我有事找他！"

竹田江美"哎"了一声，便去打电话了。才摇下号码，卢学初又伸手夺了话筒，挂了回去："算了，等先生来了之后再说吧。"

"也好，当面说能说得清楚些。"竹田江美点点头，把电话摆端正。

静姝不想去日本，可又无力辩解，冲着空气撒了脾气之后，思来想去，就匆忙收拾了自己的东西和一些钱财，想要逃离这个家。趁着四下无人，便像昨天似的，从后院的矮树翻墙出去，躲进了不远处无人的小庙，想在这儿熬过几日。

家里的老钟敲响第七下时，晚饭时间也就到了。今天竹田江美又做了静姝爱吃的几道菜，烧排骨才刚出锅，香味勾着还未归家的人的心。和往常一样，竹田江美把自己带着油渍的手往围裙上擦了擦，然后踩着木屐，从楼下走到静姝的房间门外，唤她的名字。

不同的是，今天唤了她十几声，都没有人回应。

在楼下的卢学初正在给日本友人写一封信，才刚结尾，就听见竹田江美焦急的木屐声赶着过来。

“不好了，我刚才叫了静姝好几声都没有人答应，会不会出什么事了?”

卢学初用手掌慢悠悠地捋平一张信封，细细折了折，还把信小心地塞进信封中，一边签着地址，一边回应：“许是耍脾气不吃饭了吧，别管她，这孩子脾气冲，饿了就自己下来了。”

竹田江美叹了口气，说：“您还是去看看吧，我觉得她这次真的气坏了。”

卢学初把信封封好，这才把卷起的衣袖放下，说：“那我上去劝劝。”

卢学初的脚步有些沉，把木楼梯踩得发出陈旧的声响。他又沉沉地敲了敲静姝的房间门，可是没有人回应。大声喊了静姝的名字，也没有动静。用力把门一推，竟然推开了。

竹田江美伸出脑袋往里瞧了瞧，大惊失色：“静姝不见了!”

“不仅人不见了，”卢学初看了看四周，“她的东西也少了一些，出门经常带的包也不见了。”

“快到学兵营，看看静姝是不是去那儿了!”竹田江美说了这句话，卢学初才想起，静姝很有可能就是偷着去了学兵营。

急忙寻到了学兵营，可是这一边的人却告知卢静姝今天并没有来。卢学初还特地把静姝的模样、年龄、身高、名字都报了一遍，学兵营的人也很负责，特地去排查了一遍，也没有发现静姝的影子。一下子，卢学初的脑袋嗡嗡作响，眼前立刻出现了无数种可能或不可能的事情，这些事情在他的眼前乱作一团。

竹田江美连忙把卢学初安抚下来，让他坐在靠背椅上，给他端水，好声劝了几句。

另一边，学兵营也乱作一团。先是卢家来找人，可是静姝早几天前就回家去了。大家也急得不行，来来回回跑了十多趟确认静姝是否在营中。营里的人更是一锅粥，有的怀疑是日本人又把学生给掳走了，有的甚至都说了不好的结果。像流行感冒似的，这个消息很快传遍了学兵营的每个角落。

王中阳又是最先得到消息的。他刚出去打水，就听说卢静姝失踪了，丢下水瓶就跑回宿舍，一脚把门踹开："谷少城！你听说了吗？卢静姝不见了！"

谷少城差点跳起来："不见了?！你听谁说的？把话说清楚！"

"我刚去打水，好几个人在那儿说呢！听说卢静姝的父亲过来问人在不在这儿，说是不见了，你可知道这回事?"

"我知道我知道！"一边看热闹的新兵插话道，"十有八九是被日本人抓去了，我说呀，这要是被抓去了，可就活不成啦！"

"别瞎说！"王中阳怒斥了一声。

谷少城接着问："人找不着，那他们怎么办?"

"能怎么办？就等明天见报了呗！"新兵又半开玩笑说了一句。王中阳暴怒，如果不是谷少城拦着，怕是揍他个半死，新兵见势不妙，偷偷溜了出去。

过了一会儿，又有人过来通知："快去操场集合！现在全城搜寻卢静姝！"

谷少城小声问了句："怎么一个姑娘家，要这么多人去搜寻?"

旁边的王家宁说："营长怀疑是日本人干的，让我们先在城里找。"又有人说："这姑娘的爹有钱，说不管花多少钱都要找到人。"总之，什么说法都有。王中阳却说："我俩只管把人找出来，保证她平平安安的，比什么都重要！"

谷少城倒觉得有意思：上一回卢静姝出走，就是因为和人斗嘴生气跑了，这次呢？好端端在家待着怎么会丢呢？况且是下午丢的，日本人再嚣张也不会大白天掳人。总之，是日本人掳走的可能性非常小。

谷少城又想到，静姝昨晚跑出来，是说"与家人争吵"，还说"这种事常有"，那么今天可能也是与家人争吵才出走的。

想到这里，他一把拉住了王中阳，问："你不是喜欢卢静姝吗?"

"你不是早就知道了！"王中阳没好气地说，"你现在只管帮我找人，别的事以后再说！"

“我给你指条明路,”谷少城说,“你现在去城楼看看她在不在。她昨晚和家人赌气就是去城楼找我们的,没准今天也去了。”

“有道理!”王中阳一路小跑。

谷少城松了口气,想,这下应该能找到了吧——那便没有我什么事了,虽然等会儿也是我值夜,不过还是给他俩多点时间相处吧。

于是谷少城一个人无头苍蝇似的乱逛起来。

六 深夜偶遇

入夜的宛平城与白天相比又是一番风景。白天的喧嚣在夜里已经沉淀了不少，鼎沸的人声转变成了夏虫的低语，窸窸窣窣，在说着白日里不敢说的话。皎白的明月照亮着晚归人的路，巷尾的野猫却是借着夜光，一溜烟地踩着圆月洒下的一地白光跑过，留下尖厉的猫叫。

谷少城漫无目的地走在宛平城的小道上。这里的夜晚总是一派祥和，从小就是这样。与热闹的北平比，这里更让他感到安心。好像这里是另一个世界，入了夜，带着困意睡去的人们，把战争、国耻、白日的热浪，一并枕在脑袋下，把这块小天地变成了一个安静的世外桃源，除了昆虫登台表演相声外，只剩下远处的狗吠声。

夜里几乎没有开张的店。卢静姝的倩影在谷少城心中一闪而过，继而浮上王中阳那副吊儿郎当的脸。少年人的感情可不需要理由，就像冬天田野上枯尽的草，一点火星就可以烧去半个平原。谷少城想着他俩，心里略有不快，颇想去买壶酒来尝尝。踌躇许久，却想不出一个不快的理由。

“或许就是馋酒了吧。”他自言自语道。

谷少城踩着青石板路的月光，破旧的军靴发出“吱吱”的细碎声响，把这夜的静都踩碎了。不一会儿，谷少城就走到了一家小店，店外的破布旗写了个“酒”字。店门虚掩着，偷着昏黄的灯光，“吱呀”推开老木门，伙计正打着瞌睡，猛地惊醒了，揉了揉惺忪的眼睛，有些埋怨地说：“这么晚了，你咋还在街上晃荡？”

“你不也没关门吗？生意不做了？”

谷少城从兜里拿出几个铜板，整齐叠成了一摞，堆在老柜台上。伙计一边打着哈欠，一边收了桌上的钱，拉开抽屉，数也没数就丢了进去：“老板不让关门，说晚一些会有人来喝酒——这大半夜的，鬼来喝哟！”

谷少城打量四周，店里贴了几张大字，端正地写了酒菜的价格。大略扫了一眼，比平时贵了一些。谷少城不禁觉得好笑，想想当年自己和王中阳连一碗面都吃不起，现在竟然有闲钱买酒吃。门旁还贴了一张纸，写了“莫谈国事”四个大字，怕是巴不得进店的人都能看见这几个字。

伙计慢腾腾打了一壶酒，放在了桌上，谷少城一口气喝个底朝天，然后说，再来一壶！趁着伙计打酒的当口，谷少城指着身后的字问：“你们老板这是什么个意思？”

“怕惹事呗！”伙计随口应了，又打着哈欠去一边趴着了。

谷少城拎了酒，刚想出门，身后就一声低沉的吆喝，接着是一记爆栗砸在小伙计的脑袋上——“叫你来人了喊我，你做啥了？还睡觉？!”

小伙计委屈地低了头，还想伸手摸摸自己的脑门，又被掌柜的一巴掌拍掉了手：“没脑子还揉?！越揉越没脑子！”见谷少城往这儿看，掌柜的又朝他瞧了一眼，挥了挥手：“我们要打烊了，我这儿等会儿有重要的人来。”

谷少城自觉没趣，抬脚便走，刚走了几步还未把头扭回来，就被迎面而来的人撞了个满怀。一看，居然是个留了八字胡的商人，后头还跟了几个小跟班。

是日本人。他不动声色，假装喝多了，在靠门的桌上坐了下来。他早些时候听过，日本人留着八字胡，大多是有些身份的人。而那人一眼扫过谷少城，就装作视而不见，径直走向一张桌子，就坐了下来。老板一看，连忙笑脸相迎，整了整自己的衣领，满脸的褶子都笑了出来，搓着双手，谄媚地凑上去。

谷少城猜想他们是要说些什么，刚想找个位置假装喝酒，又想想不妥——刚才那掌柜就忙着把我赶出去，也许是说些见不得人的事——果然，小伙计也被差遣去厨房弄些下酒菜来。掌柜的一看谷少城还没走，再下逐客令。

日本人往这边打量了谷少城一眼，什么话也没说。

谷少城被冷峻的眼神惊得后背一凉，假装喝多了，敛了锋芒，踉踉跄跄地往前走，过门槛的时候一个趔趄，摔倒在马路上，却死死抱着酒壶，一副嗜酒如命的样子。谷少城嘴上含糊着，骂道："开个破酒馆，搞那么高的门槛干啥？摔死人怎么办……"然后翻了几次身没起来，把酒壶放在门槛边，扶着门槛慢慢起身，感觉费了好大劲，然后还想去取酒壶。伙计看不下去，走过来推少城，"走走走，麻利点!"谷少城顾不得拿酒壶。晃晃悠悠地去了，嘴里还不干不净地咒骂着，声音渐渐低去，一脚深一脚浅地走远。日本人透过门窗看着谷少城消失在巷口。

谷少城刚刚进了巷，立马靠着墙，屏声静气地听，过了一会儿，他听到酒馆的门"吱呀"一声关上了，接着是上门闩的声音。他轻手轻脚地潜回到窗下。

谷少城回头看了看紧闭的门，透出的灯光在说着些不可告人的秘密。他偷偷去侧墙下蹲着听。

"太君，您看看我们这店……"

"你不必叫我太君。"那日本人用生硬的汉语回应，"太君，是你们中国人称呼我们大日本帝国军人的方式，我是商人，你叫我先生，就可以了。"

"是，是，是，"掌柜的赔笑，"您看看我这店……"

"店有点破旧了，但还不错。你们中国人什么东西都旧旧的，等我们拿过来，好好休整休整，一定会很漂亮的。"日本人喝了一口酒，咂了咂嘴，"这酒，也没有我们日本的香，喝起来让人觉得肚子里都是火——你把酒撤了吧，我喝些茶就好。"

伙计才刚端了一盘酱肉，又被掌柜的打发去泡上好的龙井。想了想，转身从柜子里端了果脯出来，龙井配酱肉不是讲究的吃法，应该加上果脯才有点样子。

“我们不浪费时间，”松下次郎拿起一枚果脯，闻了闻，又放下，“钱我带来了，店，什么时候转给我？”

“马上就行！”掌柜的搓了搓手，朝他身后的人望了望，“那钱……”

日本人朝身后的人一示意，一个箱子就被提了上来，杵在桌上。“你数数。”他说。

掌柜的没敢动，补充说：“法币的，不要。我要袁大头。”

日本人说，就是袁大头。说着旁边的打开了箱子。

“不数，不用数！”掌柜的还是忍不住，抚摩着整整齐齐地码在箱子里的银圆。他看了一眼日本人，日本人没动。他忍不住又伸手捏着一个银圆，憋足了气，使劲一吹，然后放在耳边听它的金属的震鸣。日本人还是冷冷地看着他，他谄笑着说：“不用数，和太君做生意，我不担心！”

那日本人喝了口端上来的茶，眼里没有丝毫波动，仿佛这只是一场简单的交易。

掌柜的抽了张椅子坐下，又赔笑道：“您看，这屋后我家宅子也归您了，您不去后面瞧瞧？”

“不用了。”松下次郎回答，“你把东西都收拾了，能卖的都卖了，这店里的也是。我一件都不要。”

掌柜的有些吃惊：“这里里外外大件小什，您都不要？”

日本人看了他一眼，什么话都没说，身后的另一个日本人则操了一口流利的汉语解释：“松下先生只喜欢我们大日本的家具和摆设，你们的东西都不要。宅子和店，都会被改成我们日本居所、日本小店的样子。所以请你务必把所有的东西，包括墙上的挂画，全都处理干净。”

“只留这空荡荡的屋子？”掌柜的又确认了一遍。

对方不再说一句话，沉默了几秒。掌柜的一拍手：“得嘞，我明儿就请人清了干净！”

松下次郎吹了吹茶的热气，大口喝了一口，想起什么似的，问：“刚才进来的中国人，是个当兵的吧?”

“不知道，从来没见过。”掌柜的应道。

侧墙窗下的谷少城心里一颤，生怕被逮个正着。

“他穿的是你们中国的军靴，走路的样子也像是个军人。”

“嗨，看他那醉成狗的样子，邋邋遢遢的，会是个兵?再说了，三更半夜的，我们这儿哪有兵乱跑?”

日本人放下茶杯，皱了皱眉头：“你不知道吗?你们城里丢了个女学生，怕是中国军人都出来找了。”

掌柜的应道：“大晚上的，我们这儿哪有什么女学生会跑来?再说了，找女学生，他还来买酒吃，一看就不务正业，太君不必挂在心上。”

日本人站了起来，看了掌柜的一眼，没说什么，转身就要走。谷少城悄悄地隐在黑暗中。掌柜的一边点头哈腰，一边跑在前头给日本人开了门。只听一声清脆的响，原来是谷少城放门边的酒壶被踢倒了，浓烈的酒气一下冲了出来。

“哎哟！可把您的裤子弄脏了!”掌柜的大呼小叫起来，“我给您领屋里换条裤子?”

“不必。”日本人冷淡地回应着，并往一边的巷子看去，目光穿过了巷子似的，把黑暗中谷少城的冷汗都吓出来了。可是，日本人最终还是没往暗暗的巷子里多走一步，也没再说什么，就带着身后的人走了。谷少城松了口气。等人走远了，掌柜的还站在门前痴痴地笑，谷少城一下钻了出来，狠狠拍了掌柜的脑门，“你想当汉奸?”

掌柜的一看谷少城，就认出他来了：“干吗呢?!”

“跟日本人做生意，可不是汉奸?”谷少城说，“你把你的店、你的宅子都卖给日本人，你还说你不是汉奸?”

“我卖我的店，又关你什么事?”

“那我说你是汉奸，你大不了把耳朵堵起来！汉奸!”谷少城又骂了一句。

掌柜的不想跟谷少城周旋，于是转身想走。可谷少城不依不饶：“你把话给我说清楚了。你为什么卖房子给日本人?这些人要进了宛平城，还得了？”

掌柜的瞧了他一眼，丢了句：“你说我是汉奸，我还笑你小命都保不住呢！”

谷少城一把抓住掌柜的手，那掌柜倒也不怂，睁大了眼瞪着谷少城。

“我怎么就小命不保了？你给我说说！不说，我把你的手给拧了！”说着，还加大了指尖的力度。

“别别别！”他大叫了几声，好不容易挣开谷少城，又被抓小鸡似的，胳膊被狠狠抓了回去，疼得他龇牙咧嘴。一会儿，掌柜的看谷少城不肯放他走，只好垂下眼皮，说：“我这也是求个活命，逼不得已的。”

“谁逼你了？把日本人放进来，你还能活吗？你也不想想清楚！”

“我就是想清楚了才这么做，不然祖宗坟都在这宛平城，谁肯走？”掌柜的有些恼怒，“我死了不要紧，我的妻儿怎么办？跟着我一起去死吗？”

“可是你把店卖了，还是卖给日本人，我看将来哪个中国人敢留你，哪个日本人肯收你？”

掌柜的看了看四周，四下寂静无声，只有他还和谷少城在周旋，于是一把把谷少城扯进店里，压低嗓音，说：“过两日我便举家去南方，避难去。”

谷少城觉得十分生气：“去南方？等这宛平城沦陷了，等北平都沦陷了，南方迟早也要被占去的。”

“我不管！他占一分，我就挪一分，大不了，我……我出国去！”

“国都要亡了，你那家还留着有个什么用?!”

“家是老婆孩子热炕头，我管得了；你说这国是啥？我还真管不了。宣统逊了位，眼见着袁总统来了，不称意换黎总统，然后又是冯总统，一路到我们现在蒋总统，走马灯似的换，老百姓的日子可是一天不如一天了，今天买米要抢，明儿买盐要抢。大老爷们可就舒服了，谁管过我们死活？”

“可是……”

掌柜的不接话，用手一指柱子上的四个大字“莫谈国事”，堵了谷少城的嘴。“去，再给他装一壶酒。明儿啊，我这店可算功德圆满咯，再想喝我这酒，下辈子吧！”掌柜的回头唤了伙计，“看你自身难保，你还要守着这宛平城，我倒替你可怜！”

谷少城把掌柜的胳膊拧得更紧了：“你这话什么意思?！什么叫我可怜?”

“什么意思，哼！”掌柜的用力抽回自己的胳膊，揉了揉，“你看这情形，一大批日本人就在城外守着，你猜猜那小鬼子为什么买我的店?”

谷少城从鼻子里出了口气，“呵”了一声：“你可真是人前一套，转脸就叫人‘小鬼子’——你倒说说为什么?”

“我看啊，那日本人马上就要打进来了，所以这鬼子才收了我家的店。专门卖东西给日本人，到时候，他可是赚翻了！一个军队的钱，能不好赚?!”

谷少城皱着眉头，眯起眼睛：“瞎说！还有29军守着，怎么也打不进来!”

“哼，打不进来？你自己看着吧！将来打进来了，第一个死的就是你们这群守城的吧！”小伙计打了酒递过来，掌柜的一抓，伸手摆在谷少城面前，“我，只求保我自己和我的儿女，其他的我都不管！你啊，拿了这最后一壶酒，滚远些吧!”

谷少城不依不饶：“你从哪知道的这些消息？你给我说出个所以然来!”

掌柜的呵呵笑起来：“那鬼子来找我，说要收了我的店，我就猜出来了。准是要打起来咯！过几天我就和家人，带上我这小伙计，一块去外地避难了。”见谷少城不走，掌柜的又说了句，“我不是什么汉奸，我只求自保，你要想活命，劝你一句，脱了军装军靴，脸上抹点灰，跟着出了城，一路往南去吧。”

“国难当头，你只求自保，未免太过自私了吧?”

“怎么着，你想让我带你一块跑啊?”掌柜的开玩笑似的回了这样一句，又转了脸色，“你不是我，又凭什么来指责我？我只是在尽为人父、为人夫的责任而已。对国，我是不忠了，可是对我的妻儿，对我的老母亲来说，我绝对是好父亲、好丈夫、好儿子。你，你来当兵，你父母同意吗？他们乐意看见这宛平城沦陷，第一个就把你送出去当炮灰？”

谷少城刚想反驳两句，就被掌柜的推了出来，接着，就是一声粗暴的关门声。再后来，伙计在店里熄了灯，世界瞬间安静了，留了个谷少城在外头呆呆站着，反复想着掌柜说的话。好一会儿，他才拎着自己的酒，慢吞吞地走在路上。谷少城觉得，日本人买下店铺，肯定没那么简单——为了将来开店还好说，就怕是日本人在宛平埋下个眼线，万一真打仗了，就是个内应，这才是真麻烦。

这样走了许久，竟然鬼使神差地走到了静姝家门外，他对着门口的石狮子，呆呆地站了一会儿。狮子卷发巨眼，张吻施爪，自是一派威严。配上青砖的门墙，说不出来的气象。只是，从门上的铆钉已经看得出来，这户人家年岁久远。

谷少城一阵怅然，心想，此时静姝和王中阳应该在城墙头一起谈天说地了吧？又或者是已经回家休息了？他想着王中阳和静姝两人嬉笑着走过宛平的街，心中空荡荡的。想起刚才酒店掌柜的话，心里一股子火气，可又想不通，压不下来。他觉得掌柜的说的似乎有那么些道理，又似乎都是无理据争。也许那位掌柜的只是为自己的作为辩解一番，而国仇国耻在他心中的分量，并不及那一箱银圆。

没有去处，谷少城就在卢静姝家周围绕了两圈。卢静姝家灯黑着，没有一点儿声音。远远看到有个小庙，或许供了什么土地公或者小神吧？总之放眼过去，恐怕只有那里既能容他一晚，又不易被打扰。于是跨着大步往小庙走去。

庙里隐隐约约透了灯光出来，谷少城心想，也许是路过的守夜人点的灯吧。

这个庙又小又破，不知道盖了多久了，旁边的墙上还用朱砂写了字，可惜都被风雨打得模糊了，借着月色也看不出什么来。门边的墙上还有无数层纸糊过的痕迹，或许被顽童玩闹时扯下，地上留了几张扯碎的纸片。

谷少城的靴子发出“咯吱”的细碎声。当他靠近庙门时，里面透出的昏暗的灯光忽然就黑了。他想，这是不是被风吹灭了灯——不！

他立刻回到警觉的状态，意识到庙里可能有人，而且那人害怕被发现——庙门是紧闭的，那人也十分警惕。若里面是个狠角儿，自己岂不是惹祸上身了？

刚想离开，他又想，若又是什么人在做些勾当呢？我一个军人，岂能怕惹麻烦？万一是刚才那几个日本人呢？他的心跳得厉害，深呼吸一下，给自己壮了壮胆，然后思忖片刻，从口袋里摸出一条手绢，蒙住了脸，然后抬脚往门踹去。同时，门被什么撞了一下，很快反弹回来，里面发出一声尖厉的“啊”。

是一个女人。声音听起来很耳熟，谷少城一时没听出对方是谁，下意识问了句：“是谁?!”

“少城?”里面的声音颤抖着，鼻音很重，听起来很不确定。门被慢慢拉开，一位女子瑟瑟缩缩地走了出来。谷少城借着月光看清对方的轮廓，是卢静姝。于是进了庙，点了蜡烛，方才看到她满脸泪水，头上还起了个大包。

看清谷少城，静姝扑过去抱住他，忍不住放声大哭，让谷少城不知所措，身体僵着，不知如何是好。卢静姝哭了好一会儿，渐渐缓过神来，可能是意识到男女有别，很快退了两步，赶紧擦了眼泪。

“你哭什么啊？在这儿装神弄鬼，差点没把我吓死。”谷少城瞧了瞧破庙，地上还有一垛干草，看来她是准备在这儿过夜。

“我没怨你……”卢静姝沙哑着嗓子说，“你倒怨起我来了?”说着，又忍不住落了泪。

谷少城对女孩子流泪一点办法也没有，只好改了腔调，说：“不怨你不怨你，你——在这儿干吗？怎么还没回家?”

“我从家里跑出来的……这儿又是老鼠又是蟑螂！刚才我还以为你是……吓死我了!”

“那你这个大小姐可以回家去啊，在这儿活受什么罪？你又吃不起这苦。”谷少城多点了几支蜡烛，整个庙一下明亮起来了。

“我跟我爹吵架了，所以跑出来了……”

“哟，那看来是吵输了，你也有跟人吵输的时候啊，我还以为你整天跟个斗鸡似的到处找人要嘴皮子呢！”谷少城又好气又好笑。

“我只是想在这儿熬过几天，过几天我就回家去……”

“估计整个学兵营都来找你了吧？你说你一个大小姐不在家好好睡觉，把我们大伙都叫起来陪你捉迷藏，你面子够大的啊？”谷少城说。

“我知道。他们来过这里。”卢静姝说，“我只是藏得好，没让他们发现。”说着，卢静姝带着他，走到小庙神龛下供桌前，挪开跪拜的草垫子，用脚跺了三下。一块青砖凸起来，卢静姝很熟练地挪开青砖，在底下摸了摸，使劲一拉，神龛下的青砖墙出现一个半人高一样的暗门，把谷少城看得目瞪口呆。

卢静姝说，这是个尼姑庵，以前这里的师太是她妈妈的好朋友，眼见世道不好，就偷偷挖了一个小地窖，以备不时之需。妈妈还在世时，她常来玩，后来妈妈去世，师太也不知道去哪了，她就很少来这边。

谷少城说：“你真是不省心啊！你真该出去看看，宛平都快炸锅了。我看王中阳那小子，怕是要疯了！”

卢静姝听了后，默不作声，只是不停地用手抹眼泪。谷少城对她不知说什么好，就端了酒，坐在木椅上，大口喝了起来。这样一口两口下了肚，心里也忽然跟着舒坦了许多。“那你不躲里边，怎么又出来了？”

“我饿了。”然后她肚子很不争气地咕咕作响。

“我也要喝！”卢静姝说着，一把抢了过来，大口灌进嘴里，才一口，就辣得她不住地咳嗽。谷少城见她这样，忍不住笑了，但是马上又收了回来：“不会喝就别喝，糟蹋了我的好酒。”卢静姝眼眶里还带着泪，一生气，就把酒重新扔给谷少城：“不就喝你一口酒，看你那小气劲！你还把我的头给撞了，起了这么大一个包呢！”

谷少城瞥了她一眼，果然，那个包应该就是自己踹门时踢到的。

“对不起。”他涨红脸说。

场面一度尴尬，卢静姝骂了句：“榆木脑袋！”

“你这酒哪儿买的？城里吗？真辣！”卢静姝舔了舔嘴唇，只觉得喉咙辣乎乎的。

“不是。我在城南一个小巷子里买来的。”

“城南不是很冷清吗，怎么大半夜还有人卖酒？”

谷少城掂了掂手里的酒，说道：“你别说，刚才还出了件事，让人不痛快！”可是想了想，又道，“算了，与你无关的事，还是不与你说了。”

“真吊人胃口！你快说给我听！”卢静姝催促道。

“嗯——我刚才买酒时，听到那个店家和日本人做交易，把他们家的店卖给日本人了……”

“就是汉奸嘛！”卢静姝从嘴里钻出这几个字，把谷少城惊了一下：“你……你不在意吗？”

“在意什么？你怕我在意汉奸两个字啊？”卢静姝翻了个白眼，“我又不是汉奸，我干吗在意这两个字？”

“那就好。”谷少城喝了一口酒，继续说，“当时我在墙根下听得清清楚楚，那店家把自己的店和宅子都卖了，日本人估计是要住在宛平城，还要在宛平开店。”

“那你有没有揍他们一顿？”卢静姝一下子很激动，“你身手那么好，肯定把他们揍得满地找牙对不对？!”

“他们人多势众……”

“真怂！”卢静姝一只手撑着椅子，一只手轻轻揉着脑门，一会儿，又问了句，“之后呢？”

“那日本人走之后，我把掌柜抓着问了几句……他说了些什么战争要来了之类的话，还为自己辩解了一番，最后送了我一壶酒。”

“这酒是他送的？那个汉奸送的？”静姝往地上“呸呸”了两声，指着谷少城说，“你也不许喝了！”

“不算他送的吧，我花了钱买的，只不过我买的被踢倒了……”

“不管怎么说，他都是一个汉奸！汉奸的东西怎么能要！”

“那你父亲……”谷少城刚脱口，就闭了嘴，紧张地看了静姝一眼。才下去一口酒，她的眼神就迷离了。

“我父亲……哼！他也是汉奸！他还想把我带到日本去！想得美！”

谷少城轻咳了两声，清清嗓子：“嗯……你想不想知道那掌柜跟我说了些什么？”

卢静姝冲他点点头，眼睛有些疲惫地半闭着，恐怕是酒的劲头上来了一些，让她感到困倦。

“他说，别的他不管，只想保自己和家人的命……你想想，他一个小店掌柜，没权没势，或许只能靠卖店赚的钱带家人离开这儿呢……”

“不管怎么说，他这样都是出卖了国家。现在日本人都要进城来了，他倒好，直接让日本人来开店，这不就是汉奸！”

“可为了家人好像没什么不对吧？”

卢静姝打断了谷少城的话，只问了一句：“你有脑子吗？为什么一个掌柜，与你素不相识，要对你说这么多？”

谷少城看着眼前的女子，她伸手拿了自己怀里的酒，猛地灌了几口，一抹嘴，打了个嗝，非常不优雅地坐在木椅子上，带着浓重的酒气说道：“他这是过不去自己的良心罢了！他觉得这是他卖店给日本人的理由，说给你听，落个心安而已，他想用这种方式告诉他自己，这都是迫于无奈，形势所逼。可在我看来，都是借口！他是自私的，店给了日本人，那周围的民众可都要遭殃了！这是出卖了我们中国人换来的平安，你会要吗？我劝你啊，去找叶连长把这件事说了，最好在他店门口蹲着，等日本人一来，全逮了去！”

这样一番带着酒气的话语，又让谷少城沉思起来。他觉得静姝说得有道理，掌柜也说得有道理，不知如何是好——一抬眼，卢静姝又给自己嘴里倒了两口酒，谷少城赶紧拦了下来。

卢静姝看来是醉了，说话倒清楚，整个脸都涨红了，不住打着嗝，时不时冲谷少城傻乐。

谷少城试探地问了句：“要不我送你回去吧？外面的人都在找你。”

“不回去！我回去了，我爹就把我送去日本了！”卢静姝大声嚷嚷了几句，又低下声，嘟嘟囔囔起来。

“你父亲也是为了你好，保护你的安全而已……他没有伤害中国人。”

“怎么没有！他帮日本人卖洋货日货，拿了中国人的钱，送去日本，造子弹大炮来欺负我们中国人。”

“不能这样说的。你父亲只是商人而已。”

“我知道！我知道！我都知道！”卢静姝摆摆手，“他不是汉奸，可我生气啊！他不能卖我们中国的商品吗？我们泱泱大国就不会造灯泡，不会造相机了？凭什么都卖洋货啊？况且……他还娶个日本女人回来……我在同学面前都抬不起头！”

“你的父亲没有错，只是为了这个家而已。”谷少城这句话之后，静姝慢悠悠站起来，倒进干草堆里——醉过去了！

谷少城过去轻轻拍了她的脸，她用手挥了挥，转了个身，皱着眉头睡去了。谷少城叹了口气：“可怜我那兄弟还在城楼找你哟！”

谷少城自己坐在一边，把最后一点儿酒收进肚子里，然后撑着脑袋想着今晚的事。想着想着，就快睡了过去，一激灵醒来，他拍了拍自己的脑门：“谷少城啊谷少城，现在外面都在找这姑娘，你要是跟这姑娘待一晚上，说得过去吗！”说着，一把扛起卢静姝往外走去。卢静姝本来肚子里有酒，正难受着，现在被翻了个位置，立刻哇哇吐起来，一肚子的污秽都留在谷少城背上了。谷少城自己差点吐出来，赶紧把卢静姝放下。

卢静姝吐完了，舒坦多了，酒意还没退，又想睡过去。谷少城想了想，还是不能把她留在这儿，只好一把抱起，往静姝家走去。

走到半路，卢静姝含糊不清说了几句话，挣扎着下来了。恐怕酒一下醒了一半，她挥着拳头往谷少城胸口砸了一拳：“你凭什么把我往回带？我答应了吗?!”

“你跟我两个人要在那破庙住一夜，你的名声还要不要了?”

“那你可以自己回学兵营去，把我丢那儿啊!”卢静姝生气地往回走。

谷少城说：“我把你一个人丢那儿，那我还是个男人吗?”

“你不是男人，不是我的朋友，你怎么可以出卖我?”

“既然我是你的朋友，你就不要让我为难了，听我一句劝，回去吧!”

静姝才走出去几步，又走了回来，用力往谷少城身上打了几下，边打边骂："你要是把我送回去，才是把我推进火坑里！你敢送我回去，我明天还跑！"

谷少城站在那儿被一拳拳打着，一声不吭，真成了榆木疙瘩了。卢静姝见对方不还手，又用力踢了一脚，才解气。

"我送你回家。"他继续坚持着。

"那你说个让我回去的理由啊！"

"静姝，你真的比很多人幸福了，可是你不珍惜。你的父亲为了你，能让我们整个学兵营出来找你。你一直是被父亲爱着的啊！相比之下，我和王中阳从小连爹妈长什么样都不知道，你不觉得你真的太幸福了吗？"

卢静姝反驳道："行啊，那我俩换，你来我家当大小姐，每天有小孩对你唱童谣骂你是汉奸，每天你要面对一个日本女人，你爹还希望你张口叫她娘，你乐意吗？"

"如果，如果真的是这样，那我愿意！"谷少城坚定地说。

卢静姝觉得好笑，于是谷少城又说："我和王中阳从记事开始就在街上流浪，每天都在想今晚要睡哪，明天要去哪里捡食吃，如果我们能有一个家，就算不大，就算是那个破庙，每晚蟑螂老鼠相伴，我也愿意。如果我能知道我父母的长相，那我就算一辈子不吃白米白面，我也愿意！"

卢静姝的酒应该是全醒了。如果说这些是谷少城的理由，她并不会因为这番话而转身回去。她只是突然觉得，眼前的男人不过是个孩子，令人心疼又同情。想着自己每天在他们面前抱怨的那个家，对他们来说竟是个奢望，自己颇有些惭愧。

仔细想想，竹田江美从没有做过什么错事，父亲也是全心为了自己，这几年闹腾的，不过是自己的脾气罢了。

"行，我跟你回去。"静姝说，"但是我有条件。等会儿你必须在场，帮我说话。我不想跟我爹去日本，也绝不会去日本，你必须帮我说话，不然我明天一早就跑，叫你们谁也找不到。"

"成交。"

卢静姝家离得不远，她戏称自己这是“战术”：“最危险的地方就是最安全的地方”，他们准猜她跑远了，所以少有人在家附近找。谷少城冷冷回了句：“那你怎么不躲自己床底下？”卢静姝不理他，继续往家走。

到了家门口，谷少城想了想，让静姝去一边站着，自己去敲了门。开门的是卢学初，身后跟着竹田江美。疲惫的双眼告知昨晚是一夜未眠。

“人……找到了吗？”他问。

“找到了，您先通知大家回去休息吧。”

“人在哪？!”卢学初看上去非常激动，静姝这才慢悠悠走出来。看她一身邋遢酒气，卢学初更是气不打一处来，伸手就要打静姝，亏了竹田江美和谷少城拦着。见外人在，卢学初也只好收敛了脾气。

静姝也横，见卢学初这个样子，更没好气：“你再冲我发火！再冲，我马上就走！”

“你还敢走？你这是要气死我？!”谷少城见卢学初也激动，赶紧让竹田江美把静姝带回屋子，以免父女俩再冲突。

进了屋，竹田江美便给学兵营打电话。卢学初亲自泡了茶。此时已是黎明，白昼的光一点点升上来。远处的鸡一声一声叫了，再过一会儿，阳光就会毫不客气地照进院子里。

卢学初满是疲惫，倒茶时手还在颤抖，谷少城赶紧接了过来，帮卢学初倒了一杯茶。

“我这丫头，这几年没有管教，都是我的错——你在哪找到她的？怎么一身酒气？”

谷少城赶紧扯了个谎解释：“酒是我买的，我看她心情不好，想‘一醉解千愁’，也打算她醉了之后把她扛回来……”说到这，谷少城闭了嘴。自己的谎扯得确实不高超。

卢学初的脸拉下来，说：“你一个小伙子，一个军人，让我女儿喝酒……这位先生，你把我女儿带回来我很感激，昨晚的事请你不要声张，女儿家的名节最重要。你若没什么事，现在可以……”

谷少城尴尬地喝了一口茶，听卢学初要下逐客令，赶紧说：“我来，除了把静姝送回来，还想跟您谈谈一些事。”

卢学初用鼻孔出了长长的一口气：“请说。”

“静姝说她真的不想去日本，我答应她要帮他说话，她才肯跟我回来。”谷少城小心翼翼，看着卢学初的脸色，“您想想，在宛平她就敢离家出走，这要去了日本，她跑了，您去哪找她？”

“不去日本，留她在这边跟学生们瞎搞吗？”卢学初有些生气。

“不，她只是答应我了，只要不去日本，她就好好待在家中。”

“那不行。马上就要打仗了，我必须带她去日本。”

“那我就继续跑，你就继续找，去了日本我也离家出走，大不了给人打死在街上！”卢静姝听了他们的对话，直溜溜地回了父亲的话，气得卢学初又是一阵暴怒。

“伯父，退路的事从长计议，要不等真打仗了再走也来得及，29军有十万人在这儿守城呢！总不至于被日本人轻轻松松地夺了去。”谷少城给卢学初又倒了一杯茶，“静姝说了，只要不去日本就不再离家出走。目前来看，让她放弃宛平跟您去日本，这实在不大可能。而且您想想，去了日本就绝对安全吗？等战争爆发了，就算您在宛平，都不一定能护得了她的周全，去了日本，又怎么护得了她？”

“我在日本有些朋友，怎么就护不了她了？”

“等中日真的开战了，您和静姝在日本，就是异国人。您的朋友不伤害你们，就能保证所有日本人都不伤害你们吗？”

卢学初心中猛地一惊，确实。那些朋友只是有商业往来，说了能提供居所，可真的能护得了他们一家吗？想起大津佑之竟是被自己的同胞打死在日本街头，令人不寒而栗。看来，去日本的事还是要再作打算。

卢学初只能默默点了头，回头冲静姝喊了句：“回去歇着！”又对谷少城客气地说道：“你也回学兵营去吧。麻烦你了。”

谷少城起了身，出了门。身后的一片污秽让静姝看了只觉好笑。还没笑出声呢，又看了一眼父亲，低了头去洗了脸，回房间睡觉去了。

一夜的闹剧总算过去了，谷少城拖着疲惫的身躯，带着一身的污秽，回了学兵营。昨晚为了找静姝，大家一个个累得够呛，东倒西歪地躺在床上。

王中阳一看到谷少城，立马从床上爬起来，送了他一拳："哼！你跟我说静姝在城墙，我找了一晚上都没找到！你自己找着了！你快说，你们昨晚都干啥了！"

谷少城扁了扁嘴："昨晚的事精彩极了，等我睡舒坦了，一定告诉你。"

王中阳听了更来气，挥手揍了他两拳："现在就给我说清楚！"

两人还在闹呢，叶天明咳嗽了两声，所有人一个激灵爬了起来，在宿舍排好了队。

"姑娘送回去了？"

"送回去了。"

"毫发无损？"

"完璧归赵。"

叶天明点点头："你休息吧，今天不罚你了。"又一转头，"王中阳，你收拾收拾仪表，等会儿轮到你守城！"

王中阳冲谷少城小声骂了两句，要不是叶天明在跟前，他准得掐上一架。谷少城真的是累坏了，脱了肮脏的衣裤，裹着一身的臭气，钻进被子里，就开始沉沉睡去。

七

全民皆兵

沉沉睡到了过午，谷少城才慢慢恢复了些许元气。给自己换了干净的衣裤之后，便去向叶天明报告了昨夜发生的事。叶天明听了觉得事情不对劲，领着他火急火燎地去找营长，一问才知营长以上的都被师长叫去了。他也管不了那么多，带着谷少城闯进了师长冯治安的办公室。

听了谷少城的描述，冯治安本就端正的坐姿更加庄严了一些："你确定这属实吗？"

"确有此事。就在城南的深巷中，我听得一清二楚。"

冯治安稍作思索，又问："你可知那日本人的名字是什么？"

毕竟过了一天一夜了，谷少城紧皱眉头想了许久，说道："记不大清……松下次郎，还是松田次郎……总之是个次郎。"

冯治安听了觉得好笑，边用鼻孔喷了一口气，边解释自己笑的原因："这跟上海话'赤佬'倒有些相近……行，我就看看这几日城中是不是进来了什么'赤佬'。"冯治安说得轻描淡写，看起来是没把这当一回事。

金振中听了也觉得难用常理解释，一脸严肃道："宛平自古是兵家必争之地，从来不是商家必争之地，其中定有蹊跷。我觉得这件事务必要引起重视。”

冯治安摆摆手：“你大可放心，咱们29军还在这儿守着，如何叫人攻得进来？”

叶天明正色道：“这不一定。您看，这日军侵略咱们……”

冯治安又不耐烦地打断了叶天明的话：“你是对我们宛平城没信心还是对我们的战士没信心？我看门口日本驻军不过区区5000人，我们有雄兵十万，他们有这个胆子吗？你别举那些陈芝麻烂谷子的往事了，不就一个日本商人吗，能有多大威胁？”

“你别忘了！九一八事变后，日军就在东北建立了伪满洲国，这也是属实！”谷少城突然发言，吓了冯治安一跳，把他一脸的横肉都吓得颤了颤，“看报纸上写，田中义一说的，‘想要征服中国，必先征服满蒙。想要征服世界，必先征服中国！’先小部分攫取，再大范围侵略，这不就是他们的诡计？!”

冯治安恼怒道：“你是谁？轮得到你说话？我看是罚你罚得还不够吧？这还没轮到你说话！我们不先动手，对方就不会怎么样！”

“我们不动手？!”谷少城提高了音量，“对！因为我们不动手，所以洋鬼子开了我们中国的门，逼着我们签了《马关条约》！因为我们不动手，所以鬼子走了进来，占了北京天津，让外头的日本军在这儿占着！因为我们不动手，所以鬼子发动了九一八事变！到这个节骨眼了，你叫我不动手？!”

冯治安显然被惹恼了，他先指着谷少城对叶天明大骂道：“这就是你教出来的好战士？顶撞上司，目无法纪，反了天了！看来过不久，我这师长的位置都得让给他坐坐才行！”接着又对谷少城骂道：“我与大家商议重要之事，岂轮到你来说教我？毫无规矩！”

叶天明攥紧了拳头，强忍了情绪：“师座，我带兵带的是一身的精气神，这军纪法纪也是有说教的，国难当头，也是情势危急，总得让年轻人留点血性！”

冯治安冷笑：“叶连长这话颇有意思，你是觉得我老了，没了血性？是想借着愣头青，蹬鼻子上脸，来我这逼宫来了?！这29军就由着你的性子胡来便可?”

叶天明站了起来，说道：“您若觉得我顶撞了您，大可革去我的职位，我叶天明向来有一说一。当年我在大砍鬼子人头时，要像今天这般忸怩，早就被卸了八块丢山崖下去了——您要嫌弃，就早撤了我的职，也少惹一身烦。”叶天明最近一直情绪不宁，常常做梦都想到喜峰口的惨状，朝不思食，夜不能寐，被训急了，恨不得撇得干净。

说来叶天明好歹也是登过报，杀过日本兵的“大英雄”，冯治安虽说肚中有气，也得顾及点舆论，若革了他的职，被记者知道，那就见风就是雨，自己还不得被骂脱层皮？思来想去不敢妄自主张，最后从牙缝中挤出几句话：“得嘞，你有种。”便愤愤地离去了。吉星文倒是记住了这个年轻人，他意味深长地看了他一眼，跟着走出去了。

金振中见长官都走了，拍拍谷少城的肩膀道：“他们走了，松松吧——总之这人我们是得罪了，看来咱俩得绑一条绳了。”

谷少城点点头：“反正我已经被罚了，我不怕。只是委屈了营长和连长，为我说话，却落了个‘以下犯上’。”

“这哪是你的事？有些事迟早会来的。”叶天明叹了一口气，又拍了拍谷少城的肩膀，示意他不必放在心上。继而说道：“昨夜的卢静姝，家中也是常常卖些日货，也许可以问问她的父亲，是否认识那日本人。我也会查查近期在城中出现的陌生人。”

“按理说，这日本人进城不是什么稀罕事，这几十年间确实有不少日本人进了城做生意的，可是要在宛平城开店的却几乎没有。宛平只是小城，要不是咱们驻守，怕是连陌生人都不多见。”谷少城叹了口气，“真要进了城，也是‘过街老鼠’。今年2月，中日之间明面上的矛盾倒缓和了些，可实际上剑拔弩张，谁也不知道会发生什么。咱们驻守宛平，可不就是要让日本军队进不来？这个人敢进来开店，还是在这个节骨眼，我总觉得有蹊跷。”

叶天明稍作思索：“我这两日便给你答复，你若有别的消息，也及时说与我听。”

离了学兵营，出了门，边想着事边慢慢往城门走去。

上了城，谷少城也没注意四周，只走了几步，便撑着墙边望着远处。隔着卢沟桥，对岸的日军驻扎部队灯火闪烁，天上远一些的云层层叠叠，在黑夜中也分了个黑灰的层次，和远远的山构成一幅山水图，山的漆黑和云的浓黑，在黑夜中分不清其中的轮廓，隐约倒觉得这是一幅美极的大师之作。正头顶上的云却没远处的多，模糊中还透出几点星光。若是在和平年间，谷少城准要舒服地躺下，用手枕着训练一天后僵痛的脖子，半闭着眼睛望那片星光。可惜对面的军营火光太亮，让熠熠星光黯淡了不少。

突然，后背传来一阵吃痛，随即，谷少城喉头间挤出“呃”的一声，应激地往后一挥拳，不偏不倚地砸在王中阳的鼻梁上。顿时，鼻子中灌了辣油陈醋似的，让王中阳捂着鼻子蹲在了地上直骂。刚想安慰两句，看看王中阳的鼻子，这时，旁边又多了个人影，定睛一看，原来是卢家大小姐。

谷少城不好意思地挠了挠头：“你也不叫我一声，直直打了过来，我还以为是日本的小毛贼呢。”刚想问静姝怎么又溜了出来，没料想王中阳猛地站起来，猝不及防地往谷少城鼻子上也结结实实来了一拳，还嚷道：“爷爷我看你才是个采花贼！”这一拳打得他鼻腔里尽是咸酸苦涩。

谷少城还没开口呢，静姝大叫起来：“王中阳！你得什么失心疯啊！”

王中阳没好气道：“是这孙子先往老子鼻子上来了一拳，我这算还了他的礼！”

仔细一瞧，两人都已经淌了鼻血，滴答在地上混进尘土中。静姝“哎呀”了一声，忙掏出手绢给谷少城擦去鼻血，王中阳怪叫道：“我这也有呢！我呢?!”

卢静姝撇着嘴说道：“你这叫‘自作孽，不可活’！谁叫你先动手的！”

王中阳气得跟孩子似的猛跺了脚，往城墙边上一蹲，气呼呼地盯着他俩。

静姝被盯得不好意思，想到自己也算个“小姐”，咬了咬唇，把手绢塞给谷少城：“你自己擦！”

王中阳还是不解气，蹲在那儿一动不动，他把手放在大腿上，鼻子还在流血，要不是天黑些看不太清，准把静姝逗出泪来。

“我这没有多的手绢了，你等他用完，我就……”

“不必了！”王中阳赌气地别过袖子用力一擦，还是一脸怨气。

谷少城把血擦干净了，见这两人竟生了嫌隙，于是自觉说道：“你们聊，我去帮你洗干净，再给中阳用。”说完便下城楼去找水，留下个卢静姝和王中阳大眼瞪小眼。

“你刚才说的采花贼是个什么意思？”静姝为谷少城抱不平，“他这榆木脑袋，还采花贼？你可别瞎说！”

王中阳把脑袋转过去不看她：“他就是个采花贼！”

“那你倒说道说道，我听听是个什么由头。”

王中阳“哼”了一声：“他昨夜骗我你会来城楼这儿，我才来的，等了一夜都见不着你，他倒好，自己把你带回去领了功了……昨夜他欺负你了没？”

“你瞎说什么呢！”静姝嗔怪道，“昨夜他只是偶然与我遇见的。”

“我不信！”王中阳说，“他后背湿了一大片，又脏又臭，一身酒气，准是做了什么见不得人的了！”说罢，扭头回来看了卢静姝，才发现她的头上包了药布，又质问道，“你这伤是不是那小子弄的？我等等弄死他去！”说着才起了身，真要去寻什么大仇去。

卢静姝一把拉住他：“得了，我自己跟你说了吧！昨夜我躲进小庙，怕有人来，就关了庙门。他是买酒喝了，也想找个停脚的地方，开门时就把我给撞了。”说了，指了指自己的头，“就是这儿。”

王中阳又问：“那他后背的污又如何来的？你们还干什么了？”

卢静姝拍了王中阳一下，又气又好笑：“接着我们就一起喝酒，喝醉了，他把我扛回家，我吐了他一身。”

王中阳瞪大了眼睛：“你们喝酒，还醉了？!”卢静姝听了，恼得又打了王中阳一下，他赶紧转话道，“那你们又去了哪？夜里醉了，他怎么一早才回来？”

“你胡说什么呢?！他送我回了家，跟我父亲说了会儿话，说完了才回学兵营的。”

“还跟伯父说话了？说啥？提亲吗？”王中阳急了。

“亏你想得出来！”

“他都跟你去见家长了？那可不行。”

“你再胡说八道，我不理你了！”卢静姝仿佛被戳穿了什么心事。

王中阳半信半疑，可是面对静姝，他选择点头默认。正说着话，谷少城又慢腾腾上来了，把拧干的手绢递给王中阳：“擦擦吧，满脸都是血。”

王中阳接了过来，正眼也不瞧谷少城，表明自己还在生气。

谷少城问静姝：“你怎么又溜出来了？”

静姝说道：“睡了一天，无聊得很，就又翻墙出来了呗！”

谷少城紧锁了眉：“你父亲可知道？”

“干吗让他知道！他要知道了，我的房间四面都要安上铁栏，我就成了家中的囚狱了！”

谷少城看了看卢静姝，又看了看王中阳，心里掂量了一下，还是说道：“不行！你马上跟我回家去，我送你回去！”

王中阳怨道：“人家好不容易翻墙出来的，你又让人家回去，这来来回回多辛苦，不让人多待一会儿吗？”

谷少城严肃地说：“不可以，我马上送她回去，不然这宛平城又要翻天了！”

王中阳生气：“那我送她回去总可以吧？”

“不行！”谷少城还是那样严厉的声调，“我还有事问她！”说完扯了扯静姝的袖子。静姝一甩手：“本姑娘自己会走！哼！”说完，就不甘心地提着长长的裙摆，一脸怨气下了城楼。王中阳看心爱的人受了委屈，起身又给谷少城后背来了一拳，接着追着卢静姝下了城。怕他俩路上又出什么岔子，谷少城只好也跟了下去。

卢静姝在城下大步往家走去，王中阳一直劝着：“别理那小子，不识相！”卢静姝突然停了脚，往回看，发现谷少城居然没追来，还跟其他守城的士兵说些什么，又更生气了，扭头继续走。过了一会儿，谷少城才追了上来，静姝看了他一眼：“你说什么去了？你让他们去跟我爹打小报告吗？”

谷少城面无表情：“我让他上城楼帮我当个班，今天人不够多，我送你回去之后便马上回来。”

王中阳没好气地说：“那你自个儿回去守，我送她回去，用不着你！”

静姝抢着说：“不行！他要我回去的，就得他送我！”

王中阳只得说：“成！那我俩一道送你，回来路上我再批评他！”

卢静姝没有回应王中阳，而是斜了眼，慢悠悠地说：“你说，你有什么要请教本姑娘的？”

谷少城清了清嗓子：“你可知道一个叫松田次郎的人？”

静姝想了想，说：“不认识，叫松下次郎的印象中有一个。”

“对对对，就是这个人，你知道他？”谷少城一下激动起来，看着静姝，希望她把这个人的一切都尽数说了。

静姝翻了个白眼：“这日本叫次郎的可多了去了，你要是把姓弄错了，可完全是两个人。”

“那就把你知道的这个人说给我听听！”

静姝看他迫不及待的样子，就故意拉长了音调，也放慢了脚步，慢悠悠地说：“这个松下，是我爹在日本的一个朋友，听说是开居酒屋的，他的背景我也不了解，我从没见过他，只听我父亲和竹田江美聊天时说起过。”

“那他是不是很有权势？”

“我对日本的事情了解很少，具体的你可以去问我父亲。”

“好的，那我即刻就去问。”

卢静姝一把拽住他，当头拍了他一下：“你大半夜去我家合适吗？明天再来！”

谷少城愣了愣，慢慢回了神：“也对，大半夜的去是不合适。”

王中阳鄙视道：“你昨夜可不就是大晚上见了人家长辈！”

谷少城默不作声，走着自己的路。王中阳还在一边和静姝嘻嘻哈哈，没注意眼前，一头撞在老榆树上。刚要嚷嚷两句，就被谷少城压着脑袋捂了嘴。

谷少城轻声说道："到了。小点声，别让她家人听见了。"

静姝冲他俩笑了笑，然后撸起袖子，踩着墙边的石砖和墙上凹进的小洞，一点点爬上围墙。回头轻声说道："明儿见！"然后坐在墙上，慢慢转了身，跳了下去。

谷少城对王中阳说道："别看了，都进去了，走吧！"

王中阳"嗯"了一声，默默地往回走。想着两人的气氛也会如此尴尬，谷少城又解释道："我昨夜只是把她送回去而已，什么也没做。"

王中阳还气着呢，说："骗子，你就是骗子！"

谷少城灵机一动，想到个转移话题的办法，说："我觉得，静姝心里有你。"

王中阳一下子被带过去，"你怎么知道，你怎么知道？"

谷少城说："刚刚，你怪我跟静姝喝酒的时候，她一直跟你解释，对不对？"

"嗯。"

"那就对了。"

"怎么对了？"

"如果对你没意思，她才不管你怎么想，干吗费劲跟你解释啊？你说是不？"

"哦？好像是有点道理。"

"你还生我气不？"

王中阳看了看他，摆手道："得嘞！我没那么小气，就当你帮我照顾了一下将来的媳妇吧！"

说完，又跟谷少城打闹起来，两个颇像未长大的孩子。

白日里的宛平城总是像蒸笼，谷少城顶了烈日去静姝家跑了好几回，开门的总是竹田江美，对他抱歉地说："老爷不在家。"他说想见静姝，竹田江美也回道："静姝在休息。"本想叫喊两声，一想，前天夜里一番谈话怕是惹了卢学初，只好转身回了学兵营。

才走了几里，谷少城的汗水就浸透了衣背。还没来得及换，就去操场找了叶天明。叶天明正在训练战士们，见谷少城来了，立马让战士们去练习射击。

“报告连长！”谷少城一脸正经。

叶天明笑着往他胸口捶了一拳：“得了，有事直说。”

“我问了静姝，她只知道这个日本人是开居酒屋的，我今天也去找了卢父，卢父不在。”

叶天明拍了拍他的肩：“行。我这边也还没有回应。你晚上再去看看，现在这件事先放放——我这儿还有别的事安排你做。”

叶天明背着手，边和谷少城在操场慢慢走着，边说：“昨晚营长与师长谈论增兵之事，可是师长执拗地认为我们 29 军已经足够了，之后一再向上级请示，应该是不会有结果。同时，我认为光等上头派兵来是远远不够的，所以一早让人在城里征兵练兵。教官一职你还得继续担任。等会儿你就去报到吧，那帮学生还是要你带，我比较放心。”

谷少城应了一声：“是！”转身便走。

叶天明又叫了他一声，道：“换了衣服再去吧，后背都湿了，让学生看了形象不好。”

谷少城敬了个军礼：“形象是由一身的精气神体现出来的，不是由衣服体现的！”

叶天明笑了笑，“去吧！”

谷少城刚走到宿舍，就听见叽叽喳喳的哄闹声。

一帮学生拥挤在走廊，乱成一团。大概的意思就是有的人吵着回家，怕打仗时真要上战场。多数人认为这是一个杀鬼子的好机会，其中许志芳最为激动，说，我们十个打一个，还怕了小鬼子不成？有几个人认为，学生应该是受保护的对象，怎么可以上战场？只是这微弱之声很快便被其他声响淹没。

其实不仅是学生，连第 3 营的士兵们都是如此，嗅到了战争的气息，就开始躁动不安。有些人高兴，想着乱世出英雄，自己能成为一方豪杰。王中阳就是这样，摩拳擦掌准备往前冲。有些人恐惧，那是死亡的阴影笼罩，让人无处可躲。陈庆业是这样，本来就没有野心，能随遇而安已经是大幸运。只是，身为军人，只能服从命令，心中的感触千回百转，也不能说出口。

谷少城大吼好几声“安静”，才渐渐消了声。“干什么呢?！你们现在这个样子，像士兵吗?”

话音刚落，马上有人嘀咕：“本来就不是士兵，只是学生而已！”

谷少城听到这句话，深觉这帮学生没什么志气：“你们是学生，可别忘了，你们是中国学生！国难当头，岂能置之度外？你们很多人在北平的时候，举着什么旗子游行？‘苟利国家生死以，岂因祸福避趋之’，你们说过这样的话吗?”

人群攒动起来，认为谷少城不讲理，这不是强行扯着大家上吗？叶天明不知何时来了，他咳嗽了两声，大家慢慢静了下来。

“他说得没错，知易行难，嘴上说说容易，难的是做。”叶天明扫了一眼这群学生，“但是我今天，并不是让你们个个都上战场。每个人都有自己的选择，没有哪条路是绝对正确的。你们有权利选择和家人在一起，也有权利选择和我们上战场打仗，都是你们的自由。只是我作为战士，以我的角度来说，当然是希望大家团结一致，奋力抗敌。当然我不会干涉你们的权利，要走的就走，要留下的，我们一定竭力把所有的战斗要领都教给你们。”

许志芳向叶天明投去赞许的目光，并举手说道：“我愿意留下！”

大家面面相觑，很快，几个人也一并喊道：“我也愿意留下！”

可是，人群中还是出现了不和谐的声音：“我家里就我一个独苗，我死了，我爸妈咋办！”

谷少城刚要说话，另一个学生说道：“这日本人也不一定会打进来啊！”

谷少城蹙着眉，说：“我告诉你们，这战争是迟早的事！九一八之后不也签了《淞沪停战协议》？他们又是怎么做的?！”

有的学生又嚷嚷起来了：“那我可不干！我死了我爹娘多伤心啊！”

“我只是个女学生，上了战场也做不了什么事，还是不去了！”

“况且29军早就有那么多士兵了，少我一个也不少啊！”

许志芳看此情形，大声喊道：“我们虽只是学生，可是每个人都贡献出自己的力量，那也是很强大的一股力量啊！国有难，怎可置之不管?!”

“大家静一静！”远处传来一句女声，大家的目光一齐看过去，原来是卢静姝。许志芳握紧了拳：“她怎么来了?!”于是忙起哄道，“汉奸的女儿也来了？你闭上嘴吧，被人轰出去可不好看，别像上次似的要一群人寻你！”

卢静姝睁圆了眼睛，本想回骂两句，但是自己收了嘴，道：“我知道你们之中有人看不起我，说我是汉奸的女儿，甚至觉得我也是汉奸。我来此是想告诉你们，这仗真打了起来，我也会全力参与的。我的父亲是日货商人，你们若觉得贩卖日货也是汉奸，那我倒想问问大家，我一个‘汉奸’都知道此时国难当头，该是团结一致的时候了，你们却不明白吗？

“刚才你们中有人说，自己是个女学生，上不上战场无所谓。我想说，无论你是男是女，是老是少，战争对每个人来说都是残酷的，都是一样的，炮弹砸在身上，枪子打在胸膛，管你是刚出生的婴儿，还是白发老翁，战争来了便来了，难道你和家人抱作一团就能让他们放过你们吗？我听说辽宁一带还有农民组成的抗日义勇军，没有枪炮，只有大刀和红缨枪，即使如此也依然奋勇杀敌，他们面对的就不是生死了吗？吉林省的马占山还曾经是山上的土匪草寇呢，他带领部下参加江桥抗战时可因胆怯死亡而退缩过？而我们都是当代的学生，受了教育，却连这点觉悟都没有吗?!

“正如叶连长所说，你们的决定我不能控制，但是你们看看我，想想过往的战士、同胞！叶连长说了，没有哪条路是最正确的，而我愿意选择一条我认为最好的路，即使前方是深渊，但我愿意为了身后的国家，献出我仅有的力量！对我来说，面对侵略者，不抵抗就等于放弃自己的生命！同样是死，我不愿那样懦弱地活着！这就是我参加学生运动，参加学兵营的意义！”

听了静姝的一番话，许志芳也激动了，站在卢静姝身边，慷慨激昂，心中涌动的是为哥哥复仇的激情。

许志芳浑然不觉，但是卢静姝觉得有点诧异，从两人认识开始，许志芳几乎没有给过她好脸色，这次居然能在抗战的问题上达成一致——毕竟是国难当头，匹夫有责。

“说得好！”王中阳率先鼓掌，接着，雷鸣般的掌声响起，学生们一个个举了手，表示愿意留下。小小的宿舍，不知何时，挤满了一个个慷慨激昂的士兵和学生。

许志芳看这情形，很是得意。回头看见静姝，又有点不快，心里直骂她抢了风头，本来这些掌声应当全送给自己的，现在倒一大半被卢静姝夺了去。

等谷少城从宿舍登记完名字出来时，天都暗了大半了，他好奇地问静姝：“你怎么来了？你父亲可同意过了？”

静姝吐了吐舌头：“他同不同意我是不知道，总之今天回去后又吵了一架。学兵营要练兵的事我一早就听说了，为了这事，我父亲差点被我气晕过去。”

“那你还出来？”谷少城有点嗔怪，“我觉得你应当听你父亲的话，他也是为了你好。”

“我知道。”静姝平静地说，“这几日我也没事做，想了很多，我知道他的一切都是为了我，我与他谈过了。虽然争吵，还好商议下来，他同意我来学兵营参加练兵了。或许他有了别的打算吧？”

“另外……”静姝想了想，下了决心似的，又说，“其实，应该是竹田江美帮我说了不少话。想想我也确实有些任性，不过这件事我还是挺感激她的。”

王中阳笑着说：“看来你回家，倒经历了不少事，说话都成熟许多呢！”

叶天明也走了出来，他拍了拍谷少城：“一会儿来操场找我。”

许志芳寻了出来，才看到叶天明，她笑盈盈道：“叶连长，我有些事想请教您。”

“我现在有些事要与他谈，你若有问题，可以问问王班长，或者其他战士。”说完，叶天明又转头对卢静姝说，“小姑娘说得挺不错，是个好苗子。”

许志芳看着叶天明的背影，笑容凝固在脸上。随即，回头白了一眼卢静姝：“真有你的，现在全营都知道你是个爱国女战士了，你可别像你爹，到时候投靠日本，当了汉奸!”

卢静姝不理睬她，径直地走回宿舍，气得许志芳拿树出气，连揪了好几片叶子，又往树干上踹了几脚。

操场上跑步的士兵不少，叶天明叉着腰冲他们吆喝了几句，几个掉队的士兵赶紧加快了步子。

“少城，你知道我为何突然去宿舍吗?”

“连长您说。”

叶天明轻拍了谷少城一下：“今天那卢静姝的父亲给我来电话，说静姝要来学兵营几日，希望你能多看着她，别让她受了欺侮。”

“我一定会的。”

叶天明又继续说：“我知道你会。我那会儿刚去，没想到就赶上她来了，也亏了她能说会道，不然这群学生得走一大半。”

“连长无须对我说这些，静姝是我的朋友，我肯定会护她周全的，况且……”

“况且什么?”

“即使我不护她，王中阳也一定会护她的。”

叶天明愣了愣，哈哈大笑了两声：“年轻人真好啊。”

“但，我说的不止这些。”叶天明继续说，“这卢静姝能来学兵营，奇怪得很。卢学初本就不同意她来，她又是怎么说服自己的父亲的?”

谷少城想了想：“也许是家中那位日本女人帮忙说了话?”

“说了什么也不可能把自己女儿往战场上送。我倒觉得……”叶天明看着谷少城，“你是我最值得信赖的一个，不妨告诉你了。我希望你多盯着静姝，看看她有没有什么怪异的举动，毕竟她父亲与日本人来往很多。”

谷少城有些吃惊：“静姝不是这样的人……”

“她是如何的人我不清楚，但是你不能被蒙了眼。我们只是不得不防。

万一卢学初想要通过她了解什么信息呢？所以，与其说是保护她，更不如说是监督她。”

“我与卢父交谈过，也是温文尔雅的一个人，他们一家都是善人……”

“善人也有因愚善而被利用的时候，你又没有住在她家，你知道这些缘由？”

谷少城想了想，认为还是以国事为大，于是行了军礼：“是！”

夜渐渐深了，王中阳领着静姝又要去城楼上站岗，被谷少城一句“回去！明天就训练了，你个小姑娘还凑什么热闹”气了回去，王中阳刚要发火呢，谷少城又说：“你明天也一起参加训练，你和我一起带学生们。”这才让王中阳欢喜地回自己宿舍睡觉去了。

八 日本撤军了

卢学初早早就出门了，说是去北平找朋友。

时局不好，竹田江美不怎么愿意他出门，只是她从来没在男人面前表示自己的担忧，在日本时如此，现在还是如此。收拾好了早餐的桌子，屋子已经空了，竹田江美的心里也空落落的。她尽量给自己找事做，怕自己闲下来胡思乱想。离大津佑之突然离去，也不过三五个年头，她却觉得像过了半个世纪一样久。家里的一切安排妥当后，她突然想到裁缝铺的几件旗袍该去取了，难得今天上街一趟。

竹田江美来中国的第二个月，卢学初带她去裁了一身旗袍，她习惯了宽宽大大的和服，换成曲线玲珑凹凸有致的旗袍，一上身说不出来的奇怪，也说不出来的兴奋，自己都觉得美，后来就喜欢上了旗袍。听卢学初说，要先去日本再去美国，她没意见，男人到哪，她就跟到哪，她从来没有怀疑过。只是，她舍不得这裁缝店的好手艺，又去定了几身旗袍，打算带去美国。

卢学初出门的时候天气不太好，阴沉沉的，像刚哭过的小娃娃的脸，皱成一团。到竹田江美出门时，还没到正午，太阳像挣脱了阴霾的枷锁，强烈的光照给整个世界带来五颜六色，穿堂走巷一丝风没有，大树底下好乘凉，可往树下一站，硕大的树遮不住毒辣的阳光，头顶像靠近火炉，有灼烧的疼痛感，身上的衣衫汗涔涔的，腻歪得很。这样的天简直就像在桑拿，竹田江美心想。

她快步走在青石板道上，青石板上响起她的木屐的橐橐声，很远了都依稀可闻。快走到米铺，一只蹲在阴影里的小流浪狗突然跳了出来，她吓得站住了脚。狗儿绕着她跑了三圈，蹲在她的前面，扫帚一般的尾巴扫来扫去，嘴里发出嘿嘿嘿的声音，舌头湿润润的，垂涎从舌头上滑下来，湿了一地。它歪着头盯着竹田江美，大概是想要点吃的。她微笑地朝它摇摇头，流浪狗仍处在原位不愿意离开。她蹲下来，摊开手掌，小流浪狗凑过来闻了闻，舔了舔。竹田江美对它说，没有食物，下次吧，下次来吧！估计是它明白了竹田江美的话，摇摇摆摆走开了，从米铺旁的一个小巷子钻进去，一下子没了踪影。竹田江美目送着它钻过去，她心底生起一番爱怜。它还小，无依无靠的生活肯定很艰辛。估计是自己怀了身孕，变得多愁善感了。

她刚转身，迎头撞上一个大姐，她一个趔趄，大姐也没顾得上管她，拎着个布袋走得飞快。她抬头才发现米铺门前正大排长龙。听说日本人马上就要包围宛平城，米的供给很快就要断了，大家都排队买米呢。

今天街上的气氛大不相同，她见惯了他们嬉皮笑脸，见惯了他们玩世不恭，见惯了他们油嘴滑舌，见惯了他们面红耳赤，可很少见过他们肃穆端庄的模样。排队的人没有嘻嘻哈哈的调侃、逗笑、谈天，中国人不常这样的。他们像深刻的哲学家，一副思考和参透人生的严肃表情，偶尔有人交谈，说的全是担忧。但是总有几个唯恐天下不乱的，在队伍里高声谈笑，说日本人打进来也不一定是坏事，起码米不会卖得这么贵。大家都斜眼看着他，有人还说，这不是卖国吗？

那人大声地反驳：“卖什么国？看看这米铺的老板，昨天米价 25 元，今天 50 元。国难当前，转眼活不下去了，还顾着发国难财的，才叫卖国！卖国哪轮得到我们老百姓啊！”

他的说法引起大家的附和，毕竟，日本人没打进来，还是远虑，买不到米才是近忧。

这时，米铺的老板出来，站在门口帮忙吆喝着：“剩米不多，即将售罄，先到先得！”

“我要，我要，我要15斤！”

“我要20斤！”

“我要50斤！”

……

米铺一片哄抢。

老板又大喊：“排好队！排好队啊！一个一个来，莫着急！”

吆喝的人在吆喝，哄抢的人在哄抢。其实，宛平的物价已经涨了一轮，从日本人在宛平城外驻军开始，他们常来城里采购，造成宛平城内物资紧缺。杂货铺的门前日日更新告示：盐价涨5分，酱油涨3分，陈醋涨7分……米铺也有样学样，贴出新米紧缺的告示，引来哄抢，百姓怕明天买不到新米，老板想着要哄抬价格；煤铺最近都断货了，说是外面的煤渣运不进城……柴米油盐平日里随手可买的，这时竟然成了稀缺物，竹田江美有点难以置信。卢学初还感慨，古有洛阳纸贵，如今宛平米贵。虽说卢家家产殷实，不愁置办不到米粮，但一贯勤俭持家的她也会时时关注米价、油价、菜价，生活不易，特别在自己当家之后。

取到旗袍后，竹田江美往回走，米铺门前的人还没散开，只不过大家都兴高采烈的，聊着同一件事，“你听说了吗？日本终于从宛平撤军啦！”竹田江美吃了一惊，怕是听错了，认真听了几句，确有此事。她心生欢喜。她打心眼不希望打仗，中国日本，手心手背都是肉啊。江美心头一酸，她太激动了，眼泪忍不住在眼眶里打转。这真是天大的好消息啊！得赶紧告诉学初和静姝……竹田江美往家的方向赶，走几步又驻足犹豫，不对，不对，他们应该早已听说这消息。她放慢了脚步。老人家说孕妇做事要稳，以后孩子出生性格才能稳。制衣铺的旗袍已经取回，她转念又一想，倒是要不要回日本避难的问题还得再和学初商量一番。

那些买米的人都围在一起，兴致勃勃，热情洋溢，充满朝气的样子，全然不像往常模样。此时他们毫无隔阂地聊家常，你都想不到半个时辰以前，他们为了买十斤大米破口大骂，老拳相加。他们都是懒散的神情，没有一丝忧虑，仿佛战争这重忧虑突然从肩上被卸下来，对未来充满了希望，欢乐溢于言表。

突然，天空传来“嗡——”的一声，尖锐的声音刮过每个人的耳蜗，像是电锯锯过玻璃的尖锐，大家都用双手捂住自己的耳朵。

“喂！喂!”挂在宛平城楼上的大喇叭像是有事要通知，大家都停下手头的活，好奇地抬头仰望。

“宛平的各位父老乡亲们，下午好！向大家宣布一个好消息：在我军的震慑和社会各界人员的努力下，日军于今天清晨撤离了宛平!”人群沸腾了，消息虽然早有耳闻，但从官方的口中听到，却是别样滋味，大家的热情没有丝毫冷却。

大喇叭里继续吆喝：“中国一向主张以和为贵，日本从古至今是中国的友好之邦，文化上受中国影响大，他们和我们同样崇尚和平，反对战争。中华民族万岁！接下来让我们奏一曲《茉莉花》，共同庆祝这难忘的一刻……”

宛平城内响起了噼里啪啦的鞭炮声，每家每户敲锣打鼓，舞龙舞狮的大排场都摆出来了，整条街熙熙攘攘，堵个水泄不通，简直像过年一样热闹。这是狂欢，为了忘却数年来所受恐惧的狂欢，歇斯底里的。竹田江美觉得有些恍惚，又觉得难以置信——那些曾经在家门口唱着辱骂汉奸的歌，往家里砸石头，丢烂白菜帮子的人，居然会到家门口来问好。

松下次郎的居酒屋也在今天开张了，在宛平城内噼里啪啦的鞭炮声里、锣鼓喧天中开张了。宛平太热闹了，居酒屋开张反倒显得平淡无奇，没什么人注意，只有几个穿着日本便服的人在进出忙碌。

29军军部刚刚在喇叭里发完胜利宣言，收到捷报的高层电话就打进来了。

“……日本撤军的消息已经核实，千真万确。”

“查明缘由了没?”

“长官您放心，我们都已经查明白了，日军是在29军的震慑下不战而退。不瞒长官，我们29军万众一心，同仇敌忾，根本就不惧日本人……29军的力量还是一如从前……远远超出我们的想象……29军赴汤蹈火，在所不惜……”好听的话他是讲完了，他才不在乎什么缘由，只要日本撤了兵，不在自己眼皮底下窜来窜去便是了。少了摩擦，就少了风险，谁愿意用身体去吃子弹?何况日本撤军算是一个机会，上头一高兴，能让宛平城里好些军官升个一官半职，算是两全其美。

太阳悠悠移过山头，整座学兵营暗了下来。谷少城和王中阳还在闷笼里补觉，迷迷糊糊听到一片欢呼声。谷少城昏昏沉沉睡着，王中阳拍醒了他。谷少城诧异，为何王中阳蹲坐着，垂头丧气的?

谷少城故意调侃:“你怎么啦?谁惹你啦?像个受委屈的娘们似的。”

王中阳转身，白了他一眼，才说:“学兵营刚刚收到情报——日本从宛平撤军了，今晚要开庆祝会。”

“好事啊!”

“好什么!我怕是一辈子都要当个丘八，有什么好的?!”

“等等!你说日本撤军了?!”谷少城宛如大梦初醒，他们来势汹汹，却甘心无声无息撤走?谷少城不敢相信自己的耳朵，他心中存有疑虑。

“千真万确!我在想，如果不打仗，我得什么时候才能配得上她。”王中阳有点沮丧。

谷少城忍不住笑了，他决定要吊一吊他的胃口，“原来你是计较这个，我看你真是个小孩子，你不是说一直找不到向卢静姝告白的机会吗……”谷少城欲言又止，“今晚就是机会!”

王中阳听了，一扫刚刚的阴霾，急切地问:“什么意思?”谷少城故意卖关子似的住了嘴，这可把王中阳急得团团转。谷少城见他如此猴急，于心不忍，说:“今晚大伙都在庆祝，一来借着这个节骨眼告白最容易成功，二来没人破坏你的告白，这不是两全其美?”

王中阳高兴得蹦了老高，对呀，日军撤退，战争不会打进宛平城，告白卢静姝的时机已然成熟了。谷少城看着浑身冒着傻气的王中阳，心里一阵酸溜溜的。他特别羡慕王中阳，想了什么就大胆说出来，比自己爽快多了。“如果……”他刚要设想自己跟卢静姝表白的情景，马上掐了一下自己大腿，断了自己的念头。安慰自己说：“中阳傻里傻气，静姝也是傻里傻气，倒是很般配的一对。”想到卢静姝在小庙里冒着傻气的样子，他忍不住笑了起来。

王中阳突然对谷少城说：“少城哥，我嘴笨，你让我练习一下告白吧！”

“不要！你不恶心我还恶心呢！”谷少城拒绝，他怕王中阳示爱像是一把刀子，戳进自己的心里。

王中阳不肯放弃，还是苦苦哀求。谷少城转念想，不如趁这个机会，知道王中阳这小子怎么表白也好，总好过他们俩在一起了，自己还一无所知。

“我开始了。卢静姝，我有个秘密要告诉你，你要听吗？”

“什么秘密，你说吧！”

“我……我喜欢你很久了。”

谷少城觉得告白没诚意。王中阳又换了另一种方式。

“我从第一次见到你，就觉得你就像我娘……不对，是像我娘一样的亲人，我……”

谷少城看着王中阳自娱自乐的样子，连翻白眼，直截了当打断，“够啦，还妈呢！说实话，你见过你妈长啥样吗？别用这样的，太假了。赶紧再换一换！”

王中阳的积极性受到挫伤，他争辩：“这样的用词只是为了委婉表达，中国人讲究含蓄，谷少城你就是个榆木脑袋，什么都不懂。”

“你才是榆木脑袋！”谷少城使劲敲了一下王中阳的脑壳，突然想到卢静姝也说过自己是榆木脑袋，莞尔一笑。看到王中阳总不正经，他板起脸来严厉说开：“你到底要不要告白啊？要就认真对待，就你刚刚的娘呀，亲人呀，卢静姝早被你吓跑了。”

王中阳讪讪一笑，说自己也很想认真，一认真就紧张，一紧张就不由自主想搞笑。他琢磨谷少城的话有几分道理，搞不好卢静姝真被自己吓跑，那就麻烦大了。他清了清嗓子，极其艰难地开口道：“卢静姝，我……我……喜欢你——”

刚巧，几个士兵嬉闹中撞开了门，刚好听到下半句。两个大男人面对面坐住，一个认真在听着，面带红光，另一个含情脉脉看着对方，“卢静姝”这三个字他们没听清，“喜欢你”这三个字倒是清清楚楚的。

“你们……”

来人哄然大笑，王中阳和谷少城顿时吓蒙了，王中阳赶紧解释：“不是你们想的那样，不是你们想的那样。”谷少城在一旁，脸红得发光。

来人暧昧不清地问：“我们想的是怎样……”

谷少城和王中阳窘得无地自容，不知如何解释。谷少城懒得解释，从门口溜了出去。王中阳见状，心想赶紧逃，一着急四处找不到鞋子，急出一身汗来，好不容易看到鞋子，一把抄起，不管不顾一瘸一拐跳出去了。背后那几位士兵仍在大喊：“谷少城和王中阳！谷少城和王中阳……”哄笑声还依稀能听得见。

夕阳西下，王中阳和谷少城拼命在训练场上奔跑，他们脱下军帽，甩掉军服，汗水在阳光下闪着光，这是青春的模样，多么意气风发呀！

庆祝晚会7点准时开始了。29军的官兵们集中在学兵营的训练场上，按照惯例，长官先行讲话。他讲述29军组建以来获得的荣誉和光辉事迹，从张少帅整编说到重回察哈尔，从喜峰口战役大刀砍到鬼子胆寒说到吉北口失利再到现在重整旗鼓戍卫宛平，听得年轻人荡气回肠，终了全场响起热烈的掌声。然后就开始表演节目，第一个节目是叶天明上台，演唱《黄族歌》。叶天明声音浑厚，歌声却很悲壮，收复家园的豪情洋溢其中，台下的观众又开始群情沸腾，欢呼声不断，更有甚者，三三两两冲上台一起合唱……节目一个接着一个上，全场的热点一度被点燃，整个学兵营被欢呼、掌声、口哨声充盈了，这些声音借着风，喧嚣于宛平城上。

最出色的还是卢静姝，她穿着白色的连衣裙，拉起了手风琴，口中轻轻地吟唱李叔同的《送别》：

长亭外，古道边，芳草碧连天。
晚风拂柳笛声残，夕阳山外山。
天之涯，地之角，知交半零落。
一杯浊酒尽余欢，今宵别梦寒。
长亭外，古道边，芳草碧连天。
问君此去几时来，来时莫徘徊。
天之涯，地之角，知交半零落。
人生难得是欢聚，唯有别离多。

她唱到“人生难得是欢聚，唯有别离多”时，一度哽咽。卢静姝想着，也许自己很快就要跟着父母亲去日本，再到美国。这些国恨家仇，学兵营里的难忘时光，怕是只能留在记忆中了。可是，她没想到，她为自己唱的《送别》，让29军的老兵们想起阵亡的战友，让羁旅的士兵想起家里的亲人……大家都默默地噙着泪，跟着卢静姝的歌声心魂摇荡，一时之间，苍天静默，万籁无声。

谷少城和王中阳更是听得如痴如醉，他们耳之所闻，多是那些叫花子沿街卖唱凤阳花鼓或福禄歌，最好不过是京戏，西皮二黄已经足够惊艳，更别说优美的手风琴声伴着黄莺一般的歌声。他们从来没想过，一首歌可以像子弹一样，洞穿他们的灵魂。

倒是许志芳听到这歌，先是惊愕，然后是感动，但是看到卢静姝万千瞩目的样子就不开心。尤其是她看到所有的男人为她沉醉，她就不舒服。幸好曲终人会散去，除了几声唏嘘感慨，什么也不会留下。

宛平城上倒显得冷冷清清的。晚点刚过，王中阳早早来到城楼站岗，路上碰到同营的兄弟，不敢打招呼，一来他怕兄弟们记得告白谷少城的糗事被他们嘲笑，二来他还在心里捣鼓怎么对卢静姝开口比较好，他甚至已经敲响了退堂鼓。卢静姝纱裙如雪，在月光下拉着手风琴唱歌，简直就是仙子下凡尘，他免不了自惭形秽。谷少城反过来鼓励他，既然都出糗了，那就干脆一不做二不休，赶紧告白。王中阳还不愿意，谷少城怂恿他，你看她晚上弹琴唱歌，真个叫倾国倾城，你不告白，怕被人抢了先……

王中阳就这么下定决心了。

谷少城再三告诫王中阳打扮清楚，同时自告奋勇帮王中阳约卢静姝来城上会合。

谷少城强忍着内心的不快。他跟王中阳，从小同甘苦共患难。夏天口渴在田里偷瓜，两人被狗追得跑断腿；冬天里天寒地冻，两人紧紧抱着在草堆里熬过漫长的夜晚；在练习武艺时互相监督；被师父责备时互相包庇，互相顶罪……他想起了初次认识的时候，他跟师父在石家庄卖艺，在夜里路过废弃的园子，听到一个小孩在哭，走过去一看，小孩正趴在一具尸体上流泪，这个孩子就是王中阳，他才 6 岁。那天晚上，王中阳不断地在梦中惊醒，边哭边说："妈妈，不要离开我!"谷少城也一次一次起来哄他："我不会离开你的，不会离开你的……"最后，这男孩在谷少城的怀里睡着。那时候，谷少城就下了决定，一生要待他如亲弟弟。谷少城想，"总不能为了一个姑娘，就……唉！如果他们能好好地过，那也是值得的。到时候，我就带着一把大刀，浪迹天涯去!"他还想到天桥说书人那边听来的锦毛鼠白玉堂，天下何处不是家呢?

晚风中热浪灼灼，从城墙上望过去，卢沟桥上的狮子映在黑暗中，形态各异。王中阳的心里慌乱，不知道该干点什么，伸出手来，口中振振有词数着："一、二、三、四……"狮子多得数不清，难怪乎北平有句歇后语："卢沟桥的狮子——数不清。"他不由得幻想，要是今晚告白成功，就可以陪着卢静姝坐在这里，看着这数不清的狮子，那真是一大乐事。想着想着，王中阳的嘴角浮上一丝微笑。谷少城怎么还不来?他心焦，盼望着早点见到卢静姝，早点将这份情义传达给她，也能早点平复这颗躁动的心……

王中阳正在自顾自瞎想着，忽听得城墙下窸窸窣窣。来啦！王中阳在城上走来走去的，这一刻就像是一个世纪那么长，他要等她亲自走过来，踏着月光而来。可是他等了许久却不见卢静姝上来。难道是鸟兽窜过吗?还是喝醉酒的人倒在城墙下昏睡过去了?王中阳忍不住往下瞄，确实有个人上来了!这次真的来啦!他努力将跳到嘴里的那颗心放回原位，屏住呼吸，等待着，等待着……没人来?!怎么会呢?王中阳恨不得直接从城墙上跳下去，看看究竟是谁。

“王中阳!王中阳!”是个男的，他很失望，有点儿不愿意回答，但还是应了一声:“在这。”

“叫你好久了，该不是站岗睡着了吧?”来人调侃他，“连长让你和谷少城回营，站岗结束了。让你立刻回军营找他。”

王中阳经他这样一说，又气又恼，又觉得心忽然安静了下去:气恼是因为被人打扰，还带一通损;心安静下去是因为他不用面对卢静姝，把自己的情感说出来——归根到底，还是自惭形秽，没有准备好。他心里叹了一口气，忍不住骂了自己一声“孬种”。唯一的好消息，就是站岗受罚提前结束，算是几分小庆幸。

连长平时不随便找人的，今个儿是怎么了?他临时想起谷少城还没来，刚想问小士兵，小士兵却无声无息消失在黑暗中了。王中阳心想，他们找不到我应该会回军营里去吧?还是赶紧会一会连长，不然明天又是站岗两个月，那可就麻烦大了。

王中阳往营内走，路上碰上几位喝醉酒回营的弟兄，胡言乱语地拉住他说再干几杯。周旋了许久，好不容易劝走了他们，王中阳来到连长叶天明住处。

“连长，您找我……”王中阳一推开门，谷少城和叶天明双双回过头来看他。

“你来得正好，把门带上!”叶天明略带严肃地朝他说。

王中阳顿觉奇怪，但也没多想就照做了。他刚要开口，没想到却被叶天明抢了白，“你们应该听说日本从宛平撤军的情报了吧?”

王中阳和谷少城点点头。

“我担心的事恐怕要发生了……我猜是日军的假情报，引诱我们放松警惕，我们怕是上当了。”叶天明沉住一张脸，接下去说，“撤军很可能是日军迷惑我们的把戏，你们想，日军刚进城没多久，宛平这块到嘴的肥肉他们怎么说放弃就放弃？他们假装撤退是为了让我们放松警惕，好乘虚而入……”

谷少城、王中阳大惊：“真的吗?!”叶天明没有回答，这些问题现在确实没人能回答得了，他们担忧的是宛平城成为日本的囊中之物。叶天明再三告诫谷少城和王中阳不要鲁莽，要见机行事。谷少城和王中阳答应了，这才离开了叶天明的住处，回到宿舍里休息去了。

庆祝仍在继续着，士兵们喝多了酒，时不时有谩骂声和喧闹声从训练场上传过来。谷少城翻来覆去睡不着，打开窗，想看一看今晚的夜色。夜沉，万家灯火消失在黑夜中，不着痕迹。“滴答！滴答……”下雨了，三两点雨滴砸在窗沿上，飞进营帐内，落了地，摊成一大圈。渐渐地，雨点变大了，谷少城关了窗，雨声层层叠叠汹涌而来，隔绝不断。听着操场上的人骂骂咧咧地跑回营房，一阵吵嚷。暴雨如此来劲，如果日军真的阴谋挞伐宛平，会不会也如同这场骤雨，来势凶猛？谷少城的心渐渐迷散在这场暴雨中，心乱如麻。

今晚他过去找卢静姝，宿舍里的人说她今天请假一天，没有参加训练。再细问去哪里了，众人纷纷摇头。谷少城不敢再往下问，怕他人生出别的想法。出了宿舍楼，就正遇上连长叶天明，叶天明只对他说了一声：“随我来。”两人同行到住处，一路无语。叶天明的担忧让他夜不能寐，而且他更担心卢静姝的安危。找不到人，心里总有个疙瘩搁在心里。

这雨足足下了一晚上，第二天他和叶天明见面，聊了半天日军可能的动向，其实都是瞎想。直到夜幕降临，卢静姝还是没有回来，他坐不住了，急匆匆走出了学兵营。

刚过傍晚，街上冷清清的，白天忙忙碌碌过去了，一到晚上，店铺收起门面，牛、羊、马入了圈，街上人少了，整条街沉浸在夜色中。华灯掌上，整座城灯火通明，卢学初急匆匆往家里赶。家里有温暖的灯光，有人等待着，一张简单舒适的靠背椅，一杯清香四溢的茉莉香茶，喝一口，苦涩味弥留在齿间，久久不愿散去。这才是属于自己的。灯红酒绿算什么?不喜欢的就是不属于自己的。卢学初想着，脚下不禁加快了脚步。

“呀!”卢学初和迎面而来的人撞了个满怀，慌乱之中互相认出对方。

“你是卢学初先生?”

“你是……”

“在下是学兵营的教官谷少城。上次我们见过的。”

“哦……对对对!瞧我这记性，你一说我就记得了。”卢学初紧紧握住谷少城的手，“这里黑，看不清路，我家就在前面的巷子口，不嫌弃就进来坐坐?”

谷少城正犹豫着，几日前卢静姝和他们相约城楼不见不散，昨晚却没出现在城楼，谷少城去宿舍找她，又扑了个空，心下担心是不是又像上次一样闹失踪，心乱如麻之下，走着走着就走到卢静姝的家门口了。他担心贸然拜访会让卢静姝的家人误解，卢静姝毕竟是大家闺秀，传出去影响不好，踌躇之下，一直在卢静姝家门口徘徊了许久，终于还是没有进去，这不，竟在这里遇着了卢学初。谷少城便顺水推舟答应了，说叨扰半个时辰就走。

谷少城第一次进卢静姝的家。这是户雅趣的人家，亭台楼榭不说，古色古香的摆件，瓷瓶，顶级的红木桌椅，一一在谷少城面前掠过，这是他从没见识过的，他扭扭捏捏的，手脚不知往哪里放。

“随意坐，别拘谨!”卢学初大方招呼他坐下。

谷少城挑了张椅子坐下，故意将胸膛挺得直直的。庭院里花草多，暗夜中能闻到淡淡的清香，谷少城忍不住感叹道：“好香啊!”

“这是昙花香。”

茶过半盏，两人相谈甚欢。卢学初诧异于谷少城年纪轻轻竟有如此的家国情怀，实为难得，心生敬佩。谷少城久仰卢学初大名已久，上次虽然见过，但毕竟没有深入接触，今日难得一会，确实是名副其实。两人就日本撤军之事讨论，卢学初也不相信日本人撤军宛平的事，他担心的和谷少城一样——宛平恐有大变。谷少城认为时机到了，遂小心翼翼问道：“静姝在家吗？听说她今天请假没参加训练。”

卢学初连连点头，“是啊，今天是静姝母亲的忌日，本来是与我一道出门上坟，但是回来路上，孩子说想念母亲，心中有些烦闷，想自己散散心，叫我先回来。这会儿还没回来，估计是野到哪去了。”

谷少城呷了一口茶，替王中阳惋惜——这回又得在城墙上白等了。

卢学初又道：“你与静姝同在学兵营，有时候我这老父亲说的话她不怎么爱听，你能否替我劝劝她，我想带她离开宛平去避难。虽说国家兴亡匹夫有责，但我年事已高，舞刀动枪的事也做不了，你看静姝和贱内都是一介女流，真打起来，白白送命不说，成了大家的拖累，罪过就大了。不如让我把她们带走，可以减轻负担，又能慰我亡妻于九泉……”

谷少城锁着眉，许久，点了点头。叶天明曾怀疑静姝是卧底，可是仔细想来并不可能，卢父一心只求平安，不像是喜欢拿性命冒险的人，静姝一腔爱国热血，更不可能做什么卧底。想到这，他给自己壮了壮胆，试探地问道：“卢先生，您可认识松下次郎这个人？”

卢学初心头一跳，故作镇定，一手捧着茶碟，一手端着茶杯，慢悠悠喝了一口。这松下次郎，自己确实熟识，早些年还救过他一命。此人家世显赫，在日本也是有脸面的人。而谷少城是学兵营的教官，突然问起松下次郎的事，必定是得了什么消息——这不管是什么消息，到底是不能透露半点的，毕竟自己一家去日本避难，就是要托松下次郎照应。倘若松下在谷少城这栽了跟头，自己去日本的事就没着落，没准学兵营的人还会疑心静姝也与松下有什么牵连……这种不讨好的事何必做呢？想到这，卢学初抬起眼，笑道：“这人我倒是老相识，不过没有生意上的往来。为何提起他？”

“哦，前些天听说他在宛平活动，就随便向您打听一下。”

“他来宛平了？他来做什么呢？”卢学初反而向他打听起来了。

“他会不会是日军的眼线？”

“这个？”卢学初沉吟许久，支吾着说，“这个我也不太清楚。他在日本经营着许多居酒屋，倒是像正经的生意人。”

静姝分明与自己说过，松下次郎是卢父的朋友，怎么卢学初现在说起来好像是不太熟的人呢？谷少城想继续追问，卢学初看他紧锁的眉头，心里竟有些慌张，道："早些年与他做过生意罢了，现在也没什么联系，早就疏远了。先生是教官，必定有很多公事要处理，我就不耽误先生的时间了。"

"原来如此。"窗外的暴雨转为稀稀疏疏的雨点，谷少城觉得自己得离开了，遂起身告辞，回学兵营去了。

书房的纱窗里积满了飞蚁，这些可怜的小生物，在天上飞得好好的，一落地翅膀就脱落，成了爬行虫，一生盲目追求光明到死，不知这勇气该可叹还是可悲。卢学初在书房里踱来踱去。雨是停了，屋里还闷得慌，竹田江美在一旁已睡熟，最近她很嗜睡。卢学初打开窗透气，风吹在脸上是凉凉的。从窗外望去，灯影下的飞蛾扇着翅膀，像在跳舞，在恍惚中看到一个人影朝家里走了进来。

"静姝!"卢学初喊了一声，却只有偌大的空荡荡的屋子的回音回应了他。他走出书房，来到卢静姝房间，门是半掩着的，推开门一看，屋子淹没在一片黑中，只有香味仍留在里面，弥留不散，分不清是昙花还是闺房香气。今天上她娘的坟，估计心里难受，不知人现在在哪里？怎么不回家？该不是路上耽误了吧？竹田江美今天还特地做了她最爱吃的烧排骨。卢学初一想到烧排骨，突然感觉肚子有点饿，今晚确实没什么胃口。他趿着拖鞋，走到厨房，捻开灯，有一人站在那，怀中抱着饭，正一口一口往嘴里送。

"爸爸!"

"静姝，你回来啦？怎么不开灯？"卢学初走近，见静姝扒着冷饭，心下不舍。

"爸爸给你煮面。"

"您会煮？"

"当然会。"卢学初决定在女儿面前展露一手，可是过于生疏，笨手笨脚的，差点把锅给烧了。卢静姝实在看不下去，接过卢学初的汤勺，自顾自忙乎起来。卢学初看着卢静姝熟练的掌勺架势，手忙脚乱中却有自己的分寸。卢学初望着她的背影发呆，喃喃自语说：“你真是太像你妈了。”

卢静姝听到父亲的话，想起今天上母亲的坟，忌日两个字沉重地压住了她的心，她的眼眶渐渐湿润了。

面煮好了，父女两人围着一张圆桌，吸溜吸溜吃着面。两个人原是默默的，一句话不说，卢学初突然想到什么，匆匆进了房间又匆匆出来，手上拿着东西。

“给，下个月去日本的船票。”卢学初递到卢静姝面前，静姝迟迟不接过去，卢学初只好搁在桌面上。他知道静姝不愿意去日本，但仍苦口婆心地劝道：“宛平现在局势紧张，你就听爸爸的话，和妈妈去日本避避风头，我处理好这边的事就过去和你们会合。”

“爸爸，我不愿意去日本。”卢静姝平静地对卢学初说，“现在日本已经从宛平撤军了，宛平的战事短时间内是不会起的，我们的安全也得到了保障，您就不要再强迫我去日本了好吗？”

卢学初不知女儿从哪打听来了这个消息，估计生活在宛平的老老小小都已经知道日本撤军这个消息了吧！但是他整颗心仍是悬着，不知是有不祥的预感还是以多年从商的经验，他打从心底认为日本不会就此罢休。他将他的不安解释给卢静姝听，卢静姝反驳说是他杞人忧天。

“孩子，你还小，不知道日本人的狼子野心，日本撤军很可能是个假情报，他们想让中国人放松戒备，好实施可怕的阴谋。”卢学初认为卢静姝太天真，他不愿放弃说服卢静姝去日本。

卢静姝又开始闹情绪，她最不喜欢别人叫她小孩子，“爸爸，我 18 岁了，已经是成年人了，您别老是把我当孩子看待！日本人没您想的那么复杂，昨天就通过城楼上的大喇叭宣布日本撤军的消息了，他们都已经证实了，怎么可能会是假情报呢？您就别想那么多了。”

卢学初无奈地摇摇头，“静姝呀，你不懂呀，这两张船票爸爸先保管着，你这段时间哪里也不要去了，赶紧帮着你妈妈收拾衣物用品，趁早搭船离开宛平为好。”

“爸爸——”

“别说了，反正你说什么都是没用的，其他事可以由你任性，但唯独这件事上我做主。”

卢学初没有给卢静姝反驳的机会，留给卢静姝一肚子火，他收了自己的碗筷走进厨房去了。

卢静姝还是趁夜逃走了。

她走在青石板上，鞋子发出叩叩叩的闷响声，仿佛有人跟在她的后面。她三步并作两步走，走了三步转头一看，没有人！走了五步又回头看，还是没有人！她明明知道后面没有人跟住她，仍是忍不住往后瞧。回头眼前是一片黑，这片黑化作鬼怪，成群结队朝她涌过来，她心里越想越怕，越怕走得越快，最后几乎是跑着进了学兵营。谷少城和王中阳肯定还在城楼上站岗，说不定还在打瞌睡，何不悄悄去吓他们一下！卢静姝越想越兴奋，一路跑着上了城楼。

上了城楼却一个人影没有，不知道他们去了哪里，空荡荡的城楼。对未来不知名的恐惧，使卢静姝突然崩溃了，她觉得好累，好想哭。这偌大的城楼什么也没有留下，只有自由的风吹过来吹过去，陪伴和安慰着她。卢学初的考虑和担忧卢静姝是明白的，但是她还有一层原因不愿意透露给卢学初——她舍不得谷少城和王中阳。卢静姝从小家教严格，父母不让自己随意结交朋友，后来局势不好，大家都把她当作汉奸的女儿，也没人愿意跟她深交，从小到大她几乎没几个真心的朋友——除了谷少城和王中阳，王家宁勉强也算一个。谷少城这个“榆木脑袋”虽然固执，但心地善良，又见义勇为；王中阳虽然比她大两岁，但活脱脱一个大男孩，活泼可爱，古灵精怪。他们是自己遇到的为数不多的真心朋友，她不希望就这样失去他们的友谊。想到这，卢静姝心里更是堵得慌，她责备自己不该任性地违逆父亲，但自己真的不愿意离开宛平……

雨不知何时早已停住。害怕战争，害怕未来。今夜的风吹在她的脸上，湿湿的，润润的，像是有人在她的耳边呢喃……

九 宛平夜宴

连绵下了几日的雨，燥热的夏天沉静了许多。这几夜，谷少城都睡得不太安心，总是被夜里的一股冷风吹醒，起身关了窗，又倚着桌子呆呆望着窗外，思索不出个所以然。有时想起孩提时与王中阳露宿街头的场景，恍若昨日。在艳阳下用尽全力耍枪弄棒，只为学得一身技艺，在街头赚得几声吆喝，换来三餐温饱，坐在路边狼吞虎咽吃干粮，那是常态，与现在相比又是一番景象。从前愁的是饥寒温饱，现在愁的却是国家兴亡，同样是愁，因为多了时间与经历，也就截然不同起来。

隔着十几米的学生宿舍，卢静姝也被一股子凉风吹醒，她慢慢起了身，看了看四周。白日里疲惫地训练，到了晚上，女学生的宿舍里也偶然会遇上打呼噜的，一呼一吸，伴着鼻腔的压抑声，听得出那位同学已然睡得舒坦。不多时，又一位同学咂着嘴，翻了身，继续睡去。卢静姝叹了口气，轻手轻脚下了床，把微开的床帘慢慢合上，抱着两臂，想着这几年的日子。母亲去世，父亲再娶，一切都那么突然。竹田江美总是令她心生厌恶，可是她厌恶的，不是竹田江美做的一日三餐，也不是竹田江美的柔声细语，更不是每每冲撞父亲时她的好言相劝，她只是单纯地厌恶她“日本人”与

“后妈”的身份罢了。仔细想来，她不过是个死了丈夫的可怜女人，与其说是嫁过来，更不如说是背井离乡，流落异国。想起父亲被自己顶撞到无言默泪的样子，她叹了口气，心中默语：也许战争结束了，我们便是美好温馨的一家了。可战争又何时结束呢？想起战争，她又不由得想起这些朋友和同学，她深知战争的残酷，一份份新闻报纸中的数据印在脑海中，她怎能保证，将来那些死去的人中没有她，没有她亲爱的朋友？

卢家还有一个人也睡不着，那就是竹田江美。自从卢学初跟她说起过要回日本的事，她就经常晚上睡不好。她睁着眼睛看着夜里漆黑的一切，脑海里时不时浮出童年时常哼的歌谣，忍不住想要哼唱起来，可是出口的曲调总回不去儿时的味道。现在的自己，究竟是个日本人，还是一个中国人呢？这几日丈夫卢学初在办着一家人的日本公民证，偶尔有几位日本人登门而来，对她说一口流利的日语，令她颇有些“他乡遇故知”的感觉。她多想对卢学初说，走吧，带我回日本，我想念高耸的富士山，山顶上雪白的积雪宛如洁白的另一个世界。山脚下的樱花在春天总是开得那样盛，我们可以带着静姝一起去树下赏樱野餐。

静姝……想起静姝，竹田江美失落地叹了口气。她一直尽力做到最好，想要得到静姝哪怕一点点的默许——可是没有。如果大津佑之还在世，他们应该有了自己的孩子，也许是个勇敢的男孩。黑暗中，她仿佛就看见樱花树下，大津佑之拉着一个男孩，穿着和服，踏着木屐，带着笑朝她走来。她一伸手，碰到的是冰冷的墙壁，耳边的风声也突然变成了卢学初轻微的呼吸声。她不能再想跟大津佑之有个小男孩，即使有了小男孩，依照当下情形，迟早是要穿上军装，来中国当炮灰的——虽然日本人在这里没什么人敢惹，可也得不到尊重，不是鬼子，就是鬼婆娘的。她叹了口气，慢慢躺了下来。卢学初没有给她大津佑之那样的爱情，他们只是一对相互依偎的苦人罢了。落了泪，她转身轻轻抱了卢学初。这一抱，也就让她有了继续待在中国的勇气——她只是个女人，她现在能依靠的，仅有这一人而已。

日本人撤兵的事刚过，29 军上级的意思就是要解散学兵营，但金振中、叶天明等人坚决反对，原因很简单——建学兵营的初衷并非为了让他们上战场，而是为了让他们强身健体，以备不时之需，事到临头再锻炼身体就来不及了。一番争辩，学兵营倒是顺利保留下来了，可是学生们可就没有了之前的精气神。

黎明时分，夹着浓浓的雾气，宛平城又下过了一场不大的雨。即使是这样的天气，谷少城还是把学生喊了起来。毫无精神的学生把自己裹紧了，在操场的细雨中开始晨跑。看着他们一个个蔫头耷脑，少了许多前些天刚开始训练时高昂的精神，谷少城不禁有些生气，喊了一声："集合！今天咱们去拉练！"

一听到"拉练"两个字，马上有人哀号起来："上回拉练了一天，脚底都起了两个大水泡了！""又得走那么远，不如在附近多练练枪法，我现在举枪手还抖呢！""天呐，你们男同学都受不了，我们女同学更别说了，之前一个女生不是回来路上直接被累哭了吗？"甚至有人大喊："谷教官！天上还下着小雨，走个10公里就好了吧！"

谷少城背着手，吼了一声："集合！"一群学生们赶紧匆匆忙忙跑过来，排成两个四列队，站在谷少城和王中阳面前。王中阳喊了声："报数！"等大伙都报完了数，谷少城又大声道："部队里就是这样，上级安排什么任务，照做便是！等上了战场还这样不听指挥，第一个吃枪子的便是你！"

"是！"学生们大喊，"服从命令！听指挥！"

"把刚才没跑完的晨跑先跑了！今天拉练40公里！跑完后去准备好干粮和水壶，在这儿集合！"

天上的雨没有停，只都是些毛毛细雨，附在身上不疼不痒。等雨停了，学生们也准备好行囊，跟着谷少城出发了。一开始出门，总是走得很快，几个学生在后头说笑，谷少城也没管，只往前走自己的路。而王中阳就走在队伍最后头，虽说他负责保护监督后头的学生，可他的目光远远看着卢静姝，也不怎么管那些说话的学生——因为他们都知道，不消多时，那些学生就会都闭了嘴。

城中不少百姓看到学生从学兵营中出来，都看热闹似的，虽说不是什么新鲜事，可总愿意站在一旁瞧上两眼。队伍中的学生也真把自己当了回事，抿着嘴，好像马上就打了胜仗回来似的。可出了城，原本叽喳的学生，被“崇拜”的乐趣一下就没了。沿着郊区走，偶尔还要一脚窝陷进烂泥中，嘴里发出“噫”的一声，再者就是，两边的植物上布满了水珠，稍有动静，就一并落下来，沾湿他们的衣裤，让他们觉得非常不舒服。

谷少城边砍去前方碍人的树枝边说：“这些都是小事，你们是来当兵，又不是比美来了，在意这些有用吗？”

学生们哄笑起来，许志芳还带头唱起了《黄族歌》，带着大家一块唱了起来。刚唱两句，谷少城又喊了一声：“这也不是歌唱比赛，保存体力，别浪费在这些事上！”

许志芳不乐意了：“我唱歌鼓舞大家的，也不许吗？”

谷少城只顾往前走，才不理会她，许志芳看他不回应，又带着大家继续唱了起来。

等太阳越过头顶，原本乱哄哄的学生全都闭了嘴。清晨还在下雨的宛平，到了正午反倒烈日高照，晒得大家十分煎熬。谷少城领着大伙到了一片空地，见学生们都蔫头耷脑，才让他们停下歇脚。

“把自己的干粮拿出来填填肚子，20分钟后我们继续走！”

本来叽叽喳喳的学生都默不作声，只觉得双腿瘫软，只想一屁股坐在有些潮湿的泥地上，甚至躺下去，一下午也不想起来。还有的学生早就把自己存的一壶水喝干了，到处讨水，却话也不想多说，指指水壶，就希望对方理解自己的意思。

唱了一上午歌的许志芳，现在嗓门直冒烟。水一下喝了大半壶，又掏出干粮用力咬了几口。转眼看看卢静姝，还小口嚼着馒头，心里又骂道：“倒挺能装的！大家都饿急了，她还一副做作的大小姐模样，真讨人恶心！”只是嘴里还嚼着满口的干粮，顾不上说话，才瞪着眼往她瞧去。

静姝走了一早上，汗水早就浸了满背，再让毒日那么一晒，现在早就头昏脑涨，硬撑着吞了两口干粮，胃里直犯恶心。想来自己是被晒昏了，可又不想让其他人看到自己这模样，怕被人说笑，才紧闭着嘴什么也不说。

王中阳倒是看出了端倪，取了自己的水壶递给卢静姝，让她多喝些水。

静姝刚把壶口往嘴边送，许志芳就挖苦道：“王教官真是偏心，这儿也有人没水喝，也不见你把水送与谁喝，怎么偏偏这个汉奸你就这么关心？”

卢静姝一听，倔强地扭过头，把水壶还给王中阳。王中阳说道：“她说她的，理她做什么？”

许志芳又嘲笑道：“卢静姝，你也会不好意思啊？看来这几日学兵营真‘感化’了你不少！”

谷少城本来不想插手此事，可是许志芳的话总是听起来叫人不舒服。于是他一把丢过来一把小砍刀，直直插进许志芳身旁柔软的泥土中，把许志芳吓得“呀”了一声。“许志芳同学，看来你体力很好，休息片刻便恢复了不少体力，说起话来都中气十足，那请你去探探路回来，也省去我们寻路的麻烦。”

许志芳尖着嗓门道：“哟，谷教官这可为难我了。我的体力较某些大小姐来说是好那么一些，可是野外拉练我没有经验，这要是迷了路，你负得起这责任吗？同样是来参加练兵的，怎么人与人之间还有差别对待？莫非谷教官也收了什么好处？”

本来安静的一群人，都在默默休息着，被许志芳这么一闹，几个人忍不住劝：“别说了！有时间好好休息吧！”“教官只是关心同学而已，平日里教官也待我们挺好的。”

也有人说：“王教官确实待静姝与其他人不同，莫非他真收了什么好处？”赵丽芳最喜欢凑这个热闹：“静姝本来就是个大小姐，非要来这儿，也许会拖了我们后腿！”

卢静姝本就难受，听大伙这样聒噪，把干粮一丢，站起来说：“大家都是来练兵的，没有什么区别对待。我本就体质差些，换作其他人，教官也同样关心！你们说我，我也不想反驳，可是两位教官都是诚心要来教我们本领，锻炼我们的，这样睁眼胡说，不怕寒了他们的心吗？！”

谷少城猛地起身，大步走到许志芳面前，不耐烦的神情把她吓了个正着。刚想说两句话，只见他弯腰，瞧也不瞧她一眼，抽了地上的砍刀，对学生们说：“清点人数，继续前进！”

学生们叫苦不迭，谷少城怒道："刚才还有力气废话，现在又一个个被枪打了？马上收拾东西！"大家只好再度收拾了自己的东西，排好了队往前走。许志芳没得到痛快，撇着嘴，默默插进人群之中。

毕竟这群学生没有长期训练过，步伐不快，还没走够20公里，就得返回，不然入了夜，就难走了。偶尔，谷少城会进行战术科目，突然喊一声："敌机侦察！"学生们马上四散卧倒，喊一声："发现小股敌人！"学生们就作势拿着尖刀驱散。好不容易等谷少城吹了奔袭号角，本来都快一头扑在地上的学生又复活似的，往前奔去，毕竟，奔袭的结束就意味着当天行程的结束。

正当学生们往前奔袭时，突然，不远处发出"砰"的一声，学生们马上做出反应，全体抱头卧倒。王中阳正纳闷着，只见谷少城眯了眼朝远处望去，立刻紧锁眉头朝王中阳喊："快！王中阳！你带他们过去！保护好他们！全体隐蔽，卧倒！"

学生们匆匆忙忙跑到远处空地，还没反应过来是怎么一回事，只知道抱着头保护好自己。而谷少城死死盯着那一头，大喊了一声："什么人?!"

草丛窸窸窣窣起来，一会儿，一个拿着枪的日本兵跳了出来，骂了几句听不懂的日本话，又冲他跳出来的方向喊了几声。谷少城见他这副装扮，手马上放在别在腰间的手枪上。

僵持了一会儿，又一个日本兵走了出来，用生硬的中国话说："我们在这里演习，你们赶紧退开。"

"你们有多少人?"谷少城警惕地质问道。

日本兵回头看了看，回答："你们管不着我们。"

"谁允许你们在这儿演习了?!"谷少城提高了音调。虽说人不多，可眼下，自己这边是一群毫无实战经验的学生，伤了一个都不行。

那日本军竟然嘴角上扬，吐出几个字："《辛丑条约》允许的。"

谷少城一下怒了："条约只允许你们在周边驻扎，并没有允许你们在这儿演习！你们已经过了警戒线，马上退回去！"

那日本兵看了看身后的人，又看了看谷少城，什么也不说，只是死死盯着谷少城，一动不动。他身后的日本人也一动不动。顿时，谷少城的额头渗出汗珠，空气凝固起来，令人窒息。

“退回去!”谷少城再一次强调。那日本兵倒觉得有意思，没有回答谷少城，反而盯着一群年轻女学生不放，然后朝后头喊了几句，后面的日本兵一并笑了起来。料想是说了一些侮辱女生的话，一群女同学都气炸了。

只见那日本兵一下脱了上衣，露出膀子，对谷少城说：“你这个中国人有点勇气，你跟我摔跤，能赢了我，我们就离开。”

谷少城不想与他周旋，只想尽快把学生送回去，可日本人不依不饶。谷少城只得把腰上的枪往后丢给王中阳，自己也脱了军衣，与那日本人扭打起来。虽说拉练了一天，可几个回个，日本兵就被摔在地上，输了之后，那日本兵竟发出哈哈大笑：“功夫不错!”然后起了身，拍去身上的土，冲后面的兵喊了两句。以为他们是要撤退，没想到又来了一个比谷少城高一个头的彪形大汉。日本兵还得意地介绍：“这位是我们排的摔跤强手，你赢了他，就算你厉害!”

说着，大汉就哇啦哇啦扑了过来，满肚子的肥肉不住颤抖，然后把谷少城压倒在地。旁边的日本兵都起了哄，喊着助威的号子。谷少城被压得一口气吐不出来，可还是拼了浑身的劲把那大汉给推开。那大汉又一个熊抱，把谷少城高高举起，重重摔落在地，吓得学生们一齐惊叫了一声。

还没等大汉一脚落下，谷少城赶紧打了个滚，又翻身起来。虽说这人一身蛮劲，可是反应却迟钝得很，谷少城一脚踢了他的小腿肚，就让他膝盖一曲，跪在了地上。又双手绞了他的脖子，用力往地下扑去，叫他死死贴了地。大汉喘着粗气，喊道：“认输!”日本兵集体发出唏嘘声，谷少城松了手，那日本兵才爬了起来，回到他的队伍中。

谷少城也爬了起来，瞪着对面的日本人。谁知对面的人还嬉皮笑脸道：“看来我还是小看了你的功夫，我们这儿还有一位勇士，也想跟你比比。”

卢静姝上前一步，冲他们喊：“刚才说好了，赢你们，你们就撤退！现在一个接一个，真不要脸!”引得大家都起哄。

谷少城扭头对静姝吼道：“你给我回到队伍里！王中阳！把她拉回去!”

卢静姝气得又喊了句："你们这帮日本人真不要脸！"王中阳赶紧把她抓了回去，学生们也喊了起来："对！你们日本人真不要脸！""输了还不服气，一个又一个来，没本事直说！""你们连谷教官一个人都打不过，真有脸出来比试！""滚回日本多练几年吧！"

谷少城又吼了句："都给我住嘴！"然后直直瞪着对面的日本兵，又一次强调："退回去！"

这下，日本人面面相觑，他们大多听不懂这边在说些什么，只知道这边的中国人明显是怒了。一声非常不和谐的"咔嚓"声引了谷少城望过去，有个不识相的日本兵竟然给枪上了膛，对准了谷少城。卢静姝见状担心不已，还没等王中阳抓住，不假思索地一个箭步冲上来，站在谷少城身边。谷少城见状，一把拖下她，"啪"地给了她一巴掌："叫你回去，听不懂命令吗?！出来做什么?！"

卢静姝呆呆地望着他，眼泪"啪嗒"流了下来。王中阳赶紧把静姝带回队伍，而谷少城慢慢抽了腰间的枪，也上了膛，对准了日本兵，最后一次重复道："滚回去！"

日本兵们一下静了，有枪的都拿出枪，对准了谷少城。3营的教官们也把枪上膛，瞄准了鬼子。原本嬉皮笑脸的那位沉下脸，过了几十秒，他才严肃地吆喝了两句，带着日本兵们都退了回去。

谷少城这才松了一口气："天色不早了，咱们快回去吧！"

学生们还以为要大战一场，神经紧绷，现在慢慢松了下来，一个个哭丧着脸，往城内走去。静姝还在抽泣，王中阳且安慰着呢，许志芳就不识趣地冲谷少城挤眉弄眼："这一巴掌，打得真叫人痛快！"

谷少城刚想对静姝说几句，可是一下子，什么也说不出口，只好垂头丧气地走在后头，心中全是愧疚。

回了学兵营，学生们终于把酸痛的四肢架在床上。此刻的他们只想这样躺着直到第二天天亮。谷少城先回了宿舍，洗了脸，坐在床上闭目养神。王中阳迟了些才进来，一进来就送了谷少城一拳："你这家伙，打静姝做什么?"

谷少城从床上慢慢坐起来，许久，他才说："我心里着急，怕日本人会开枪。"

王中阳又是一拳打过去："那你打她干吗！打小姑娘，还算个男人吗？"

谷少城捂着自己的胳膊，问："她怎么样了，还疼吗？"

"废话！我打你一拳，你自己体会体会这感觉。"王中阳又要去打他，王家宁一进门，就看这俩兄弟一个挨打，一个怒气冲冲，忙上前去拉住了王中阳："你疯了？自家兄弟这么打？"

王中阳还想挥拳，被王家宁紧紧箍了手。许久，王中阳才说："他打静姝，不算男人，我替静姝教训他。"

王家宁很是生气："你们是士兵，为了个女孩子打架，算是怎么一回事？卢静姝，又是卢静姝，干脆叫叶连长来，把她遣送回家吧！省得你俩兄弟在这儿闹。"

王中阳一听，不乐意了："静姝又没做错什么，干吗送她回去？"

王家宁一把扯过王中阳："你可别静姝长静姝短的了，就你这个德行，人家小姑娘还不一定看得上你呢。要我说，这红颜祸水，还是让她回家去吧！"

"你不是她朋友吗？你怎么说这种话！"

王家宁松手放了王中阳："对，卢静姝算是我朋友，但是我清楚自己是士兵，我觉得她会给我们带来不必要的麻烦，就算是朋友，我也希望她离开。"

"别吵了！"谷少城坐在床上骂了句，"家宁，别跟他闹了，今天是我不对，我一冲动打了卢静姝一巴掌。"

王家宁疑惑道："你平时不是这样的人，今天中什么邪了？"

"我们拉练路上遇着日本兵了。"

"啊！打起来了吗？"王家宁追问道。

谷少城看了他一眼，默不作声。这一下可得罪了不止静姝一人，要是卢父知道了，可不定怎么骂呢。

不过谷少城还没等到卢父的一顿骂，倒先等来了军长宋哲元。当晚，他便从北平赶来，询问了此事，勃然大怒，说要处罚谷少城。

金振中不干了："咱能不能先不谈处罚谷少城的事儿？前两天才听说，日本从城外撤了军，今天拉练居然在城郊碰到，军座不觉得很可疑吗？"

宋哲元说："可疑归可疑，但是中央三令五申，不能与日军发生摩擦。"

"那就容许他们蹬鼻子上脸了？"金振中反驳，"从九一八开始，日本的狼子野心就已经写在脸上，我们步步退让，只会让他们得寸进尺！"

宋哲元也怒了，"打？你说得轻巧！拿什么打？武器装备，我们远远不及日本鬼子精良。就凭我们29军的大刀队？当年喜峰口，我们厉害不厉害？报纸说我们'雪国耻，扬国威'，你扪心自问，是真的吗？杀敌5000人，我们牺牲了多少？1万，还是2万?!"

金振中讷讷无言，勉强说了一句："为国捐躯，马革裹尸，那是军人的使命！"

"那是你的使命！我的使命是顾全大局，不作无谓牺牲！"宋哲元说着，语气缓和下来了，"我告诉你们，你们每一个战士的命，对我来说都很重要！我们都有父母，都有家人，都有兄弟姐妹。能不流血就不要流血！我们要韬光养晦，要沉得住气。"

金振中还不服气，"狗都骑到我们头上撒尿了，我们怎么沉得住气？"

宋哲元答道："战争，不仅仅是在战场上的你死我活，还有其他各个方面的较量！经济、武器装备，甚至是国际的舆论场，都是我们的必争之地。顾全大局，就是要考虑到方方面面，不能计较一城一池的得失！"

金振中和其他人似懂非懂，觉得宋哲元说的话，听起来很有道理，但又似是而非，也不懂怎么反驳。金振中呆了一呆，干脆拂袖而去。

而日本那边，也放出了风声，"日本国一心想与中国交好，没想到有部分士兵不听指挥，越界军事演习，导致与中国军队发生小范围摩擦的事件，破坏了和平，决定严厉处罚这两个班的士兵……"那些日本士兵虽然都被严厉处罚，可是他们一口咬定是中国人先掏了枪威胁他们，他们被迫自卫，还说中国人咄咄逼人，挑起战争不成，又要求与其肉搏。这就激怒了全部的日本官兵，纷纷要讨个说法，表示中国人就是在挑事，还一个人打伤了两个日本兵，是耀武扬威来了。

为了缓和局面，宋哲元军长设宴招待日本驻屯军的一些军官，由29军的部分军官作陪。还带着谷少城一同前去，要向日军道歉，以安抚日本官兵们。

听到这个消息，学生们愤愤不平，嚷着要把事实说出来。卢静姝虽还气谷少城那一巴掌，但还是主动请缨，想代表学生们参加宴会。

夜宴当晚。

日本军方出席宴会的有特务机关长松室孝良、军事顾问松岛、旅团长边村与樱井及日军驻北平郊区部队中队长以上军官。宋哲元、秦德纯、冯治安、何基沣、董升堂、李致远、松室孝良、松岛、樱井与吴佩孚等坐两席，其余中日军官共坐8席，每席四五个中国军官坐主位，三四个日本人坐客位。中日两军的军官们互相交叉地整整坐满了10张大桌，“罪人”谷少城和日本挑事的那几个兵站在一边“等候发落”。卢静姝代表学生们，和当时一同在的另一个教官王中阳坐在一边“旁听”。

宋哲元一心想打圆场，他想缓和敌对的局面，因此主动为日本军官倒了酒，道：“只是一些误会而已，年轻人血气方刚，做事不经脑子，好好调教两日便是。”

松室孝良是日方代表，他咧出个冷淡的笑：“中日双方是同文同种的国家，应力求亲善共荣。”宋哲元点头称是，一群人坐着，不温不火拍了照片，然后宋哲元招呼大家喝酒吃菜。

日本人倒也客气，动了筷子吃起酒菜来。本来是安安静静的，各吃各的菜，可酒还没喝两盅，一个日本军官不知是醉了还是如何，突然就唱起了日本歌曲。听了这透着些许怪异的日本歌，这边的中国军官们面面相觑。

29军可都不是吃素的，旅长何基沣见状，不甘示弱，马上也唱起了《黄族歌》：“黄族应享黄海权，亚洲人应种亚洲田；切莫同种自相残，坐教欧美先着鞭。不怕死，不爱钱，大丈夫决不受人怜……”38师的副师长李田文乘着酒兴，干脆吼了一段怒气冲冲的黑头腔，中气十足的京调腔把日军听愣了。看中国军官们气势更高，日本军官又开始跳起日本舞。日寇军事顾问松岛也起立，先是舞蹈，后是舞刀，以显示日本军人武士道的威风。第29军出席宴会的军官们目睹日寇如此嚣张气焰，个个义愤填膺。这时，只见副军长秦德纯对坐在身旁的114旅旅长董升堂附耳说：“事急矣，你是打拳，还是耍刀？”董升堂回答说：“先打拳，后耍刀。”话刚说完，董升堂跃到席位中间，打了西北军流行的一套“八卦拳”。这时独立26旅旅长李致远也上前打了一套“花拳”，以示中国军人不可侮。接着，又有日本人用“倭刀”在席间挥舞一通。董升堂见状，实在压不住心头怒火，随即拿起西北军常用的大刀片，在席间飞劈了一番刀法。

卢静姝冲王中阳嘀咕了一句：“这些人都是喝酒上了头？”王中阳回应：“都是想比个高低呢！现在乱作一团，你看，军长脸上的笑都僵了。”

过了一会儿，又有日本人提议要比写中国字。日本军官中确有汉字写得精彩之人，还吆喝着，一群中国人倒找不出个能写中国字的？静姝刚想离座，就被王中阳一把拖了回来：“知道你写字漂亮，可是现在是男人之间的决斗，你一个姑娘家不要往前冲，否则他们又该笑话我们军中只能派个女子应战。况且让人伤了你也不好。”卢静姝张嘴就要反驳，只见叶天明猛喝了两口酒，叫人拿来纸笔，一手提了酒，一手提了笔，唰唰两下，一副“醉中狂草”，日本人看不懂，但是卢静姝可看得明明白白，“但使龙城飞将在，不教胡马度阴山！”写得龙飞凤舞，气势磅礴。

静姝刚想叫好，又见那群日本人不知何时把宋哲元军长和秦德纯副军长举了起来，边喊号子边往上扔。这边的旅长团长们当即就把日本的司令官也举了起来，且扔得更高。趁乱，还有日本军官朝静姝靠了过来，才伸手摸了静姝的脸，就被王中阳喝一声：“你干什么！”静姝性子更烈，一个清脆的耳光打了回去。顿时，两国军官立马拔刀相向，气氛又凝结到冰点。

宋哲元不想惹事，赶紧说道：“大家好好吃饭喝酒，怎么又胡闹起来了？这位爷喜欢姑娘，我们去北平，八大胡同里好好耍耍。”这句话绵中带刚，表面听起来是要好好顺日本鬼子的意，话中的话是谴责日本鬼子调戏女学生，失了分寸。

松室孝良把那个小军官叫到跟前，抽了一个耳光，然后用日语呜呜哇哇一顿训。眼见着小军官捂着脸，唯唯诺诺，大家觉得说不出来的解气。

“那位女同学，我们向您说对不起了。”松室孝良先道歉，然后哈哈大笑，“军人嘛！不要那么文绉绉的，应该来点男人喜欢的事情才好嘛！我们今天是吃饭，不妨也让他们表演武术，助助酒兴！”说着叫上一名日本军官，让他表演日本剑道。日本军官也不谦让，双手持刀，稳扎稳打，左砍右砍，步步紧逼。这期间还几次跳到宋哲元军长的桌前，用刀比比画画，看得大家心生愤怒。宋军长见过大场面，微微一笑，眼都不眨巴一下。

金振中最是气不过这个理，真想掀了桌子就与对方大打一场。但是，他还是忍住了，只是冲谷少城喊道：“事情是你惹的，赶紧也给大家耍一套刀，就当赔礼了。”

旅长李致远见状，招呼了他的传令兵，把他“用最好的钢打造的柳叶刀”呈了上来，交给谷少城，让他耍刀。谷少城拿起刀，劈了一趟滚堂刀，闪转腾挪，一时间宴会厅里刀光闪闪，人影霍霍，这刀法杀气凌厉，带得过堂风起，烛影憧憧。谷少城猛地跳起，一招“力劈华山”，刀在日本长官的脑袋前10厘米处落下，座中日本人一阵惊呼，吓出一身冷汗。刀继续落下，正好把一只烤鸭切成两半。谷少城收了刀，全场鸦雀无声，这时，烤鸭一分为二，整整齐齐，盛烤鸭的盘子毫发无损。

一时之间，掌声雷动。这下，日本军官们才稀稀拉拉鼓了几掌。日本的司令官干巴巴夸奖了谷少城几句，竖起大拇指说：“中国人，大刀队，果然名不虚传！”喝了一口酒，叫在场的军官们鞠个躬，尽数离去。

王中阳趁人已离席，扯着静姝出来。静姝气呼呼地说：“这群人根本就没提越界演习的事，就是想来我们这里虚张声势！”

王中阳答：“咱们拉练那天不就知道了？他们就是找借口挑衅，到底是什么事不重要，重要的是与我们痛快打一战！”

叶天明不知是不是醉了，满脸通红：“这仗，总是会打的，只是早晚的问题！”

“那就杀他个血流成河！”谷少城低吼了一句。

“对，血流成河！”王中阳把手高高举起，大喊了一句。

卢静姝笑道："你都没喝酒，倒有醉意了？"

王中阳抓抓脸："嘿嘿，看你在这儿，就忍不住想大声吆喝。"

静姝稍稍偏头去看了一眼谷少城，他一言不发，沉着脸。看了许久，他突然转脸过来，静姝赶紧把眼睛瞥向另一边，假装什么都没有发生。

谷少城问："你的脸……好了吧？"

"当然好了，又不是纸糊的脸，还能让你一熊掌拍碎了呀？"静姝没好气地回了一句。

王中阳"嘿嘿"笑着："那不一定，你的脸蛋这么好看，他又一股熊劲，我还心疼你白挨了他一巴掌呢。"

叶天明在一旁咳嗽两声："王中阳，我还没醉呢，你吃什么药了？小心我回去罚你。"

"哎，连长。"王中阳答，"我说的是事实嘛，静姝的脸就是好看啊。"

谷少城也没说话，就大步往前走，卢静姝看了王中阳一眼，就跟上谷少城的步子，在后头走着。

叶天明哈哈一笑："你看，人家根本不想搭理你。"

"谁、谁说的！她是不好意思。"王中阳大着舌头咋呼了两声，跟着一起大步走去，身后留下叶天明的一串笑声。

当晚月明星稀，正应了乾隆皇帝所赋诗："半钩留照三秋淡，一蛛分波夹镜明。"月光把人影拉得老长，结伴而行的男人们并着肩，唱起了中国的歌曲，笑声和歌声伴着月光，往云端上飞升而去。

宋哲元看着宛平一团糟，心里烦躁得很，又因为跟委员长政见不合，处处受了掣肘，一百个不开心。干脆休假了几天，把宛平丢给了冯治安。

十／丢了一个日本兵

清晨，雾气还没散去，买菜的老农早已开了摊，新鲜的蔬菜还带了晨露，嫩绿的颜色引来几个出门买菜的大娘。此刻的天，云正浓着，山那边蔽去的日光隐约从云后透出，散出的光恰到好处，不凉也不热。街上的人不多，都是些早起讨生计的，也没有什么言语，有些慵懒地踩着宛平湿漉漉的地面。细听，远远地隐约传来学兵营晨练的号子声。

松下次郎戴了一顶乌黑的圆帽，套了一件长长的黑外套，提了个公文包往卢学初家走去。实际上他早一个月就来了宛平，平日不轻易出门，这是他第一次来会见中国朋友。买下酒馆，就着夜色来去匆匆，连东南西北都没分清楚；开了居酒屋，也是深居简出。卢学初的家，也是托人问了好几回，才知道确凿的位置。因为是白天，为了不引人注意，他一个人都没带。他低调得有些刻意了，这是日本式的讲究，与中国大不相同，中国喜欢“差不多”“随意”，缺乏标准的生活让大家感到自在。也就是这点不同，松下次郎常常萌生一些优越感。

走过大街，甚是引人注目——已经入夏，却还有人作秋冬的扮相。松下次郎总觉得中国的衣裳穿起来不舒服，不管是什么款式，就是没有日本的衣服穿起来自在。这一早，他干脆拿一片黑，把自己裹得严严实实，不叫人认出他的模样才是最好。入了小巷，老榆树的叶子被雨打得零落了几片，松下步子不大，频率却很快，转眼之间已经到了。他吸了一口气，用指头勾起卢学初家的门环，文雅地敲了两下——“叩、叩”。等了一会儿没人来开，想想确实是太文雅了，只好加重了力气又敲了两下：“叩！叩!”

开门的是竹田江美，今天她知道有日本朋友来，特地穿了日本和服，是夏天的浓绿色。松下次郎朝后头望了望，确定没人，接着一个侧身，钻进门后。竹田江美也警惕地看了看左右，然后慢慢关了门。

卢学初才刚洗漱完，坐在红木茶桌边喝他那杯每日必饮的茉莉花茶。听到开门声，马上放下茶杯，走过去迎接。竹田江美两手别在小腹上，又做回了标准的日本女人，踏了木屐声走过来，带着微笑说：“客人来了。”

尔后，她便退到一旁沏茶。

“先生来得真早。”卢学初请松下脱了外套，摘了帽子，热情地帮他挂在一旁，又请他坐了上座，松下次郎也回应道：“卢先生也起得早。”寒暄了两句，竹田江美端来了茶，他才坐下，与松下次郎攀谈起来。

松下次郎把公文包放在膝盖上，从里头拿出几份文件：“您托我办的事，我与日本政府的几个朋友谈好了。本来应该您亲自去一趟日本的，不过最近的情形比较严峻，于是我让人把文件送了过来。”

卢学初接了文件，看了一眼，上面满是日文。自己虽常年奔走中日两头，会说流利的日语，可碰到签署文书之类，一般身边都带了翻译。他的表情一下难堪起来。竹田江美却说：“先生，我来看看吧。”

松下次郎端了茶杯，借着热气闻着茉莉花的清香，然后轻轻吸了一口，满脸都是满足的笑意：“还是您这儿的茶香。”

“喜欢的话，等会儿拿一些回去尝尝。”卢学初说。

看竹田江美在那轻声读，松下次郎又说：“其实无非是一些法律条约，您只需要在下头签字就可以了。令爱和夫人也需要签字，还需要压手印。”

卢学初局促起来：“我和夫人的签字、手印都好办，只是小女这几日出了门……”

松下次郎不紧不慢地答："我把文件放这儿，您都填好了，再打电话给我，我亲自过来拿便是。"

卢学初又犯难了，要静姝签了这去日本的文书，怕是又得闹翻了天。原本，卢学初是打算带静姝去日本的，可是谷少城那一番话又让他心中打了鼓：在宛平要找她就很难了，真去了日本，哪个日本人愿意出来找中国人的？女儿大了，想的什么总让父亲不懂，真是又气又操心。要在日本"离家出走"，卢学初肯定得急疯。思来想去，还是要办一个日本公民证，到时真打起来了，也有个保障。就是为了办这个证，怕静姝见到日本人又要乱叫，没准还会"大义灭亲"，只能先答应她，送去了学兵营好好待几日，等公民证一办好就离开宛平。

于是支吾道："小女这几日与同学去了江南，怕是没那么快回来……您这一来一回也费些功夫，有没有别的法子……"

松下次郎想了想，说："办法倒有……"

卢学初追问："是要花钱吗？"

松下次郎点了点头。

"钱乃身外之物，况且能用钱解决，再好不过了。"卢学初放心地喝了口茶，又说，"那真是劳烦松下先生替我奔波了。"

松下次郎笑了笑："举手之劳而已。若不是卢先生早些年替我解了围，我现在或许已经被丢入大海之中喂鱼了。"

卢学初拱手道："缘分而已。"

松下次郎原本是家中次子，与长兄是同父异母所生。几年前，先父病危，可是不知要把偌大的家产传给哪个儿子——依礼来说应该传给大儿子，可那大儿子生性愚钝，又是暴躁脾气，怕这家产都被挥霍至尽。二儿子虽聪明伶俐，却是庶出。临终前，他想了个法子，当着族人的面，让人抬了两大缸的酒，分给两个儿子，让他们在寒夜中把酒都卖出去，且要看谁能赚得更多。且不说这缸中的酒能否卖出去，单是寒夜，就少有行人。老父亲又折了两根签子，让两个儿子选：若是选了长签，就去平日里热闹的集市，若是选了短签，就去郊外守着。这一出，无非是凭运气，抽了签，这结局大家也就心里有个数了。

抽了签，兄弟俩一对比，大儿子高兴得呀呀乱叫，让人抬酒去了集市，小儿子觉得胜负已分，垂头丧气。他自己把酒放在车上，慢悠悠往外推车而去。一直守到了第二天清晨，都没有人来买酒，可自己又不甘心这么回去。大哥平日就厌恶自己，将来一定会想办法把自己和母亲逐出家门，甚至对自己狠下杀手。

那年，日本的冬天异常寒冷，原本就穿得单薄的松下次郎在雪地里守着一缸子酒瑟瑟发抖。他想点一堆火暖暖身子，点了半晌，好不容易起了个火星子，还被自己手一抖，摔进雪地中，灭了。想来自己的命运也如同这颗火星，转瞬即逝，心中更加凄凉。

正沮丧着，就遇着卢学初来日本进货，正带着一队人往城里赶。看到人来了，松下次郎赶紧吆喝了两声，把卢学初引过来。卢学初嘴里还呼着雾气，本来那么冷的天，更不愿意喝冷酒，可是看松下次郎的脸、手都冻得通红，深觉可怜，就随口问了一句，松下说，要赶紧卖掉酒，赶回去给父亲送终。学初听了，不辨真假就把这些酒全买了，叫他快些回家去。松下次郎把钱摊开，在雪地里数了又数，比酒价高出一倍有余，高兴得连蹦带跳，差点跪在地上道谢。卢学初只说："天冷，回家吧。"那一缸酒，分给身后的人喝了几口后，就那样留在了雪地里。

揣了钱到家，等大哥回来一比，多出了许多。等父亲咽了气，他顺利继承了家产，大哥也没话说。松下次郎家中原本不是做生意的，这一遭后，他便在日本几个城里开了居酒屋，还有声有色的。他真是有经商的天赋，生意越做越大。分了几家店给大哥掌管，现在也算是和和睦睦。

后来也找了几次那个中国商人，好不容易找上了，说了许久，卢学初才想起那个在雪地中的年轻人。一来二去也成了朋友。卢学初只说："没想那么多，只是看你在雪地中站着，想起自己早年做生意也是这般痛苦，冷暖自知。举手之劳而已。"

松下次郎与卢学初谈起往事，感慨颇多。而后，又惊喜地说："卢先生，本来日本和中国交战，我心中还有芥蒂，您现在要办这公民证，往后我们便是一个国家的人了，这让我心生欢喜。”

卢学初听了这番话，有些难以回答，只尴尬地笑了几声，倒是一旁的竹田江美不住地点头。

“这公民证办好了，我一拿到就打电话给您，届时再给您送过来。”

临走前，卢学初把松下次郎送到了门口，唤竹田江美拿了几罐上好的茶叶和一套茶具，装好送给松下。松下接过，然后像忽然想起什么似的，神神秘秘地跟卢学初说，“先生如果要去我们日本，请一定要尽早动身。迟了怕是走不了了。”

卢学初机敏，听得有弦外之音，心扑通扑通跳，“我看前些日子贵国撤了军，后来两军将士又把酒言欢。我想应该没事吧?”

松下次郎欲言又止，眼中闪过为难的神色，说：“那……也是。我只是觉得，夫人旅居中国好几年了，您得空应该早点带她回去看看才是。”

卢学初察言观色，暗想大事不妙。松下回的话，明显是王顾左右而言他，怕是他知道一些不为人知的秘密。但面上按下不表，牵住竹田江美的手说，“我们等劣女回家，马上就离开。”

松下次郎还想说什么，却没有说出口。临出门时反复交代说：“我在城南开了居酒屋，已经开张了好些日子，请卢先生一定光临。”然后留下了地址，就告别了。

待松下离开，卢学初心急如焚，马上关紧了大门，吩咐竹田江美尽快收拾行李，越快越好。竹田江美不明所以，但还是照办了。

卢学初真是听出了弦外之音。虽然两人见面只是品茶论道，谈书赏画，从不提政治立场，但是听他的只字片语，还是能咂摸出不一样的味道。两人都是聪明人，不仅仅是点到即止，有些话还十分小心地避开不说，仿佛是一种默契。松下这些年的发迹，卢学初是了解的，多靠了军政的关系才越做越大，他经营的酒馆，基本上都是好战分子的狂欢场。

不过，松下还算是讲感情，先劝自己举家离开，就是暗示日本已经动了真格，准备冲着宛平下手；但松下又迫于自己的身份，不能明说。而且，以宛平城的格局，大抵是不需要开一间日本酒馆的，就算是开了，也肯定生意寥寥，这点松下不会不知道。但是他依旧打算开居酒屋，只有一种情况，那就是将会有很多日本人在这里生活，宛平城，小鬼子怕是志在必得。卢学初想清楚了，要带着静姝和竹田江美赶紧离开，越快越好！

这一切，身在学兵营的卢静姝都不知晓。

学生们来学兵营也有些时日了，早就习惯早起和晨跑。卢静姝甚至觉得，这样的生活比之前快乐了不少，而且身体也比以前健壮了。从前在家，除了吃饭睡觉，就是坐在那儿一动不动地读上许久的书，如果没事做，心里就开始想些颇为感慨的事。现在的训练，每日都在加大强度，每天都在认真地忙着，一点儿多余的时间也没有。这倒是个治心病的好药方。除了那许志芳还总是处处与她作对，嘴上不饶人。

晨跑之后，谷少城给每人发了一杆练习用的步枪，今天上午要练习步枪射击。

谷少城先讲了一遍枪械的组成，然后让王中阳拿着枪，整个人伏在地面，左手托着枪，右手虎口向前紧握枪柄。摆好姿势，谷少城说道："步枪基本的姿势有卧姿、站姿和跪姿，今天大家先练习用卧姿。"说完，便让学生站开，一齐卧倒在地。有的学生还没摆好姿势就开始在地上摆弄步枪，被谷少城大骂："还没学会走就想学会跑？你这姿势拿枪不稳，一发子弹还没出膛，枪就掉地上去了！"

等学生们的姿势摆出个样子了，谷少城才继续讲起据枪的要领："身体右侧与枪身略成一线，食指靠在扳机上，右肘贴地前撑。左手握弹匣，左肘着地外撑，两肘保持稳固。胸部挺起，身体稍前，枪托抵在肩窝！"

正说着，他瞥了一眼卢静姝。静姝依旧没有一点儿埋怨，出奇的安静。按他的印象，这样娇弱的女子总是爱抱怨，可是她太要强了，外表柔弱，心里可不含糊。怪不得王中阳喜欢她，他这样认为。

学生们一个个努力摆正自己的姿势，想做到最好，可谷少城总能逮出一两个说说他们的缺点。要么是三点一线没有瞄准好，要么是枪托没有抵肩。练习了大半日，学生都觉得枯燥无聊，喊着让谷少城也摆摆这个姿势。

谷少城看了他们一眼，一言不发，拿起王中阳手上的枪，卧倒在地，端了枪，快速地拉上枪栓，打开保险，瞄准了100米外的靶子。“砰”的一声，正打在了靶子上，虽没有正中靶心，但也惹得学生们一阵叫好。谷少城又开了第二枪，却遇了个哑弹，他把枪微微抬起，拉开枪膛，退出那颗子弹后，又重新上了保险。第二枪，稳稳打在了靶子上。学生们看了更加激动，一个个又打了鸡血似的回到位置上开始练习。

几个好动的学生也学着他的样子上了保险，可是一声都没响，就大声问：“教官！我们的没有子弹吗？”

谷少城答：“才拿了多会儿就想打出子弹？我光卧姿就练了好几个月，晚上躺床上都是这个姿势——姿势不稳，怎么把枪端稳了？枪端不稳，打出来也是浪费子弹，浪费资源。”

学生们有的呵呵笑起来，有的更加卖力地练习。等到了晌午，好不容易盼到了休息，操场上居然还留了好几个学生在刻苦练习。

练习了一天卧姿的学生们躺在床上还时不时摆起白日里的姿势，特别是女学生们，叽叽喳喳说着谷少城白天如何帅气地拉开枪膛上保险，又如何射出第一枪。说着，还有模有样地学了一遍。卢静姝抿着嘴偷偷笑着，想着明日还要再练习练习据枪的方式。忽然，宿舍门被敲响，来者是谷少城。

看到谷少城来了，女学生们拥了上去，七嘴八舌，好不热闹。赵丽芳先比好据枪的姿势，争着问：“谷教官，你看我这姿势标准吗？”

谷少城看了一眼，伸手扶正她的胳膊：“枪要拿好了，要是拿真枪，那你这样打，敌人没打着，先让枪的后坐力伤了自己。”

赵丽芳点点头，又凑过去让谷少城教她站姿。谷少城用眼睛搜寻了一圈，终于找到角落里喝水的卢静姝。他喊了声：“卢静姝，你出来一下。我找你有事。”

卢静姝正喝着水，差点叫水噎住了。宿舍里的女生们用八卦的眼神打量着她，仿佛她在做见不得人的勾当。她脸红了，尴尬地回应了句：“有什么事你直说。”

先前已经去过一趟，问过卢学初关于松下次郎的事，但是总感觉卢学初有意回避，甚至是刻意隐瞒了一些什么，这让谷少城很不安心，若是让静姝一起回去，或许卢学初会多说些什么。于是略带请求地说：“我找你父亲有些事要谈。你能不能一起回家一趟？”

可静姝想也没想就回答：“不去！好不容易才来，干吗回去？”

许志芳阴阳怪气，“谷教官是要去提亲吧？人家家里有钱，去当个上门女婿正好！”其他姑娘一阵哄笑。

静姝脸又红了，轻声说：“你快走吧。”

谷少城没再多说，默默地出了宿舍。宿舍里的女孩一阵唏嘘，许志芳带着酸溜溜的语调说道：“卢静姝，是不是你爹当汉奸的事叫谷教官知道了，他要把你送回去？”卢静姝翻了个白眼：“你眼睛怎么长得跟嘴一样长，什么事都叫你看了去？”女孩们闹作一团。白天里谷教官的那几枪打得潇洒，女孩们都打心底佩服他，崇敬他。偏偏晚上他来找的是卢静姝——本来就不喜欢卢静姝，这一下更是讨厌她了。卢静姝看女孩们都挖苦自己，就追了出来。谷少城还没走远，她大声说道：“你就不能再问我一遍吗？跟我说话有那么费劲？”

谷少城慢慢转过身子，说：“你都拒绝我了，我再问一遍也是一样的吧？”

卢静姝伸手拧了他的胳膊：“榆木脑袋！你多问几遍，没准我就勉强答应了呢？”

谷少城笑了：“刚想夸你这几日不吭不声的，安静了许多，现在又被打回原形了？”

卢静姝吐了吐舌头，故作生气：“你上回打我一巴掌的事我还没寻你报仇呢，你倒先理直气壮了？”

谷少城又答：“你本就该听从上级命令，我让你回去你还跑出来，该罚！”

“你一个大男人当着大伙的面动手打我，一句道歉都没有的吗？”卢静姝真生气了，转身去关了宿舍门。谷少城有些懊恼地拍了拍自己的脑袋。每每他想问，又觉得她有王中阳照顾着，自己没有必要去问。现在她又生气了，真叫他为难。女生宿舍里又是一番吵闹，让他不想推门进去。心想，还是回宿舍好了，可心头又放不下松下次郎这件事。若唐突去了，又不一定能见到卢学初，估计又是竹田江美回应“卢先生休息了”之类的话。

想着想着，便一个人出了学兵营散步。他想，不如去碰碰运气吧，反正也是要去的。这几日他都睡不着，每每躺回床上，眼前尽是拉练那天的情景和夜宴上日本人的嘴脸。还有叶天明说的一番话，让他看谁都陌生了许多。

突然，宛平城西门传来一阵枪声，他警觉地往西门跑去，上了城楼，守城的士兵还眯着眼往远处看。

“乌漆嘛黑的，啥也看不到!”一个士兵说。

另一个士兵接话：“不用说，肯定是日本人啦。这几日不都在搞什么演习吗!”

“我看啊，过不久就开打咯!”

谷少城睁大了眼往外看去，答道：“仗肯定是要打的，早与晚的问题罢了。”

旁边的士兵又说：“打起来怕啥？宛平城易守难攻，况且我们人多。”

“就是！我们中国的土地也多，日本人真进来了，一个县都摆不进几个日本兵，咱一人一口唾沫都能淹死他们。”

谷少城摇了摇头，不这么认为。这时，城外的日军在城下开始叫嚷。谷少城往下一看，外头站了不少日本兵，就急忙让士兵去通知营长金振中。

营长早就得了消息，听说外头有动静，就赶着来看是怎么一回事。上了城楼，看到这一番景象，气得他叉着腰冲下面大喊：“你们个个是黄鼠狼成了精，不用睡觉?!”

日军里钻出个翻译官，堆了一脸油腻的笑，喊话道：“军爷，我们都是中国人，有话好说，有话好说。”

金振中大骂：“今天又过来拜的什么年?!”

那翻译官倒是笑眯眯的：“军爷，我们就是想穿过宛平城去演习，绝不打扰你们休息。”

金振中喊道："你们不是经常在这附近演习？今天唱的哪出戏？穿过宛平城？你咋不从你爷爷我裤裆下穿过去？真敢想！"

中国士兵哄笑起来，下面的日本兵听不懂什么意思，一个个像木头似的站在那里。金振中神色一转，严肃道："别笑了！"大伙收了嘴，金振中又喊道："你们演习我管不着，想进宛平城？做你的美梦！"

风云乍起，一阵狂风吹起城外的沙土，迷住了两边士兵的眼。豆大的雨打下来，不一会儿，所有人都陷入一片滂沱中。可是没有人肯离开，两方人就这样死死盯着对方。尽管下着大雨，但双方之间的火药味已经浓得不能再浓。

入夏以来，宛平阴雨连绵。暑气和水汽纠缠蒸腾，四野弥漫着青草、树木和庄稼的青涩气息。湿透了的城郭和村庄疲惫地卧在泥泞里，大块的雨云在铅灰色的天空中飘来荡去。两方士兵在一片朦胧中都看不清彼此，透过清冷的空气，拿着枪的手都略微颤抖，鼻尖上淌下的水珠落在地上，不知是雨水还是汗水。

陈庆业晚上正当值，最后一排，两只手死死地攥着枪，他心里一直默默念叨："千万别开枪，千万别开枪。"陈庆业怕打仗，非常怕。他从小到大连杀鸡都不敢，来当兵只是听说这里管饭，他就来了。没想到，这回真要打起来了，这是他第一次和日军直接面对，他怕，怕得后背湿透，背脊发冷，幸好夜色深沉，看不出他已经吓得脸色发白，嘴唇颤抖。

双方就这样对视了十几个小时。

日军撤退了。对面的一群士兵扛着枪离去。陈庆业简直要虚脱了，他感觉自己再也绷不住了，大腿上一股热流汹涌而出，他尿了。谷少城发现他的异样，站在他身边，让他靠着。陈庆业瑟瑟发抖，几乎要瘫坐在地，谷少城抓住他的手臂，把他搀扶到一旁歇着。

陈庆业缓了一会儿，有点不好意思，问："少城，你不害怕吗？"

"怕啊！谁不怕呢？"

"那你……"

"害怕能解决问题吗？不能。面对问题才能解决问题。"谷少城握着陈庆业的手，给他鼓劲。陈庆业渐渐缓了过来。

金振中松了一口气，可也还不敢马虎，多留了一些士兵驻守。谷少城主动请示留下，他心中总是觉得有些不安。一直守到了晚上，昏昏欲睡。不知道学兵营那里情况如何了，谷少城伸了伸腰，全身发出“咯嗒”的声音。清冷的空气弥漫在四周，让他觉得冷了许多。

“少城，你回去，我来盯着。”

谷少城回头一看，竟然是金振中。

“营长……不早了，你回去休息吧。”

“你回去吧！这里我来。”

谷少城深感疲乏，长长地打了个呵欠，抬脚刚要走，远处就传来一阵枪响。金振中迅速增派人手，加强警戒。接着，又是一队日本兵荷枪实弹而来。谷少城迅速拿起枪，攥在手里，金振中伸手拦住他，皱着眉喊道：“你们又来干什么?!”

“我们刚在附近演习呢，这儿丢了个日本兵，叫志村菊次郎。”胖翻译这回不笑了，反而一副严肃的样子，“是被你们掳走了？你让我们过了桥，进城找找看，找到了我们就回去。”

“谷少城！现在马上去通知叶天明，让他带人手过来！”金振中下令。谷少城得了令，提起腿就往回跑去，生怕落下一分一秒。

叶天明才刚要躺下，听了消息，马上让人吹了集结号，大家迅速整理好东西，跟着部队往西门赶。

此时此刻，西门的中日两军剑拔弩张，日军想要强行过桥，双方陷入僵持之中。不一会儿，一个传令兵跑来，原来是秦德纯特地让人通报：松井久太郎刚才与他通话，称演习时后方传来枪声，疑是中国人所为，要求开门搜查，我们坚决不能开！

鬼子们有些按捺不住，又把翻译官推出来。翻译官不知还能说什么，就大喊：“刚才演习时，身后的枪响铁定是你们的，现在人丢了，跟你们肯定脱不开关系！”金振中啐了口唾沫，不偏不倚落在翻译脸上，翻译看不清夜里的景象，还以为自己被打了一枪，吓得乱窜，气得鬼子破口大骂。

松井久太郎又打电话给秦德纯："如果还不打开城门，我们将强行进城！"

秦德纯回答："天亮后，我们的警察会代为寻找，如果发现有你们的士兵，马上送还！"

翻译官估计是被日本人抽了几巴掌，又硬着头皮出来："军爷，让我们过去挨家挨户找！找到了我们就撤离！"

"休想！"

翻译官一咬牙，大声喊："我们一定要进城！"

叶天明怒了："想要进城，从老子的尸体上跨过去！"

中国军人们哪肯同意？谁知，日本人开始架起了大炮，瞄准了宛平城……谷少城略显慌张，他没有真正经历过战争，金振中倒是有条不紊，指挥早已装备好的战士开始回击。

轰隆！轰隆！日军浓浓的硝烟味扑面而来，于是，中国军人们纷纷举起了枪，架起了炮。金振中带领着军人们，与日军激烈地打了起来，宛平城顿时奏起了狂暴的交响曲，城中酣睡的人们惊慌失措，原本平静的宛平城，开始哄闹起来。

十一 日本兵去哪了

宛平城外的炮火持续了3个多小时，城内的百姓在惶惶之中度过了这可怕的3个小时。黑夜的天被硝烟和尘土撼动了，透着黯淡的红光。此时的宛平城外，破壁残垣随处可见，哀号声一片。坚守城门的战士们，死伤数还来不及计算。陈庆业来不及害怕，就跟着谷少城他们躲在掩体后面。炮声隆隆，跟着是鬼子密集的枪声，他们对宛平疯狂进攻。但第3营将士也是寸步不让，陈庆业的裤子被沤干了，一股难闻的尿骚味。

旁边一个士兵不识趣，还开起玩笑来，“哪个孙子吓尿了？一股骚味。”其他士兵哄笑起来，笑声里有些兔死狐悲的味道。

谷少城在陈庆业身边，说：“老子忙着打鬼子，连尿都没空拉。你们都在偷懒是不？还有时间尿尿。”谷少城顶了包，陈庆业的窘迫一下子被转移了，大家又笑了起来。谷少城的责备像是一颗定心丸，让大家都舒服了许多。

叶天明的压抑也缓解了些。他太了解战争的残酷无情。他还一直担心这群新兵蛋子不敢面对这些惨烈，但今天看来，倒像是自己多心。他们在这时候还能保持乐观的心，真是不容易。

在炮声响起的时候，叶天明想到了死，他感觉自己等这个时刻等了太久了。但是，他摇头，赶紧把这念头甩出脑海，“就是死，也要拉十个八个鬼子当垫背的！”

日军在第3营官兵的勇猛反击下伤亡惨重，始终未能接近城墙，只能龟缩在原地等待救援。日军的进攻暂时停了，硝烟和浓雾还没散，现场乱成一团。

城楼上不断有伤员被抬下来，一声声哀号触动着每个人的心。卢静姝和同学们好不容易等到炮声停了，才敢急急忙忙跑来找他们的谷教官和王教官，看到这样的情形，一个个愣住了。几十条鲜活的生命，枯草一般横在那里。昨日还打过照面的人，此刻在冰凉的地上睁着眼，望着天。身上的血已经凝固，地上的血泊还在流淌。

有个黑头土脸的战士喊了他们一声：“快来帮忙抬担架！这里还有很多伤员！”

女学生中已经有人开始慢慢啜泣了，这样的场面她们何曾见过？卢静姝挽起袖子：“同学们，需要我们的时候到了！”可是刚往前走两步，自己的脸又被吓得惨白：那伤员的胳膊已经被炸去一半，留下半个胳膊，露出惨白的骨头，血肉糊成一片，人呢，紧闭着眼，不知道是死了还是活着。许志芳刚想笑她雷声大雨点小，可是自己往前一看，也吓坏了，站在那儿手足无措。

“快动手啊！不快些送去医院，他会死的！”士兵喊了一声，几个缓过神的学生赶紧过去帮忙，静姝咬了咬牙，加入了他们的队伍。许志芳看这大小姐都动手了，只好硬着头皮也开始帮忙。

此时此刻，宛平县县长王冷斋等人正在与日本的松井久太郎以及第29军的日本顾问樱井德太郎谈判。

双方开门见山，王冷斋直白道：“今日清晨你们的士兵在我们的地界上挑起事端，请你们尽快撤兵，以免造成不必要的伤亡。”松井久太郎呵呵笑道：“昨夜我们日军一个中队在附近进行夜间演习，是你们的士兵先打了枪，惊动了我们的战士，导致一位士兵失踪，我要求带兵进入宛平城搜查一番。”

王冷斋回应：“我们已经调查过了，你们的中队长清水节郎所说的枪响方向，根本没有中国军队。况且驻守宛平城的官兵们，子弹一发未少，根本不是我们所为。”

“我说了，是因为你们先开枪，惊得我们人仰马翻，才弄成一片混乱的！”松井拍起了桌子。

王冷斋不甘示弱，把桌子敲得更响：“我也说了！昨夜我们没有开枪！请你们马上撤军！”

“找到那个士兵我们就撤军！”

王冷斋忍不住质问：“请问，夜间宛平城门已闭，日兵在城外演习，怎么可能在城内失踪？”

松井久太郎根本就不回答这个问题，还是坚持要日军进城搜索，并表示王冷斋是地方行政长官，“应负当地处理的权责”。

秦德纯接到报告后，回答说：“日军随意在我国领土内进行演习，完全是违背国际法的。事先既不通知，也未经许可，一名士兵行踪不明，我方不负任何责任。”日本特务机关和丰台日军威胁说，如果不许入城搜查，就用军队包围宛平。秦德纯气愤地说：“日本人怎么这样野蛮！我方为了自卫，只有坚决抵抗。”

日本浪人们听说日军已经攻到城下，个个喜上眉梢，原本吃酒还肯付钱，现在直接砸了桌子就要酒疯。卖酒的店家抄起棒子想给对方来一闷棍，只见对方道：“中国很快是我们大日本帝国的了！你敢打我？等军队进来了，第一个烧了你的店！”店家不敢动手，从南门叫来两个守城兵，可是没有人敢动手。西门的局势紧张，现在动手，无非是给日本人多个进攻宛平的理由。可日本浪人如此嚣张，叫人有气咽不下。二人想把他带出去，那日本人直喊：“中国人要杀我啦！帝国的人一定替我报仇！”没有人敢上前带走他，店家又急又气，只能张口骂中国战士无用。两个士兵丧着脸，悻悻离开。

而就在凌晨3时，远在天津的日本驻屯军司令部里灯火通明，主任参谋大本民枝只用了两小时，便把一份旨在扩大卢沟桥事端的军事计划拟了出来。日方把这份军事计划定名为“宣传计划”——把一份典型的侵略计划称之为“宣传计划”，这完全符合日本人阴暗诡秘的心理——这份“宣传计划”显示出日军好战军官的毒辣：

首先，“必要时不顾敌我双方的损害，果断地攻击”，“占领卢沟桥”，“至迟于9日正午前占领宛平城”。其次，“立即将秦德纯、冯治安绑架至北平警备队内，不许自由发表言论和行动”，这一任务由北平特务机关实施，驻屯军步兵第一联队援助。至于如何对付尚在山东老家的第29军军长、冀察政务委员会委员长、冀察绥境公署主任宋哲元，“宣传计划”拟订了五种方案：一、催促宋哲元乘火车迅速返回北平；二、或者让其乘坐飞机去天津；三、如果宋哲元不回，就严密监视；四、让宋哲元去青岛退避；五、以上若均不行，济南的特务机关“可果断采取最后手段”，由中国驻屯军负责实施——谁都明白，日本特务机关的“最后手段”是什么。

此份“宣传计划”还附加了特别“说明”，强调要千方百计地“证明事件发生非我方有计划之行动”。只是这种宣传要有分寸，不然很可能适得其反，“过多强调，将陷于自我辩解。”

宛平城驻屯军的日军军营外响起一阵吵闹声，清水节郎放下手中的笔，往外而去。原来是“失踪”的士兵志村菊次郎回来了。他一头雾水，完全不知道士兵们在笑些什么。

清水节郎站在那里，冷峻的目光瞥过眼前的一群士兵，那群士兵安静下来。“你，过来。”他朝志村菊次郎勾了勾手指，志村菊次郎走过来，向他行了个军礼。

“你去哪里了？”

志村菊次郎答：“报告长官！演习时我突然感觉腹部疼痛难忍，于是……我去解手了！”

清水节郎往后看了看笑得前仰后合的几个士兵，士兵见长官这副模样，一下站得笔直。清水节郎拍了拍志村菊次郎的后背：“你是新来的吧？”

“是的长官，我是今年调过来的，在步兵第一联队第三大队第八中队第二小队第四分队当传令兵!”

清水节郎把他拉进营中，反手关上门，笑眯眯地问：“你可有什么朋友?”

志村菊次郎摇摇头：“我来这儿的时间不长，这几个月也时常在演习，还没有怎么结交朋友。”

清水节郎满意地点点头，又问：“你知道自己为什么来中国吗?”

“从小老师就告诉我们，中国人在济南袭击我们日本侨民，烧杀掠夺，我们的同胞还被扒了皮，妇女被强奸。中国人太残暴了，我决心要来当兵，保护日本侨民。”

清水节郎笑了，把放在桌上的白手套拿起来，一边仔细地套上，一边问：“你昨晚究竟去哪里了呢?”

“报告长官！我昨晚去解手，拉肚子拉到虚脱，在外头休息了许久，才有力气回来。”志村菊次郎虚弱地说。

“不对，不对。”清水节郎慢悠悠地说着，走近志村菊次郎，“你昨晚分明是被中国军人掳走……”还没说完，他一把勒住了志村菊次郎的脖子，志村菊次郎痛苦地挣扎起来，可是他的力气没有对方大。他涨红了脸，眼珠子都凸了出来，额头上青筋暴起，耳边还传来清水节郎冷酷的声音：“你是被中国军人掳走，他们想逼问你我们的训练情报，你不肯说，就被活活勒死了。”

志村菊次郎蹬着双腿，眼睛死死盯着上方，他觉得透不过气，只能无力地捶着清水节郎的手臂。清水节郎又说道：“你是大日本帝国的烈士，我们会授予你奖章和荣耀的。每年的今天，我都亲自给你烧纸……”

这时，隔壁的电话铃响了，一会儿接线员来报告：“报告长官!”他被眼前的一幕吓傻了，说话结结巴巴，“刚、刚才松下次郎先生打电话来，说岩井君在居酒屋突然身故……”岩井君是浪人，跟着松下次郎来中国经营居酒屋的，因为身手矫健，常常被日本政要借来做贴身保镖，与清水节郎经常打交道。

清水节郎听到这句话，愣了神，悲哀的神色一掠而过，慢慢松了手，直起身子整理了一下衣襟。志村菊次郎在地上涕泗横流，不住咳嗽。

清水节郎看着地上的志村菊次郎，舒了一口气说：“刚才是逼不得已，没想到你运气这么好，马上就有人替你来死了。”志村菊次郎还不明所以，只知道自己刚才命悬一线。他红着眼眶看着清水节郎：“长官……为什么、为什么那样……”

清水节郎一把扯住志村菊次郎的衣襟：“你恨不恨中国人？想不想为日本侨民报仇？”“想！我从小就想严惩中国人！”“那么机会来了！”清水节郎拍了一下手，“你被中国军人掳走，我们要去搜查，他们不让，战争一触即发！我们很快就能把大炮对准宛平，我们很快就能走过卢沟桥，打开中国的大门——可你回来了，那我们怎么去打对面的中国人？”

志村菊次郎点点头：“长官！我愿意为帝国献出生命！”

清水节郎摆摆手：“不必了。你可以离开了。”

“那么我去哪？我还想为帝国出一份力。”

“你回国去吧。”清水节郎说道，“我会尽快安排人把你送回日本，你很快就能与家人见面了。”

志村菊次郎劫后余生，高兴地行了个军礼。

志村菊次郎归队的消息在日本军营中不胫而走，日本军队里不少人都松了一口气，以为这仗打不起来了。清水节郎也举棋不定，不知道是该打还是该停下来。犹豫了好半天，清水节郎收到了一则电报，上面写着“机不可失”四个字。他下定了决心。

日方依然以进城调查“失踪”为缘由，一再恫吓中方人员：“若十分钟内还没解决，那么严重事件立即爆发。”

在清水节郎的授意下，岩井君的尸体被换上了军装。卢沟桥桥头枪林弹雨，没人想到，松下次郎也在城里忙活了起来。

在宛平城门帮忙抬担架、送伤员的学生们，一个个累得瘫软在地上。听说王冷斋县长他们在与日本人谈判，大家暂且松了口气，嚷着要回家看看家里人。卢静姝还没找到谷少城他们，不肯先离开，这时，一个同学跑过来喊：“静姝！你快去学兵营门口！谷教官找你！”

静姝一听，就匆匆忙忙跑过去，看到谷少城一脸尘土炮灰，现在可笑不出来了，赶紧别过袖子帮他擦了擦脸，关切地问：“你没事吧？你没受伤吧？”

谷少城问：“你呢？你可还好？”

“我很好。”静姝说着，又仔细看了看谷少城，确定他没有事，才松了口气。

谷少城的手紧紧抓着卢静姝的手腕：“你马上回家去，你父亲一定担心你了！”

卢静姝试图挣开他，奈何谷少城的力气太大了，她一边挣扎一边说：“不回去！现在这边需要我！疼死了，你快放开！”

谷少城冷静地说：“不需要！你一个小丫头也帮不了什么忙，你快些回去，送你回去之后我还要找找中阳，我一晚上没找到他！”

卢静姝有些生气，但还是被抓着手腕往家走去。路上嘟囔了一句：“谁说我帮不上忙了？我还帮忙抬担架呢！”

谷少城抓着她不肯松手：“那我说错了，我跟你道歉。我担心你的安危，你在家好好待着，跟你父亲在一起，行吗？”

“你都押着我回家了，我能说不？”卢静姝撇着嘴，“你连兄弟都没找到，就先来找我啊？”

谷少城在前头一下红了脸：“王中阳他是个男人，有些经验，知道在战场上怎么保护自己，你……你一个小丫头，比较危险。况且……你父亲让我好生照顾你的……”

卢静姝有些欢喜地望着他，随即一想，又担忧道：“那你等下还回战场吗？”

“当然回去了，王中阳不知道跑哪去了，肯定要回去找找啊！”

卢静姝抿着嘴，想了一会儿：“那我跟你一块去。你担心我，我也会担心你……你俩。”

“胡闹！”谷少城咬咬牙，“你跟我们在一起，我们还要想办法保护你，不可以！”

眼看就要到家了，卢静姝最后问道："那你还会回来找我吗？"

谷少城用力点点头，拉着她，敲了门。趁竹田江美还没开门，卢静姝又说："那我在这儿等你回来！"

"不，你跟你父亲在一块，他要去哪你就去哪，这样最安全！"

静姝想了想，说："如果我们离开这儿了，我就在门缝里塞一张纸条，告诉你我们去哪了，你来找我们！"

谷少城看着她，心里说不出的滋味。静姝拿出手绢，帮他擦了擦额头上的尘土："我会等你回来的……不，等你们回来……我们……我们是好朋友嘛！"

谷少城点点头："好，我……我们一定回来找你！"

见竹田江美出来开了门，谷少城轻轻推了推静姝："小丫头，照顾好自己，别乱跑啊。"

"我等你回来！"静姝又喊了一声。

谷少城没有回头，径直往城门跑去。

静姝坐在窗口，看着外面枪林弹雨，炮火纷飞，心里担心着少城、中阳和所有的战士们。她睡不着。当然，宛平城里没有谁能安稳地入睡，大家都尽早地灭了灯，关上门，一家人挤在一起互相慰藉。卢学初在书房里待着，桌上放着一本书，却很长时间没有翻。竹田江美也坐在旁边，相对无言。卢学初知道中日会打起来，却没想到会这么快。这下，恐怕只有去居酒屋那边躲一躲，然后再想去日本的事了。

这时，有两枚炮弹落在城边，把半个城给点亮了。静姝忽然看见前面的尼姑庵前匆匆跑过来两个人，扛着一件大东西，又看着他们进了尼姑庵，过了一会儿，匆匆忙忙就跑了出来，往城南去了，影影绰绰，衣服很宽松，看起来不是老百姓的服饰。静姝心里咯噔一下，忽然想到——日本人！她的心跳得慌，深更半夜，外面正在打仗，日本人来这边想干啥？

她又等了一阵，发现再没有动静，就决定去看一看。

她蹑手蹑脚地下了楼，准备开门出去的时候，被竹田江美看见了："静姝，你要去哪？"

静姝答道："你不要管！"

竹田江美说："这么晚了，你一个人，不能出去。"

"我去尼姑庵那边，拿个东西，马上回来。"

"那我陪你去！"竹田江美不容置疑。

静姝犹豫了一下，还是同意了。

她们就着炮火的光，进了尼姑庵。竹田江美点起了火，四处看了看，没发现东西。静姝把供台上的黄布掀起来，忍不住一声尖叫——居然是一具穿着日本军装的尸体！竹田江美也吓坏了，火掉在地上，灭了。她们紧紧地抱在一起，久久回不过神来。静姝渐渐冷静了。这时候还分什么中国日本？女人面对恐惧的时候，都是一样的。她轻轻地拍了拍竹田江美的背，竹田江美也平静了下来。"少城说，日本人说自己丢了个日本兵，要进来搜城。我们不让，才打起来的。这日本兵，一定是日本人想用来陷害我们的！"静姝说，"我们得把这尸体藏起来！"

竹田江美弯下腰去，捡起了火，两手颤颤地点亮了，看着静姝熟练地打开了密室。然后两人齐心协力，把尸体丢了进去，关上了门。认真检查过一遍，没有发现异常，就赶紧一起回家去了。

宛平城的谈判依旧在僵持中，炮声有了一会儿短暂的消停。突然传来一声炮弹的爆炸声，急于占领宛平城的日军已经等不及了，终于又向宛平城内开炮了。

一木清直大队长指挥 500 名日军向宛平城中国守军发起了攻击。中国守军第 37 师 219 团团长吉星文立即向师长冯治安和旅长何基沣报告。冯治安师长的命令十分严厉：一寸土地都不许退让。中国守军扼守宛平城东门，任日军如何冲击，城门都坚固如铁。日军的炮弹呼啸着飞过城墙，瞬间就将宛平专员公署炸塌了。此时的王冷斋在炮声中想起一个细节：指挥攻击的那个日军大队长一木清直，曾在宛平专员公署成立的时候前来表示祝贺。奇怪的是，从日军驻地到宛平城好几里地，一木清直那天没有像往常一样骑马，而是徒步走来的。现在才明白，这个日本军官是在用步子测量炮兵射击的准确距离。鬼子原来老早就盘算好了！

伴随着炮声，谈判双方的情绪都异常激动。冯治安十分强硬，他万万没有想到日军居然敢再开战，他在为自己的大意感到内疚，为自己的乐观感到内疚。他希望能尽快地在这里解决争端。这个态度强硬的中国军人，坚决不允许日军踏入宛平城，过去不允许，现在不允许，将来也不允许。日方威胁说，如不允许，就要动用武力强行占领。怒火万丈的冯治安甚至踢翻了桌子，几乎与日本军官扭打起来。

双方互不退让，日军的炮弹在头顶呼啸飞过，接二连三地落在城里，有几枚甚至在谈判桌附近爆炸。红了眼的中国军官，毫不在意，仍然十分镇定地与他们周旋。

夏天天亮得早，大亮后，东边警戒线方向出现大队日军部队，驻扎在丰台的日军第三大队主力部队气势汹汹地向宛平城开来。

那会儿卢静姝才到家不多时，日军的炮火又一次轰炸过来，落在家附近，把她和竹田江美吓得缩在墙角。父亲卢学初急急忙忙地跑过来，拉着她要往地下室去避难。想起什么似的，她推开了父亲的手要往门外跑去，竹田江美从后面赶紧抱住了她，用了吃奶的劲，往地下室拖。炮火一声一声逼近，再看静姝，已经成了泪人儿，嘴里不住念叨："少城刚走！少城才刚走……他会不会受伤？"

卢学初一手作拳，一下一下往另一只手上捶着，焦急地在地下室踱步。"外头多危险，你可千万别再往外跑了！"

卢静姝抹了眼泪："爹……你说谷少城会不会有事？"

卢学初心中也没有个主意，随口回了句："我不知道！"又在窄窄的地下室里反复走着。卢静姝啜泣的声音让他慢慢安静了下来，他怜惜地看了一眼自己的女儿："看到了吧，这就是战争，不是闹着玩的，也不是用一腔热血就能够解决的。"静姝还没答话，父亲又叹了口气，"谷少城是有经验的老兵了，他一定会好好活着的，我们先担心自己吧！"

静姝的啜泣改为了无声的泪，她担心谷少城的安危，可又意识到自己的脆弱，自己的无能为力。想起伤兵们外露的伤口，地上躺着一个个死去的人……这些血淋淋的一切，并不是她敢于承受的。

竹田江美看着静姝在身旁，本不想开口，斟酌许久，试探地问了一句："先生，要不要向松下先生求助？"

卢学初一拍脑门："对！我们去问问松下先生！"静姝正想问松下是谁，卢父就用地下室的电话摇了号码出去，叽里咕噜地谈起话来，说的尽是卢静姝听不懂的话。

"一尺一寸国土，不可轻易让人"，"应与桥共存亡，绝不后退"。团长吉星文以降，都抱着必死之志。叶天明、谷少城他们在营长金振中的指挥下奋起抗战，阻挡着敌人一次又一次进攻。

日军正面攻打宛平城，久攻不下，有点急躁，忽然转变了攻击目标，集中兵力往卢沟桥铁桥和龙王庙的中国守军防区猛扑而去。在龙王庙附近，日军有两个中队500多人对上中国守军只有两个排70多人。中国士兵用步枪、机枪和手榴弹顽强阻击，子弹打光了，最后高喊着"宁为战死鬼，不做亡国奴"，扛着大刀冲上去，与日军展开白刃战。终因寡不敌众，70多名战士全部壮烈牺牲，日军也在河堤上丢下了上百具尸体。

天快亮了，雨云密布。

70多名中国官兵的遗体，血迹斑斑地散落在永定河边的沙坎上，一双双死不瞑目的眼睛望着灰蒙蒙的天空。

卢沟桥事变牵动着全国人民的心。中共中央通电全国，大声疾呼："平津危急！华北危急！中华民族危急！"号召全国军民团结一致，把日本侵略者赶出中国。"停止内战，一致抗日"的呼声响彻全国。许多北平市民成群结队地前往部队慰劳，长辛店的铁路工人夜以继日地帮助军队修筑工事。各地民众、海外华侨也纷纷来电声援，并送来了大批慰问品。

黎明即将来临之时，大雨又至。中国军队第37师219团2营由长辛店驰援永定河，于河西岸向日军发动了反击，双方在铁路桥和龙王庙阵地的争夺中反复拉锯。为夺回并巩固阵地，何基沣旅长亲自率领西苑驻军前来助战。

看着失去龙王庙，金振中愤怒不已，下定决心，要把它夺回来。他看着眼前的大刀，有了一个大胆的想法，与其他人商议，组建一支500人的大刀队。没想到，报名的人络绎不绝，很快就满员了。

宛平城来了一队特殊的人，他们是冀察绥署特务营带来的北平磨剪刀的工人。金振中喜出望外，请他们帮忙磨大刀，“管饭，每天给一个大洋的补贴！”

磨刀工人说：“磨杀鬼子的刀，只要管饱，我们就干！还收工钱就不是中国人！”

特务营长说：“你们的家小也得吃饭，不要补贴不行！”

金振中说：“为国效力也要吃饭嘛！”

可把这群磨刀工人给高兴坏了！一直忙到快午夜，把500把大刀磨得吹毛断发。

凌晨，细雨纷飞，夜色深沉，伸手不见五指，金振中亲率敢死队悄悄摸出宛平城。叶天明、谷少城和王中阳因为身手了得，也加入其中。敢死队队员身穿白背心，臂扎白布巾。装备精良轻便，每人各带短刀一把，手榴弹四枚，部分人员佩戴胶把钳子、胶把斧子、胶把剪子。主要任务是拆除敌人设置的铁丝网，以利增援部队战斗，保卫卢沟桥。他们乘着夜色用绳梯悄然爬出宛平城，在青纱帐的掩护下，沿着永定河向铁桥靠近，然后突然向铁桥上的日军发起了冲锋。

敢死队队员们没有开枪，而是使用了西北军最著名的大砍刀，日军猝不及防，被砍得血肉横飞，鬼哭狼嚎。谷少城攥着大刀，横劈竖砍，那些叫嚣着冲来的日本兵被他劈了几刀，便倒在地上。这时，身后一个日本兵突然抱住了他，扼住了他的喉头，而面前一个敌人拿着刺刀要冲过来，他猛地把身子一转，刺来的一刀结实地落在身后的日本兵身上。耳后一声哀号，背上的负担一下落在地上，他又俯身一个横劈，把那日本人的腿砍伤，紧接着又是一刀，结果了鬼子的性命。

旁边一个鬼子端着刺刀，咬牙切齿地冲上来，眼见躲避不及，旁边的王中阳杀出来，一刀把鬼子的刺刀格挡开，然后身躯一拧，绕刺刀滚到鬼子怀里，大刀在鬼子脖子上一抹，鲜血四溅。又两个鬼子冲来，谷少城抬手用刀背轻轻一磕，刺刀就荡到旁边。谷少城和王中阳相视微笑一下，背靠着背，抵挡着两边袭来的敌人。一整晚，谷少城连续砍杀了13名日本兵，同时生擒了一名，王中阳也砍杀了10个日本鬼子……

瓢泼大雨之中，一个中队的日军几乎全部被砍倒在铁桥上。铁桥又重新回到29军的控制中。新的一天到来时，夺回了阵地的中国士兵站在永定河铁桥上，背着的大砍刀在薄明天色的映照下寒光闪闪。

丢了铁桥的日军更加残暴，山炮一发接着一发往阵地打过来。29军的战士咬着牙，坚持反击。等到了上午9点，卢沟桥上的噩耗一个个传来。谷少城回头找不到王中阳，紧张得头冒冷汗。谷少城不停地找，在一堆战士的尸体中，在一群又一群的伤兵里，终于找到了满身是血的王中阳，他的左臂中了一弹。谷少城想去把他扯走，刚走近，王中阳差点一刀劈在他身上——亏得谷少城躲得快，一闪身的工夫，刀刃从他眼前闪过。

“王中阳！是我！”

王中阳转过脸，表情似笑非笑，似哭非哭。一激动，手里带血的刀直直飞到一边，扎进泥地里。谷少城大喊一声：“弯腰！”接着就是一个跨步，结果了王中阳身后的敌人。王中阳用右手擦了擦脸上的血，可是他的手控制不住地在震颤，他整个人伏在地上，喘着粗气。“少城哥，我……我实在没力气了，我要是死了，你帮我转告静姝……”

“自己说去！”谷少城打断了他的话，伸手把他一把扛在肩上，“王中阳，你有要说的，就自己说去，我只负责带你回去！”

最后，谷少城从茫茫硝烟中，把王中阳扛了出来。昨夜战斗之后，马不停蹄又参与宛平西门的守卫，王中阳的体力明显不足，加上左臂早就中了弹，基本是硬撑着到现在。谷少城把他从战场上扯了出来，马上就送进了医院。

卢家此时也不平静。

当门发出“叩叩”的响声时，静姝以为是谷少城敲门，奔着出了地下室就去开门。一开门，眼前尽是些不认识的陌生人。她攥着衣角，看着眼前这群人——日本胡子，西装革履站了一排，来迎接自己一家。带头的人用非常不流利的中国话说：“松下先生此时正忙，让我们带你们去他那儿，他那边绝对安全。”

卢静姝警觉地看了看眼前的这帮人，又看了看父亲。父亲倒是眉开眼笑：“你们来了，我们一家可有救啦。”竹田江美也是一个劲点头。

静姝问道：“你们是日本人?”对方点点头。

她急忙把父亲拉到角落，生气地问：“这是怎么回事?怎么你还认识这些人?”

父亲解释道：“都是做生意的朋友，现在宛平城失守，只有他们能保护我们的安全了。”

卢静姝气得直叫：“外头都是日本兵在往里打，你倒好，直接把我们一家往日本人那儿推，你有没有考虑过后果?!”

卢学初一把捂住静姝的嘴：“嘘——他们听了准会不高兴的——商人是商人，军人是军人，我们又不是让日本兵带走，只是我的几个朋友，没事的。”

静姝急得直跺脚，说什么也不肯跟他们走。卢学初这回可由不得她了，拽着她，硬要往外拉，边拉还边说：“今儿一早，不远处的衙门都被炸了一角，你不走，留在这儿等死吗?!”

静姝叫了一句：“我知道了！你松手!”

卢学初也不想这一幕叫外人看去，就松了手，让竹田江美带了些值钱的物件，一家人上了日本人的车。才开出巷子，车就猛地停下了。

原来，街上的士兵和学生踏着整齐的步子，由叶天明带领着，正要往西门去。卢静姝看到队伍里还有谷少城，大大地松了口气，回头看父亲和竹田江美都在向前张望着，自己突然开了车门，鼓足了劲往前跑。

卢学初被这个动作惊得猝不及防，笨拙地下了车，再往前后看，已经找不到混入人群中的静姝了。后头的日本人鸣笛问：“卢先生，我派人去找她，您先上车，我送你们过去。”

卢学初只得点点头，又朝四周看了看。街上人头攒动，看见叶天明带着一大帮人要去西门，红十字会里的不少伤员都走了出来，为他们鼓掌。人群中的许志芳看见一边躲藏的卢静姝，露出了不可一世的表情。静姝第一次在许志芳面前感到惭愧，扭了脸往另一边看去，又对上了谷少城的目光。

“你还好吗？”“我很好。”

仿佛在空气中进行了对话，两人向彼此轻轻点了点头，他的目光里尽是鼓舞，她却有些胆怯。

静姝往四处瞧了瞧，确定没有那些日本人后，顺着人群钻进了学生队伍中，与他们一道往西门走去。

进了队伍，她又一点点往谷少城身边靠过去。她望着谷少城，这个比她高了一截儿的人。谷少城有些欢喜又有些生气地问道：“你怎么出来了？回家去！”

卢静姝小声说：“你别大声说话，现在有一伙日本人在追我呢！”

谷少城吃惊地问：“日本人进城了？”

卢静姝说：“这里不方便跟你细说，等会儿找个没人的地方，我再跟你讲——你们这是怎么一回事？”

“上头从北平派兵来了，我们正要带着队伍去西门，那里还在打。”

卢静姝听到这句话，有些诧异地放慢了脚步。谷少城怜惜地看着她，把她往队伍边上一拉：“很危险，你不要去了。”

“不，我要去。我跟你一起去。”

谷少城往东门方向指去：“那里有个佛寺，叫兴隆寺，安全得很，你去那里等我。我打完，马上就去找你，一刻也不耽搁。”

卢静姝不依，她说：“我心里是有些慌张，我知道战争要流血牺牲。但是你在，我就不怕。你一个人能与日本人摔跤，保护两个班的学生，还能在宴席上耍大刀，震慑一堂的日本人。你的枪法又准，我只愿意和你在一块，这样我才觉得自己安全。”

谷少城带了些严厉的语气道：“你别去了，我保证会去找你。你若被伤害了……王中阳也会拿我是问的。”

静姝央求：“带我一起去吧……我就躲在远处，有伤兵我还能帮着送去红十字会。”

谷少城往兴隆寺方向看去。若让静姝一个人前往，确实有些不放心，现在她又被日本人找着，兴隆寺有些远，指不定路上出什么事——还是在自己身边，少些担心。

走了一会儿，两个人的手不时撞在一起，静姝深吸一口气，主动握住了谷少城。谷少城心里对王中阳有些惭愧，连忙推开了静姝的手。静姝叹了口气："我现在只能依靠你了，你不会不管我吧？"

谷少城摇了摇头："我会替中阳好好照顾你的。"

静姝有些着急："你真是榆木脑袋！"

谷少城有些不解，但是没有问出口。静姝又去攥住了他的手，道："不许松开！不然我就从这里溜走，你找不着我，看你跟谁交代去！"谷少城有些红了脸，他不敢抓紧静姝，也不敢放开静姝，一条胳膊像被卸下似的，不能动弹。两个人就这样牵着手，一路往西门走。

十二 取药

炮火声已经停了许久，可远远的就能看见卢沟桥上的灰烟。战争的气味包裹着这座小小的县城，街上随处可见拖家扯口的男人女人背着大小包裹往东门走去。还有的人抬着新买的棺材回家，哭号的声音，在一片人群中显得那样微不足道。

王冷斋他们还在谈判桌上与日本人周旋，日本人忽然提议，说组建一个联合调查小组，不许带武器，可以邀请各国记者同行。王冷斋他们思前想后，实在没得办法，答应了这个请求。为了稳妥起见，王冷斋向日本要了志村菊次郎的照片，说要在北平登报，邀请各国的记者一同寻找——这点倒是出乎日本人的意料，清水节郎犹豫了许久，还是把岩井君的照片拿了出去。

219团团长吉星文也不敢掉以轻心，日本人出尔反尔如家常便饭。他叮嘱各营要严加戒备。

喜峰口战役以后，叶天明每逢打仗，必定请缨前往最凶险的地方。他们踏着整齐的步伐往卢沟桥去，所有忙乱的人都自觉避开了一条道。

谷少城把卢静姝的手握得更紧了，他压低了嗓门，再次问了一遍：“你要不要留在这附近等我？卢沟桥附近都是日本人，我怕你……”

静姝用力摇了摇头：“不要，你……你不必顾我，你只需记得保护好自己。我……”话到嘴边，她又觉得略显艰涩，哽在喉头吐不出来。

“那我要是死了，你就拼命往东门跑，记住了吗？”

静姝一阵战栗，有些生气：“不准说晦气话！等把日本人赶出去了，我请你喝酒，赔你破庙那一顿。”

谷少城冲她笑了笑：“好嘞，那我等着！”

“那说定了，你可别先死了，给我省酒钱！”

“当然！”

就在这时，西门再次传来了炮火声，震耳欲聋，紧接着，一枚炮弹直直落在叶天明队伍的前方，众人还没反应过来，它就在眼前炸开了一团火，一个小士兵被当场炸死。顿时，枪炮声，尖叫声，不绝于耳。路上的行人慌了神，抱着哭喊的孩子往前跑的，站在原地只顾望着那尸体尖叫的，被后头拥挤的人推倒在地的……只有士兵们还算镇定，一边迅速分成几股找好了掩体，一边给枪支上膛。学生的队伍却乱了，无头苍蝇似的四处乱跑。叶天明看着四周死去的人，摇摇晃晃站了起来，扶着自己眩晕的脑袋，鼓了一口气大吼一声：“谷少城！把女学生们带到安全的地方去！记得清点人数！”

谷少城还没应话，许志芳不知道在哪个角落喊道：“我们不去！我们要上战场！”

“胡闹！”叶天明才给自己找好掩体，差点又要跳出来骂人，“进了我的队伍，就要听我的指挥！”

“既然这样，一开始就别让我们加入你的队伍！”

叶天明又骂道：“我老早就说了，女学生都留在城里做好后勤，你不想听我的命令，一开始就别加入我的队伍！”此时此刻，一颗颗炮弹落在四处，把叶天明的声音都盖去了。

谷少城弓着背，寻了好久才找到被挤倒在地的卢静姝。他一边用两手护着她的头，一边带她与其他女学生们集合。叶天明指挥着士兵们，让大家往回撤退，以免再造成不必要的损伤。

炮弹还在不断袭来，卢静姝感到一阵阵耳鸣，只顾跟着女孩们往前跑，好不容易被谷少城送到寺院里，谷少城赶紧问了句："没事吧?"她皱着眉揉了揉自己的耳朵，好久，缓过来后，才听清了谷少城在说什么。她摇摇头，一边往四周望去。原来这座小小的寺庙早已成了简陋的救援场所，不少红十字会的姑娘穿着白大褂，院子里，厅堂中，一个个打着绷带的伤兵坐着，躺着，打量着学生们。

谷少城帮静姝掸去身上的尘土，许志芳看见了，讥笑道："哟，大小姐就是待遇不一样，我们这群穷人家的孩子哪受得起这待遇呀——是吧谷教官?"

许志芳才刚到安全地，看到卢静姝，又冷嘲热讽起来。谷少城冷冷回了一句："你有时间就去帮我清点一下人数。"

"我可没时间，我还要回战场救人呢。"许志芳冷哼一声，扭头对刚刚定了神的女学生们说，"姐妹们，刚才不少战士受了伤中了弹，正需要我们去把他们拉回来，我们现在就……"还未说完，又有几发炮弹落在不远处，吓得几个女生尖叫起来。

兴隆寺的院门是开着的，远远的，一个士兵被身后的炮弹气流炸得弹开老远，倒在了地上，炸弹的碎片噼里啪啦砸在四周，有个红十字会的姑娘冒着炸起的尘土，想把他拖进寺院，才扶起，又一颗炮弹狠狠砸下来，把他们一齐埋在了炮火之下。许志芳又喊了句"同我出去救人"，可是女学生们没有人再敢回应她。她撂下一句气话："看你们一个个的，怎么这么没胆量?"就往外头走，才两步，就看见刚才被炸死的那士兵的身体，一半被炸得焦黑，淌着血，脑袋去了一半，剩下的一只眼直直盯着她……许志芳胃里翻江倒海，一手抵着墙不住呕吐起来。卢静姝吓得闭上了眼。谷少城把她扶在一旁坐下，蹲在地上看着眼前的人，说："你在这儿休息，不要轻易出了寺院，我待会儿回来。"

卢静姝扯着他的手，惨白着脸问："你要去哪?街上很危险，你别去……"

"兄弟们还在外面，我要去救他们……"谷少城扬起一个笑，说，"你等我，我很快就回来，很快。"

"我跟你一起去……"

"不，你在这儿等我，不然我会担心你。"

卢静姝咬了咬牙，又重复一遍："我要一起去。你担心我，我也担心你。互相担心，倒不如一块出去救人，你也多个帮手。"

几个女生见状，也鼓足了勇气说："谷教官，让我们也一起出去吧，我们抬过担架，不怕血。"

谷少城看了看这个兴隆寺，门外不时送来几个伤员，大家都忙得不可开交。姑娘们的眼神让他倍受压力，他长长吐了一口气，还是坚持道："姑娘们，你们都学过一些基本医学常识，在这里你们也可以帮助受伤的战士。出去太危险了，就交给我吧。"说罢，就转身往外去。

可能是觉得自己不应该这样傻等，卢静姝带了头，加入了红十字会的工作，一个平日里颇爱干净的姑娘，直接跪在泥土中帮伤员擦药。还有赵丽芳，平日里胆子很小，刚才还在哭，现在不顾眼前的伤员是一副怎样的狼狈模样，露出的骨肉多么吓人，还是拿来绷带和药水帮他包扎。

所有人都加入了救护队伍，紧张有序地开展救援工作，只有许志芳还停留在刚才那具尸体的印象中，好久回不过神。她想起自己几年前惨死的兄长，因为被日本人带走，父亲托了不少关系，却只带回来一具尸体。哥哥从来没有做过什么坏事，小时候连猫狗都不欺负，抱着许志芳坐在院子里念书给她听——自从哥哥死后，她恨透了一切与日本有关的东西：路上看见有人进日货店买东西，她总觉得那是日本派来的奸细；同学穿了日本产的大衣，她就带领一群人去撕个粉碎；卢静姝家开了日货店，就号召大伙不去她家买东西，时不时找茬……可要看到日本浪人拿着刀在街上晃荡，她又害怕地低下头——她只是个女学生，她没有那么大的力量去对抗日本浪人，更不敢主动去挑衅。可她心里恨呐……这场战争，对她来说是个杀鬼子的好机会，她很兴奋，觉得能为兄长报仇。可刚才的尸体，着实让她倒吸了一口冷气——四处都是血，到处都是泪，这就是战争的本来面目！

炮火渐渐停了，街上又多了许多的尸体和伤者。那躺在地上的，有几个是正抬着亲人的棺材，就被炮弹一起炸死，令人唏嘘不已。治安队出来了，在街上维持秩序。

谷少城和卢静姝带了不少伤员回来，叶天明也扛着自己的战友，后头跟着几个勉强能走的伤员。叶天明把战友扛进寺院里，出来后表扬静姝道："小姑娘很有勇气，真是让人小看不得！"谷少城见叶天明表扬了静姝，便把叶天明扯到一旁："连长……你先前说要我盯着静姝的事……"叶天明压低了嗓音："如何？有什么端倪吗？"谷少城摇摇头："卢父不过是想保全一家人性命，静姝呢，你看她，几乎冲在最前面，如果她真是只想搜情报，至于这样吗？"

叶天明点点头："你说的倒有些道理，我一开始也只是担心而已。"说着，抬眼瞥了一眼静姝，"没想到她一个富家千金，会冒死救伤员，也是勇气可嘉。"话毕，反倒觉得自己有点小人之心了。

许志芳休息了很久才缓过神来，看到静姝救了不少伤员回来，本来态度有所改观，可是往后一看，自己敬爱的叶连长也在后面，还伸手拍了拍静姝的头，让她颇是吃醋："别以为你刚才帮着救人，我就对你的态度有所改变！汉奸就是汉奸！混进我们这里肯定是没安好心，我会盯着你的！"

看叶天明瞧着自己，许志芳又加了一句："连长，你别看她一副人畜无害的模样，她爹是卖日货的，她小妈是日本人，她就是日本的汉奸！"叶天明道："说话别说满，对人也别一概而论，我看你们这帮小姑娘都很有勇气，个个都是好苗子，你们能团结一致才是最重要的。"许志芳点点头："谨听教诲。可是卢静姝不得不防，连长，你还是离她远一些。"

谷少城张了口，话还没出口，静姝就拉住了他，对他摇了摇头，不再打算理睬许志芳。然后又去讨了一点绷带和一些药水，帮谷少城清理了右手背上的伤口——刚才一枚炮弹落下时，多亏谷少城把卢静姝扑倒，不然受伤的可就是她，而炸起的碎片把谷少城的手划破了，一道不浅的伤口在往外溢血。

她心疼地包扎好，然后整个脸埋进了他的手掌中，想起那些来不及救的战士们，忍不住留下了几滴泪。那些战士尚有一口气息存着，可她还没伸手拉住他们，他们就被接踵而来的炮弹带进了灰烟之中。很快地，她又擦掉了脸上的泪，她不应该把时间浪费在哭泣上。她马上站起来和女孩们一起忙活起来，给伤兵们上药，包扎。

叶天明看着兴隆寺里满目的红色血迹，脑袋里又是一阵眩晕。城池危在旦夕，佛门净地也染满鲜血，这天下真是不得安生。谷少城看着他惨白的脸，给他递了一壶水，让他缓缓神。许志芳看叶天明不舒服，就过来与他攀谈。叶天明闭着眼睛冲她摆摆手："小姑娘，你去忙自己的事，我这是旧疾了，不打紧的。"许志芳关切地问："连长，你哪儿不舒服？我没什么要紧事，陪着你吧。"叶天明打开水壶，猛地往嗓子眼灌了一口，道："想起一些旧事，心里头不舒服。"许志芳说："我也想起一些往事。连长，憋在心中到底是不舒服的，你说与我听，我也替你分担分担。"叶天明笑了笑："你一个小姑娘，20岁不到，就有往事了？"

许志芳说："我哥哥就是死在日本人手里的，这几天的战争，让我想起哥哥死去的样子。头上就一个血淋淋的口子，叫人看了，一辈子都忘不掉了。"叶天明想起往事，苦笑道："是的，死了的人已经没什么感觉了，痛苦的回忆都留给我们活人了。"许志芳用手托着下巴，睁着两只圆圆的眼睛，问："连长，你的烦恼是什么呢？可不可以说给我听？"叶天明把手放在胸膛上，踌躇许久，终究只是沉重地呼了口气："不提也罢，能忘掉就好了。"许志芳说："连长，你要是觉得痛苦，就不去想了，越想越是忘不掉。这里还有一群战士等着你指挥呢，你可不能倒下。"叶天明望着天："忘记是好事，可是对死去的人公平吗？"

寺院里的伤兵多，药品少，很快，连绷带、消毒水这样简单的物品都快用完了。卢静姝站了起来，对大家说："别着急，我回家一趟，去去就来。"

"万一你不回来了怎么办？"许志芳厉声问道。

静姝很是愤怒："你这话什么意思？"

"你知道我什么意思！"

“那你就跟我一块去，省得你瞎操心!”

许志芳把脸一扭，道：“我怎么知道你路上会不会对我下毒手？你早就看我不顺眼了。”赵丽芳也问：“静姝，你回家去做什么？莫非真是……”卢静姝摇摇头，解释道：“我家是卖百货的，医药箱这种东西，我记得库房里还有，里面应该还有一些药品。如果不多，我可以回家拿一些钱去采购。”

“静姝，你一个人去太危险了，我们和你一起去吧。”一个同学拉着静姝的手，说着，看向许志芳，“我相信她，我不怕的。”

叶天明皱皱眉，许志芳小声道：“叶连长，你别小瞧她了，她家真不是什么普通人家，得防着。”叶天明在学兵营时就知道卢学初是日货商人，也非常清楚竹田江美的身份，所以压低了嗓门，对谷少城说道：“你跟她一块回去吧，保护她的安全。”

“我跟她一起去就好了。”谷少城站了出来，对所有人说，“几个箱子我还是能拿得动的，你们女孩就留在这儿，别乱跑。”

此时已经是下午，7月的艳阳毫不怜惜地把自己的炽热光芒投给地上的每一个人、每一具尸体。忙了大半天的静姝一口水都没喝，整个人都有些瘫软，有气无力地往家的方向走。谷少城心疼她，上去搀她，她挣脱开，说：“你也省一些力气……等会儿我回家看看有没有干粮，我们一并带去给大家。大家应该还饿着肚子。”

谷少城在她身旁默默跟着，一句话也没有说。

经过几轮的炮火轰炸，又是短兵相接，好不容易战事稍微停歇，大家都没闲着，有些人修筑工事，有些人帮忙运送尸体，有些人抓紧时间休息。牺牲了的战士尸体被源源不断地搬回来，满眼看去，都是那些肢体残缺的遗体，他们最后被送进了学兵营里。

谷少城觉得自己有点麻木了，看着身边的战友一个一个地死在身边，悲痛一次一次地刺激着他的神经，他已经感觉自己对死亡麻木，甚至觉得自己像个行尸走肉——他预想过战争需要流血牺牲，但是没想到是这样惨烈。第3营不过区区3挺机枪。可是日本那边机枪好像不用钱似的，到处都是，对了，还有那种射程远、火力猛的重机枪。

宛平城犹如人间炼狱。

卢静姝知道谷少城情绪不佳，她其实也情绪不佳，看到满城焦土，尸横遍野，心情自然不好。很奇怪的是，碰到这等危机时刻，反倒是女人更沉得住气。她伸手握住谷少城的手，谷少城的手冰凉冰凉的，全是冷汗。她紧了紧，像是安慰，更像是鼓励，告诉少城要挺住；谷少城明白静姝的心意，也在手上有了点力，告诉她“我知道了”。

手松开，卢静姝继续往前走。谷少城短了半步，他看着卢静姝棱角分明的侧脸。真好看啊！她真的是个天使，在自己堕入黑暗深渊的时刻，给了自己一道光。“无论如何，我也要保护她周全！”他暗暗发誓。静姝却不知道，在这个瞬间，她挽救了一个人的灵魂。

谷少城跟着她，一直走，渐渐地心平静下来，手脚也暖和起来。这大概就是希望吧？

静姝到家后，开了门，径直就往库房去。库房的门是虚掩的，她一把推开，吃了一惊。半个月前父亲才进购了一大批日货，在她的印象中，应该有十几个医药箱在里头的，可是现在只剩下一些没用的洋火洋灯。贵重一些的东西不知什么时候都被拿走了……是谁拿的呢？

谷少城看了看里头，对静姝说：“我们走吧，没有医药箱，他们也不会怪我们的，我看应该是有人把这里的东西抢走了，这里不太安全。”

“我不这样认为。”静姝说，“我们家厅堂多的是贵重的古玩字画，都还在那儿摆着。库房的钥匙只有我父亲才有，应该是他让伙计把货物转移了，减少损失。”

谷少城拉着她说：“那我们也快回去吧，不知道日本人什么时候还要攻击宛平，在外面乱跑也不安全。”

静姝想了想，说：“你去厨房看看，竹田江美可能在柜子里放一些饼干之类的东西，能拿我们就拿给大家，总比没有好。我回房间去取钱，我存了一些，放在抽屉里了。”

“你存钱做什么？当嫁妆吗？”谷少城笑道。

卢静姝红了脸："我……我之前本来想离家出走的时候用得上，所以存了一些……"

看谷少城还笑，"不跟你开玩笑了，没个正经!"卢静姝轻轻拍了拍他的脑门，就往楼上去。

这个房间自她参加学兵营之后就没有再回来过，一开门，熟悉的气味扑面而来，让她颇为怀念。她先换了一身干净的衣服，才慢慢走向书桌，弯下身子去找自己的存钱筒。看到什么似的，又猛地抬起头——桌子被收拾得整整齐齐，中间放了一台相机。

她抚摩着那台相机，思绪万千。想起从前对父亲说要当记者的梦想，再后来自己摔掉了那台父亲送的相机……原以为父亲永远不可能再送自己相机了，没想到她离开的这段时间，还是重新买了一台。可惜自己没有在适当的时机等到这个惊喜……想了想，她拿了个布背包，把相机、钱和重要的几个物件装了进去。

刚走出房间，下面站着等她的谷少城就把她逗乐了——谷少城嘴里塞了一整个大馒头，脸颊鼓得老大，含糊不清地说："你要不要吃？我饿坏了。"静姝伸手接过一个慢慢细细嚼着，谷少城提着一袋馒头："我在蒸笼里发现的，应该放了两天了，我实在饿坏了。"

静姝一尝，还品出点馊味，但是自己也饿极了，顾不上那么多。接着还去找了两盒铁罐装的饼干，硬是让她塞成一盒，抱在怀里带走。

谷少城想起什么似的，问："对了，你说有日本人追你，是怎么一回事?"

静姝没有回应，而是转了话头："我们先把食物送回去，再去买药品。"

谷少城见她不想说，就没有再追问，两人往回走去。

走了一会儿，静姝才开了口："我不知道我的父亲是怎么想的，总之他联系了一个日本朋友，想把我们都带去他那儿，他觉得那样才安全。我不想跟他们去，就逃了出来。"

谷少城点点头："嗯……如果你不想说，可以不用跟我说的，不管你说什么，我都会相信你。"

卢静姝沉默了一会儿："我刚才不想告诉你，现在想了。"

两人又走了一段路，静姝问道："王中阳去哪了？"

"受伤了，战友把他送去医院了。"他说着，偷偷瞧了瞧静姝，想看看她有什么反应。

静姝继续问道："他受伤严重吗？"

"中了弹，但是没有伤到要害，算是捡了一条命。"

"那就好。"静姝想了想，"我得去看看他。"又问，"我们寺院里的伤员是不是也送去医院比较好？寺院里的东西太少了，实在不够那么多人用的。"谷少城道："医院早就挤满人了，受伤的无辜百姓就不少呢，我想到时候让连长联系一下上级，派车来接走一部分伤员，比较好。"

静姝点点头。谷少城的话到嘴边又咽下去，许久，他吞吞吐吐问道："你……不担心王中阳吗？""你不是说他在医院吗？我还有什么好担心的？"谷少城有些不好意思："王中阳他好像喜欢你。"

静姝停下脚步，突然觉得好笑："是吗？那我得好好问问他。""那你……"谷少城还是把后面的话吞下去了，低着头慢慢走着。卢静姝喊了句："他喜欢我，我可没说喜欢他啊，你别多想！"谷少城一个20来岁的大小伙，生生憋红了一张脸。这男女之事，平日里他可不敢这样大张旗鼓地说，他打心底服了卢静姝。卢静姝忽然又消沉了，自言自语地说："国难当头，哪还有时间想这事儿？"

谷少城心下一凛，顿时觉得自己有点小家子气了，不如卢静姝那样大是大非分明。当下两人无话，各怀心事往兴隆寺走去。

到了寺院，他们才尴尬地意识到，那一点点食物根本不够分给大家的。众人面面相觑，叶天明说："让姑娘们先吃吧！姑娘们忙了半天了，一口水都没喝。"可拿到食物的姑娘，又把仅有的几个馒头、一些饼干，推让给伤员。许志芳不肯吃静姝给的东西，看到静姝换了一身漂亮干净的衣服，又看看满身泥土的自己，反而不高兴道："您可真是安了好心啊，这么多的人，就这一点吃的，是想看我们打架不成？您倒好，回家还知道换件漂亮衣服，来我们这临时起的伤兵营显摆来了？"叶天明在一边紧锁眉头："志芳，别说了，静姝本来也是一片好心，打仗嘛，有啥吃啥，别挑了。”许志芳看叶天明帮着卢静姝说话，一下就生了闷气，但是没有发作，只是撇着嘴说：“知道啦，连长要我们和睦相处，我就听连长的。”叶天明点点头，但是赵丽芳有些按捺不住：“可是这点东西我们也不够分的呀！”

静姝抿着嘴，说：“大家不要急，我带了钱，这就去帮你们买药品和食物回来。”说着，心里头各种滋味，带了极大的委屈出了门。谷少城往外追，叶天明叫了他一声：“谷少城！”他回头一看，叶天明冲他摆摆手，“快去快回，回来后跟我一起去西门打鬼子……保护好她。”谷少城用力点点头，追了出去。

“静姝，你别生气了……你跟她有什么好计较的，她不就那样？喜欢说你的风凉话。”

静姝停下来，一头扎进谷少城怀里，哇哇哭起来。哭了许久，她抬起头擦擦泪：“我也不是气她，我早就习惯她说这些话了。我就是气我自己……你说我家，怎么药品就全没了呢……我想带食物给大家，可是那点食物根本不够分……我觉得糟透了，我什么都做不好。救人的时候，好几个战士就在我面前，我再快些就能把他们拖出来，可是他们却被炸成了血浆……如果不是我，你的手也不会受伤……”

“别说了。你累坏了，才会这样想的。”谷少城替她擦了擦眼泪，又摸了摸她的头，说，“你别忘了……你也只是个普通的姑娘。你不是神仙，没有必要用神仙一样的条件来要求自己。你已经很厉害了，你尽了你最大的努力了。

“你记得吗？每次拉练的时候，都有个女孩会在返回途中累得哭出来，可是我今天看她，那样勇敢，刚从炮火下逃出来，就去救人，她没有同我们一起去战场，我们难道还要怨她不够勇敢吗？不是这样的，她也尽了自己最大的能力去帮助大家，不是吗？

“你们这群女孩刚进学兵营时，在我眼里，都是不堪一击的。光列队站军姿，都有姑娘抱怨累，抱怨苦。可你看看，今天谁抱怨一句了？

“在这个时候，还不住地嚼舌头的人，又有必要去理睬吗？不过浪费时间罢了。你忙了这么久，也累了，因为没有这么累过，所以才会心生些许难过。别往心里去，没有人怨你，你只是个普通的姑娘。

“不过，你在我心中倒是特殊的。”

卢静姝愣愣地看着谷少城，他笑了笑，说：“走了，姑娘，我们还要去买药呢。”

敲了好几家药铺的门，都没有人开。谷少城气得都想踢门而入了，亏了静姝把他拦着，才没有动脚。静姝说道：“你好歹也是个军人，军人怎么可以强夺百姓的东西呢？我们再找几家药铺就是了。”

谷少城急得要抓耳挠腮：“这要是家家都不开，那怎么办？”

正说着，一辆黑色的汽车直直开来，停在静姝身边。谷少城见势，一把把静姝扯到身后。

“静姝，是我！”车窗摇下来，原来是卢学初。谷少城松了一口气，才让静姝上前。静姝赶紧把手心里的钱塞进了谷少城手中，满脸的不乐意。

卢学初看看自己女儿，又看看谷少城：“你替我照顾女儿，我很感激你——静姝，上车！”

静姝摇摇头，往谷少城身后躲。

“现在有大批大批的带着装备的日本人抵达丰台站，这宛平非常不安全了，你跟着我才行……”

听到这里，谷少城回头对静姝说：“你和你父亲在一起吧，没准你们能离开宛平，就安全了。”

静姝咬牙问父亲：“跟你去日本人那儿吗？”

卢学初愣了愣，又说：“我已经跟你解释过了，他们都是我的生意朋友，与战争无关的。我已经出来寻你大半天了，好不容易找到你，你快上车吧，我带你去安全的地方。”

静姝猛地摇头：“我不去……除非……除非你带上谷少城！”

卢学初气得开门下了车：“你这孩子！”说罢，拽着静姝，压低了嗓音，“要是你的同学，我兴许还能帮，他是个中国士兵，我带去日本朋友那儿，怎么也不合适！”

“那我就不去！”

卢学初也不管静姝怎么想的，就冲谷少城喊：“小女多亏了你照顾，请小兄弟帮我把她送上车，唯有这样才能保证她的安全。”

谷少城想也没想，一股子蛮力就把静姝抱起来放在车上。静姝不依，他说：“买东西的事我自己会去，别的我不多说，你平平安安才是最重要的。”

静姝虽人已经上了车，可是拼命伸手去扯谷少城，不让他离开。卢学初锁着眉，有些不快：“静姝，松手！”可是静姝还是不肯松手，谷少城有些局促，他看了看卢学初的神色，抿着嘴劝道：“你和你爸爸走吧！”

“你跟我一起走……不然我不走！”静姝死死抓着谷少城的衣袖，要起了小孩脾气。卢学初厉声呵斥：“松手！拉拉扯扯像什么样子！”说着，就伸手去把两人拉开，可是静姝倔得很，放心不下谷少城。

谷少城踌躇半晌，把手慢慢抽了回来：“静姝，你们走吧。”

静姝略显失落，卢学初上了车，催促道：“麻烦快开车！”

静姝还来不及喊，车子就开走了。谷少城望着离去的车，叹了一口气，心想：卢家就静姝一个女儿，怎么也是宠着捧着，静姝和父亲在一起，肯定是安全的……只是现在，就得自己一个人去买药了，心里头还是有些舍不得静姝。可又无可奈何，那人，到底是自己给推上车去了。卢父不可能让静姝下来陪着自己到处冒险，一个不留神，让她受伤了，卢家定是一千万个不答应。

刚想着，车子突然在远处停了下来，车门打开了，卢学初催促道：“快去！马上回来！”

静姝蹦下车，一路小跑到谷少城跟前。谷少城笑了：“怎么了？”

静姝一拍他的脑袋：“说好了，别给我省酒钱，你一定要活着！刚才爸爸把身上的钱也给我了，你都拿去！”说着，把一卷钱塞进他手里，又扯了扯他的衣袖：“说好了，等我……喝酒！记住了！”

“嗯！”谷少城望着她，她有些不舍地看着他。

“静姝！东西给了，就快走了！”卢学初下车喊了一句。静姝扯着谷少城的袖子：“你……你有没有什么要对我说的？”

谷少城心里莫名一阵高兴，随即，又一团沉重的气压在了心头。“你自己要平安……我嘴笨，不会说话，你活着我就安心了。”

静姝抬起嘴角，转身跑回车上，又探出头来望着谷少城。谷少城不禁往前走了几步，默默道：“你要活着。”

汽车慢慢驶出了谷少城的视线，他在那儿呆呆站着，突然有些期待。或许静姝突然又跑回来了呢？或许她去了日本并不开心，过不了几天又回来了？又或许……想了许多，他闭上眼，努力不再去想。静姝，总归和父亲在一起是最好的。“好了，谷少城！”他对自己说，“你还要去买药呢！别想了！”

十三／失魂的夜

静姝不安地往外张望着。前头开车的日本人身材魁梧，一路安静不语，静姝本想像上次那样开了门逃走，奈何父亲紧紧箍着自己的手。一路上，父亲都在说着什么“去了就安全了”“别闹别扭了，日本人都要打进来了”“好不容易找到你，别再让我担心了”之类的话，静姝也不回应，只盯着外头往后跑去的一座座房屋店铺。一直等汽车驶进小巷，卢学初才闭了嘴，默默地坐在那儿，只是还紧紧箍着静姝的手腕。

车停了，静姝心中不安起来。父亲脸上有些喜悦，可能是因为加上女儿，才算是完整一些的家。

“先生，小姐，我们到了。”开车的日本人替卢学初开了门，卢学初下车后，又抓着静姝的手腕，往一家店铺走去。

这家铺子外头挂了个“酒”字，门上挂了帘子，能听见里面传来细碎的声音。周遭的店都是闭紧了门的，唯独这里还在做生意。撩开帘子，店里摆了几张矮桌，每桌都坐了几个人，在那高高兴兴吃着酒菜。静姝仔细一听他们口中的话，有中国人，也有日本人。

司机带着他俩穿过小店，经过一条短短的小廊，眼前豁然出现一栋古色古香的矮楼，也就二层高，屋顶还铺着青灰色的瓦片，与静姝家是一样的。可是往下看，倒是日本庭院的风格。院子不大，硬是往里头摆了小小的假山，还挖了桌子那么大的坑做了个池塘，静姝心中只有“不伦不类，多此一举”这几个字。

迎面而来一位彬彬有礼的先生，先与卢父握了手：“卢先生这大半日可还安全?”

卢学初向他介绍：“这就是我女儿静姝。”

日本人也客气：“请静姝小姐一道进去喝杯茶。”

静姝看了他一眼，没有回应，自己往里走去。卢学初解释道：“小女有些怕生。”松下次郎点点头，就往前大步走去，替静姝开了门，做了个请的手势，等卢学初进门后，一本正经地让佣人拿来点心，顺便请竹田江美过来。自己给父女二人泡茶。

“卢小姐这一路玩得开心？听卢先生说你去了江南，江南可是一处好景致啊。”

静姝看了父亲一眼，没回答，就学着平日竹田江美的样子跪坐在那儿，挺不舒服。松下次郎递茶杯过来，她也不接。松下次郎轻轻把茶杯摆在静姝面前，她也不看，只是往四周打量着。

松下次郎又说：“可能是我中国话没学好，静姝小姐听不清。”

卢学初摇摇头：“我家女儿不常见外人，性格内向，不善与人交谈。”

松下次郎笑着说：“我夫人也是这个样子的，见了外人，少言寡语，对家人倒是热心肠，家中没了她可不行的。”卢学初喝着茶，点点头。

竹田江美也过来了，现在的她是一身华丽的和服，枫叶色的衣服让静姝忍不住多看了两眼。竹田江美笑吟吟道：“静姝来啦。”

静姝拿起茶杯，仔细看了许久，心中一惊：这不是与自己家的茶杯一模一样的吗？她看着眼前彬彬有礼的松下次郎，心中充满了问题，却一个字都不想问。

“卢先生送我的茶具真是雅致，用来泡茶喝，茶水都甘美了许多。”松下次郎呷着茶，说。

卢学初道："我也是见这副茶具别致，特地多买了一套，上回松下先生说喜欢我家的茉莉花茶，我想着你来宛平，有些小物件没有置办，倒不如我做了这个人情，就顺便送了这套茶具。"

"我的朋友们用这茶具品这茶，常常称赞我在中国有卢先生这样文雅的朋友。"

卢静姝扭脸问竹田江美："厕所在哪？带我去，好吗？"听起来像是请求，却是不容置疑的语气。

竹田江美应了声"好"，然后起身，踩着小碎步往一边走。静姝紧跟其后。看着眼前的竹田江美露出了一大片后脖子，还擦了香香的白粉，静姝叹了一口气："你还是穿旗袍比较好看。"

竹田江美诧异地转过身，看着静姝，说："厕所在那边。我在这儿等你。"

静姝又说："我不想上厕所，我只是不想听他们聊天，所以找借口出来罢了。"

竹田江美的表情有些局促，她几乎没有跟静姝这样一起待在一个小小的空间里，她不知道说些什么。

"父亲为什么带我来这里？战争已经开始了，宛平城已经不安全了。"

"这是先生朋友的家，日本人不会打来这里的……"

竹田江美低着头，像个犯错的孩子。

"上回父亲说你怀孕了，有多久了？"

"还要大半年才生呢。"竹田江美轻轻地说。

"你劝父亲离开这儿吧……"静姝看着竹田江美，希望她能有些反应，"你让他带着你去安全的地方……中国也好，日本也好……"

"那么，静姝你呢？"

"我是中国人，我不喜欢日本……我要继续留在宛平的。"

竹田江美有些着急："你不肯离开，先生自然也不会走的。"

静姝冲竹田江美咧开一个笑，竹田江美愣了愣，品不出个所以然。

"竹田江美，你爱我的爸爸吗？"

竹田江美不知道怎么回答，嗫嚅着：“和先生在一起，十分安心。”

“不，我觉得你是爱他的。不然你也不会来讨好我这个小丫头。”静姝一只手攥着自己的衣角，“你看，你会记得我喜欢的衣服款式，也会为我去学做鱼汤，说明你是爱我的父亲，是愿意爱屋及乌的。”

竹田江美还是嗫嚅着解释：“先生待我很好，我待你与他一样。”

静姝转话道：“我爱上一个人了，他在哪我就在哪，我希望你能理解我。”

竹田江美讶异地看着静姝，说不出话来。静姝倒是自己说起：“你会为了父亲留在中国，我也会为那个人留在宛平。可是父亲是我的家人，我希望他也能平安。”

“先生就你一个孩子，你离开了，他一定会悲痛欲绝的。”她这个成语用得有点别扭，但是好像也切中了意思。

“你肚子里不还有一个孩子吗?”静姝反问，“他也是我父亲的孩子，是我的弟弟……再说了，他出生了，还得看我这臭脸，你愿意?”静姝心软了，可嘴上还硬着。

竹田江美皱着眉，轻声说：“静姝是个好孩子，没有为难过我，只是对我有些误解……两个孩子，先生都疼爱的。”

“你倒挺会劝人。”静姝笑道，“那你就好好劝我的父亲吧……”

“静姝……先生最期望的是看见你平安。你还是不要冲动，再考虑考虑。”

“我最期望的是你们平安，至于我所爱的人……我只想在他左右陪伴他。”

“你现在年轻，不要为了一时冲动……”

“我就是因为年轻才敢说这样的话。你也年轻过，你……我希望你能懂。”

竹田江美抿着嘴，皱着眉，过了许久，又问：“是上次来家里的小伙子吗?”

静姝点点头：“他是个士兵，他在前线保护着我们。我也想同他一起……”

竹田江美心中滋味万千。当年大津佑之是被自己国家的激进分子打死在街头的，那种心情已然无法言喻。而今日本打进了中国，静姝怎么说也是自己的半个女儿，这样的决定，十有八九是要死在日本人手里。竹田江美不知怎么作答，也不知道怎么告诉卢先生这样的事情，更不知道怎么劝静姝，只能低着头，什么也不说。

“我们回去吧。”静姝说着，就往回走。竹田江美跟在后头，还是踩着碎步。

卢学初已经喝了好几杯茶了，看静姝回来，埋怨了一句：“怎么去了这么久？”

“女孩子家的事不要你管。”

卢学初正想说她没有教养，只见松下次郎哈哈大笑：“卢先生，你这女儿可真是活泼，看来是慢慢与我熟了。”

静姝心里却在想，此刻，谷少城是否买好药品带去兴隆寺了？

谷少城走遍了宛平城，都没有买到药品，只能用静姝的那些钱先买了干粮，带回去给大家吃。看到回来的只有谷少城，王中阳忙问静姝的去处。王中阳刚从城墙上下来，就奔这儿找静姝，听说跟谷少城出去了，一直悬着个心。谷少城还没开口呢，许志芳就讥笑道：“她肯定是怕惹麻烦，偷着跑了呗！你们还指望她？靠不住！”

“你住嘴！你手里拿的馒头还是静姝的钱买的呢！”

许志芳看了看手里的馒头，一把丢地上，还啐了两口：“那不吃了就是！你倒说说那个汉奸跑哪去了?!”

叶天明瞪了她一眼，“如果你不吃馒头，别浪费，兵荒马乱，大家都缺食物！”她才住嘴，还要嘟囔一句：“那她不在这儿，也省得我们怕她给日本人通风报信，对吧连长？”

谷少城不再理睬她，只是汇报自己没有买到药品。

叶天明点点头，对地上的伤员说：“你们哪个还有力气的？爬起来与我一同往西门去。战友们还在拼搏，我们岂能坐视不理？”

还能动弹的伤员立马站了起来，扛着枪，拿着刀，要与日本人决一死战。谷少城和王中阳二话不说，背上大刀，拿起步枪就走。叶天明很快重编了队伍，带着大伙继续往西门去。

路上，谷少城提起卢父来接静姝的事。叶天明说："她家就一个女儿，父亲要带去安全的地方。"

"我也是这样认为的，所以我让静姝跟她父亲走了。但是我听她父亲说，丰台站来了不少日本兵，个个装备精良。"

王中阳有点难过，"没想到最后一面没见到，怕是要永别了。"

谷少城说："别乌鸦嘴！我们会活下去！宛平也绝不会丢！"他像卢静姝握自己的手一样，握住中阳的手。王中阳勉强挤出个微笑，看不见平日里阳光灿烂的神情，倒是显得有点凄惨。谷少城补充说："打起精神来！我们不会输的！"

叶天明也说："狭路相逢勇者胜！考验我们的时刻到了！"

叶天明说："丰台来了日本兵的情报，我们必须报告给金振中营长。待会儿到了西门，你先去找他。"

西门的攻击又停止了，战士们顶住了这几次的攻击，铁路工人们都在城门修整早已挖好的战壕。谷少城穿过人群找了许久，才找到金振中，并与他谈了此事。金振中听说后，毫不犹豫给王冷斋打了电话。

"正在争取和平解决宛平争端，你们莫慌。"电话那头只这样说了一句，便挂了。

"敢情在这打仗的不是你，站着说话不腰疼！"金振中气得直跳脚，连声骂了好几句粗话，"跟鬼子签了几次停火协议，转眼又开打了，摆明就是假和谈，真搞事！"

谷少城叹了一口气："我去帮忙修战壕。"

已是傍晚，宛平的落日总是一副金光的景色。可是对于这样别致的景色，在西门的每个战士都无心欣赏，谁知道日本人会不会在晚上又突然进攻呢？谷少城更是担忧，日本人不断增员，静姝他们是否已经安全离开宛平？

此刻的静姝正在参加一场尴尬的宴会。她穿着中式的短褂和长裙，与这场宴会格格不入。宴会上有两三个留着方块胡的男人，以及在一旁伺候，穿着和服，把头发梳起的日本女人。只有一个日本女人是坐着的，那就是竹田江美。她穿了一条中国的旗袍，端正地坐在卢学初的身边。

松下次郎坐在最前面的矮桌前，先与众人敬酒，又隆重介绍了卢学初，再单独与卢学初饮了一杯酒，并说："卢先生今后就是我们大日本帝国的人了，希望在座的都能善待他们一家，与他们结为好友。等回了日本，也多多帮扶，不要让先生觉得我们怠慢了。祝贺卢先生脱离中国，成为我们大日本帝国的一员！"

卢学初一口清酒才灌进喉咙，连连咳嗽几声，自觉脸红。静姝瞪大了眼，大声问："你这是什么意思？我们一家什么时候成了日本人?!"

卢学初赶紧拍了拍静姝的手，然后又举杯对众人解释："女儿这段时间去了江南，不知道这件事，我还没来得及说。"

但是在场的日本人有的开始窃窃私语了。松下次郎敲了敲桌子："大家安静些！"然后说了，"卢先生因为时间紧急，还没来得及跟卢小姐说清楚，卢小姐觉得惊讶，不奇怪嘛！"他们还是喧闹着。

接下来，松下次郎又用日本话叽里呱啦说了一通，里头掺了不少生僻艰涩的词，卢学初坐得远，没听出个什么意思，倒是竹田江美轻声解释："松下先生在夸卢先生平日里如何待人处事，也夸静姝活泼可爱，让诸位先生都尊敬一些，不要失了日本的礼数。"

卢学初一杯又一杯地喝酒，时不时冲大家尴尬地笑笑。上了菜，静姝却不肯吃一口，只在那儿坐着，板着脸。竹田江美却笑吟吟的，热情地给静姝夹菜。静姝本想发作，看看四周这样多的日本人，只能默不作声，肚中早已全是火气，心想着等会儿人都走了，一定要质问父亲。

松下次郎倒是没察觉出什么，时而用蹩脚的中国话，时而用日本话与大家交谈，还问了竹田江美一句："怎么改穿了旗袍？新做的和服不满意吗？"

竹田江美答："还是觉得旗袍更好看一些，穿着也没那么烦琐。"

松下次郎又说："卢夫人，你到底是个日本人才对，日本女人当然是穿和服好看。”

到宴会结束，松下已是微醺，他又举杯对卢学初说道：“卢先生，你们一家能在这儿住下，真是蓬荜生辉。只是我还有些琐事，这几日要处理，我已经买了12日的船票，届时先生与家人可以先回日本，我已吩咐家人去港口接先生，也安排好住所了。”

“什么?！去日……”静姝还没出口，就被卢学初一把捂住嘴，笑着说：“小女刚才偷喝了两杯酒，现在有点醉了，我这就带她回房间去休息。”说着，又对众人点头道，“大家尽兴，无须理我这粗鄙之人。”

松下次郎脸已经红了，眼神有些迷离，他沉着脸，看着卢学初，座下的众人一言不发。许久，他又客气一句：“只是先委屈先生一家住在一间房，其他房间，其他客人今晚也要住下。”

卢学初点点头，一手捂着静姝的嘴，一手拉着静姝往外走。竹田江美在后头帮忙带着去了房间。座下的日本人用日语谈话道：“松下先生，你这位朋友好像不太习惯我们的晚宴啊?”

松下次郎喝了杯酒，脸还是红的，但是他的心里是清醒的。“习不习惯都一样，反正他是日本人了。”

“这女孩脸上，分明写了讨厌二字，先生真要帮他们?”

松下次郎哈哈大笑：“你以为我没有眼睛，看不出来？他说什么女儿去了江南，我是不相信的，不过他早年于我有恩，我想还这个人情罢了。”

“先生知恩图报是好事，只是有件事我得告诉先生。这女孩，上次宛平夜宴就坐在边上，我看得一清二楚，确定就是她。”

松下次郎点点头：“还有这回事？看来这女孩，将来会惹不少麻烦。我心中有数，大家喝酒吧。”

刚到房间，静姝就嚷嚷起来：“我真不敢相信！你居然成了尊贵的日本人！”

卢学初比了个安静的手势：“嘘！你不要命了！楼下全是日本人，你再嚷嚷，他们枪毙了你！”

“你还知道他们会枪毙我？这就是你的日本好朋友?”

卢学初解释道："我真的不知道松下先生帮忙买了去日本的船票，我本意是带你去别的地方。但是松下先生家里有点权势，去了日本我们也一定能够安全。"看静姝不高兴，又说，"刚才说枪毙，只是不希望你太大声——松下先生对我们都很好，但是他的朋友我不认识，你还是不要闹。"

"是的，我们确实不知道松下先生买了船票的事……"竹田江美看父女俩僵持着，又说，"先生刚才也喝了不少酒，我去倒两杯水来。"说着，就开门出去了。

"那你解释解释，什么叫我们一家都是他们小鬼子的人了？"静姝又质问道。

卢学初不肯应声，只是说："你是我唯一的女儿，我只想你平安。"

静姝起身去拿自己的背包，生气地说："那你去当日本人吧，我去当中国人！这是我的国家，我绝不会离开！"卢学初一把拽住静姝："外头在打仗，你要去哪？不准去！"

正当他们吵得火热时，竹田江美慌张地跑进来："先生，我刚出去打水，听到一个消息！"

"什么消息？"

竹田江美张口就要说，没想到门外醉醺醺的松下次郎接话道："夫人有什么消息，也与我说说。"

竹田江美皱眉闭了嘴，只是呆呆地看着松下次郎。松下次郎走进来，顺手拿了她手里的一个杯子，大口喝下去。

"夫人是否要与卢先生说我刚才对日本朋友说的话？"

竹田江美摇摇头，惊恐地看着松下次郎。松下次郎自顾自大笑了两声，扭头又问卢学初："先生已经是我们日本人了，我也无须隐瞒——我来这宛平城，开店只是我的幌子，我的目的就是在这迎接大日本帝国的各位将军，联络各个军队，交换搜集来的情报。今晚在场的人，大多都是军官，听他们说，还曾在前几日的宴会上见过卢小姐。"

静姝仔细回想，似乎是在宛平夜宴上见过那几个人。

"听说小姐还是反抗大日本帝国的激进分子呢，"松下次郎抬起一个大拇指，“女子能有这样的胆量，真是不错！”说着，转头又看向卢学初，“虎父无犬女，卢先生，我这句话用得准确吗？”

卢学初的脸煞白，仿佛被人掐住了命门。

“我一直尊重您，也非常感谢您在几年前帮我的忙，所以诚心邀您同去日本，我的家人一定会好生照料。”

卢学初摇了摇头：“承蒙厚爱。我……”

“先生如果不应，那我就没法保证你们一家的安全了。”

不知是他喝醉了，还是清醒着借酒发疯，这一句话，让卢学初从头冷到脚，这时的他才意识到，自己是在与一个日本人谈话，是在与战场上敌对的那方人谈话！

卢学初有点慌张，问：“你想怎么样？”

松下次郎冷笑：“反抗日本帝国的激进分子，当然是要送去枪毙的！”

话音未落，竹田江美忍无可忍，举起桌上的一个陶瓷瓶，重重往松下次郎头上砸去，松下次郎闷哼一声，倒在榻榻米上。竹田江美紧张得瑟瑟发抖，声音颤颤地问：“他，他不会死吧？”

卢学初头一回见到竹田江美这样，吓得往后退了半米，又向前试了试呼吸，慌张地说：“他还活着！活着！”

“爸爸！我们快跑吧！”静姝说道，“他，醒来后不会轻饶我们的！”

竹田江美用力点点头，去收拾包袱。卢学初站起来，一跺脚：“能去哪呀！外头在打仗，多危险！”

“你还管什么危险！等他醒来，我们三个直接就没命了！快跑吧！”

卢学初浑身不住地颤抖，他害怕眼前的松下次郎突然醒来，更害怕外面的战争。最后，他猛地一拍自己的脑袋：“逃吧！这里我们是活不了了！”

一家人慌慌张张往外走，迎面而来好几个佣人，亲切地问：“先生这是往哪去？”卢学初颤抖着回应：“回家取些东西！”

穿过走廊，进了店，店中齐刷刷的目光看着他们，卢学初只管一手拉着静姝，一手拉着竹田江美，低头往前走。出了店门，三个人没命似的往前疯跑。才跑出一小段路，后头就传来松下次郎的叫骂声，接着，一群保镖往外追来。

“先生！他们追上来了！”竹田江美冲卢学初喊了一句，卢学初两手都不敢松，紧紧抓着，带着两位女眷，用了吃奶的力气往前跑去。

“爸爸！我们找个地方躲吧！跑是跑不过了！”静姝拉着卢学初往城墙下的一片灌木丛跑去，正是夏天，枝叶浓密，卢静姝又被树根绊倒，摔进草丛中，脚踝撕心地疼。一行三人顺势蹲下，暂时隐去行踪。

外头的人拿着手电筒往四处寻。松下次郎大声喊：“卢先生，你出来吧！你是我的救命恩人，我不会伤害你的！”

卢学初几乎听见了自己的心跳声。

喊了好一会儿，松下次郎破口骂道：“卢学初！你别以为救了我就是我欠你的！你们中国人假仁假义惯了，你也是刚巧路过买了我的酒而已！你们中国人说滴水之恩涌泉相报，我对你已经够好了！”

好一会儿，卢学初的手还在颤抖。眼看着日本人要往这边走来了，突然，他把静姝的手放进竹田江美的手心，说：“静姝刚才扭了脚，跑不远，你替我照顾好女儿，如果还活着，我会来找你们。”

静姝拉住父亲：“爸，你别去……我跑得动……”

“静姝……我对不起你……你记得照顾好……”卢学初长叹一声，看了一眼竹田江美，接着说，“妈妈。”

说着，猛地站了起来，悄悄沿着墙根，走出去百来米，然后就弄出大动静，大步跑远了。日本人看见卢学初跑了，就往那方向追去。竹田江美见外头的日本人都跟着追去了，才扶起静姝，半瘸半跑地往另一个方向逃。

静姝一边逃，一边哭着。竹田江美在一旁上气不接下气地劝：“别哭了……咱们快些……先生一定平安的……一定……”

拐了弯，就是大街了。这样黑的夜，只有城西还有灯火。卢静姝哭着说：“我们去找谷少城……我们去兴隆寺……”

又跑了几十米，突然，远处传来一声枪响。静姝猛地跪在地上，好像知道了什么。竹田江美更是难过，满脸的泪水。可她坚强地一抹脸上的泪，拉起静姝，又一遍遍哽咽地重复：“先生会平安的……会平安的……”

就这样，两个人在漆黑的夜里，半跑半走，一路流着泪，紧紧抓着对方的手，寻了大半夜，走了大半夜，才踉踉跄跄地找到了先前静姝救援伤兵的兴隆寺，连滚带爬进了门。最后，静姝一屁股坐在地上，紧紧抱着竹田江美，嘴里不停念着“爸爸”两个字，眼眶里的泪水一刻也没有停。竹田江美把她抱在怀里，也在流泪。旁边的人不知道发生了什么事，只能在一边递水过来。

许志芳打量着眼前的这两个人，竹田江美俨然是一副中国女人的模样，她看着竹田江美，紧锁着眉。突然，她指着大喊：“她是个日本人！叫她滚出去！”

原本在一旁递水的人停住了手里的动作，许志芳冲上来一把拍掉水壶：“她是日本人，来我们这儿一定是窃取什么重要情报，不能让她这里待着！”大家一阵唏嘘：“静姝怎么带了个日本人进来？”“这不是要害死我们？”其中，赵丽芳最为激动：“卢静姝，这就是你的日本小妈吧？你把她带进来，就是在给我们带麻烦进来，你们快出去！”

静姝还在爸爸的死亡里没有缓过神，就被这么劈头盖脸一顿说。竹田江美把她扶起来：“静姝，我们走吧，这里的人不欢迎我们。”静姝哽咽道：“不行啊，日本人在找我们，出去了……准是死路一条。”

“什么？”许志芳抬高嗓门，“日本人在找你们？你们快滚出去！”说着就把静姝往外推，“你快出去，别让我们也遭罪了！”

静姝愤恨地看了许志芳一眼，许志芳趾高气扬，周围的人们一个个叉着腰，瞪着眼，一副要把她们撵出去的模样。倒是角落里有几个人，嗫嚅着嘴唇想帮她们说几句话，毕竟静姝从家里拿了食物来，还帮着救了不少伤员，可是兴隆寺里几乎所有的人都一致同意让静姝母女滚出去，他们也不敢说些什么。静姝向他们投去求助的目光，他们有些局促地把眼睛瞥向别处。

静姝失落地擦了擦脸上的泪水，对竹田江美说道：“我们走吧。”“快走吧！省得我们被日本人找上！”“带上你的日本小妈快滚出去！”在一片闹哄声中，竹田江美扶着静姝，两人回头看了看身后的一群人，难过地离开了兴隆寺。

两人在街上漫无目的地走着，不知道何时会被松下次郎的人给抓回去。走了一会儿，竹田江美说道："我们回家吧，不然没有去处的。"静姝摇摇头："松下次郎没准就会去家里寻我们，还是别回去比较好。"想了想，又道，"家附近有个小庙，那里是个藏身之所。"两人一前一后往小庙走去，还没到半道，刚拐了个弯儿，一个二十出头的青年满头是血，没命似的从静姝身边撞过，静姝被撞倒在地，肩膀吃痛。那青年看到静姝和竹田江美，不由分说，扯着两个人就往巷子里躲。静姝刚想问什么缘由，路边就跑过几个人，其中一个是日本人，他叽里呱啦喊道："抓活的！应该是往这里跑了，快追！"

等人都跑走了，那青年松了一口气，倒在地上，昏迷不醒。静姝和竹田江美面面相觑，不知怎么办才好。外头日本人的声音越来越近，静姝一把把昏迷的青年背在背上，吃力地说："我们把他带回兴隆寺里吧！我们去庵里的路太远了，恐怕还要再出什么事。回兴隆寺里，大不了再被赶出来一次。这个人跟他们无冤无仇，总会收留他的，他也算救了我们一条命，要不是他，没准我们就被日本人抓去了。"

竹田江美点点头："哎！"忙着帮静姝背那青年。

大伙儿都没有睡下，看到静姝带了个满头是血的青年，又气得要赶她出去。

"怎么还来呀？又多带了个人，快出去吧！"

静姝说："这个人是路上被日本人追杀的，与我没有什么关联，求你们救他一命吧，我们马上就走。"

"不行！"许志芳不依不饶，"你旁边跟着个日本人，现在又拉了个来历不明的人过来，我怎么知道你们是不是有什么阴谋诡计？不行，都滚蛋！"静姝咬着唇，站在那里不肯动。

这时，在一旁看热闹的赵丽芳惊呼起来："这不是我堂哥吗！"说着就扑到青年跟前，"真是他！志芳姐，这就是我跟你说过的，我堂哥，赵东升啊！"

许志芳皱了皱眉："你确定？"

"确定啊！我念书时他已经是工人了，经常送些东西给我们家，我不会认错的。也是因为他，我才参加学生游行，才去了学兵营——经常见面的人怎么会弄错呢！"

一听是自己人，大家七手八脚把他抬了进去，给他上药包扎。静姝扯了扯竹田江美的衣袖："我们走吧？"

"别走了，你们！"护士长说道，"外头也挺危险的，你们别走了。"

许志芳道："她们遇到赵东升这事还蹊跷得很，宛平这么多路，怎么就叫她们俩遇到了？莫非这赵东升是她们害的？还是留不得！"

"话不能这么说，真要是她们救了人，那不是冤枉好人了？"护士长出来帮静姝说了一句。静姝感激地看了她一眼："护士长，谢谢你帮我说话，但是我们有去处了，不打扰各位。"

许志芳冷笑一声："去处？莫非是找日本人去暴露我们的位置？不行，你别走了，今晚就在我眼皮底下待着！"说着，就要取绳索把她俩绑了。

静姝大叫一声："许志芳！你是不是有病？要留你不让，走也不让，你叫我死去算了！"

"哎，对了，你死了就解决我心头所有的疑惑了。哪个叔叔伯伯借支枪给我？我马上毙了她俩！"

静姝一下控制不住，伸手去扯许志芳的头发："来，你打死我吧！反正我爸爸死了，我也不想活了，打死我最好！"

两个人扭打在一起，竹田江美和护士长去拉开两人，许志芳被静姝疯狂的样子吓得连连喘气。最后，护士长说："你们留下吧，一晚上也不打紧的。许志芳，你要是怕她们惹事，我盯着就是了，你别再找茬了，都消停会儿，大晚上的，伤员都休息了！"

许志芳暂且住了嘴，走到不远处的墙根下，坐在那儿盯着静姝。静姝难过地把头靠在竹田江美肩上。竹田江美面对这群中国人，不知道该怎么去回应，只能拍着静姝的背，希望能缓解她心中的难过——她自己的心，也碎了大半。卢先生大概是死了，她想独自去寻尸首，跟着一起被打死也好，只是眼前这个不成熟的孩子让她放心不下。等夜深了，她抬头时，许志芳还盯着她们。她叹了口气：是怎样的经历，叫这个素未谋面的女孩如此讨厌她们？寺院里的多数人都睡了，呼噜声此起彼伏，她想起卢先生，睡觉时偶尔也会有这么重的呼噜声。可惜她再也听不到了。

静姝半睁着眼，这一夜对她来说也是无比沉重的，她想起父亲，泪水就不停地滚落下来。漆黑压得她喘不过气，她仿佛能听见心跳声——不知是竹田江美的，还是自己的。

如果自己不那么任性，也许父亲现在还活着，去日本也好，美国也好，又有什么比父亲活着更重要呢？她沉下脸，又恨不得给自己一耳光。就算去了日本又怎样？松下次郎还是会凶相毕露，父亲还是难逃一劫。静姝看着竹田江美的手，她从来没有这样看过竹田江美的手——那么粗糙，长满了茧子。竹田江美只是个女人，在这样的情况下，她也一定不知所措了吧？静姝想替父亲照顾好这个女人，也想为自己曾经对她的无理道歉。如果不是她每次的好言相劝，如果不是她这次果断地带她逃离……静姝的眼皮越来越沉，红肿的眼睛慢慢闭上，也许在梦里，还能再与父亲见上一面。

十四 搜城

太阳如期升起，闪耀的金色光辉照耀着大地，照着卢沟桥边城墙上留下的弹坑，和地上数不尽的战士遗体。人都说，这世间最温暖的便是那高高在上的太阳，可它却又是最冷酷的。无论地上发生什么，即使地陷了，人死了，悲欢离合也好，喜怒哀愁也罢，它都从没多停留一会儿，张望张望地上的苦果。它只知道每日按时起落，只知道在雨落大地时躲在厚厚的乌云身后，在旱季使了劲地发出热量。人们称赞它，它也从不羞涩，可它又何曾为哪个生命黯淡过？

静姝断断续续哭了一夜，不知何时睡了一会儿，又很快被阳光惊醒。她看了看周围，姑娘们都已经醒了，在忙碌着。昨夜的一切成了一场梦境一般，如果不是眼部的酸涩和身边依偎着的竹田江美，她差点以为只是做了个噩梦。她轻轻偏了偏身子，又有些不忍心把竹田江美吵醒，只是手臂整个发麻，像被千万只蚊蚁撕咬着。竹田江美突然睁了眼，她也一晚上没有睡好，眼眶又红又肿。她看了看静姝，心疼地摸了摸她的头，沙哑着嗓子说：“再睡一会儿，你累坏了。”

静姝摇了摇头，站了起来，用力地伸了个腰。只是一抬头，看见那样刺眼的日光，她就忍不住落泪。

竹田江美也起来了，她很想找个水源洗洗脸。只是这样的地方，也没有多余的水。旁边的护士长让她去拿点东西吃，她便伸手去拿食物，许志芳冲过来，一把拍开她的手："你怎么配吃我们的东西?"

"怎么吃不得了?"护士长把桌上的馒头拿给竹田江美，"你吃，别管她!"竹田江美尴尬地拿着馒头，看着周围的人。他们投来鄙夷的目光："她怎么还不走？在这儿吃我们的东西!"也有人说："我看她不像坏人，大家都是来避难的，互相体谅一下吧。"许志芳激动地说："那日本人怎么不体谅我们中国人了?"

"中国人也好，日本人也好，只要是人，总有善有恶。"护士长把竹田江美拉到一边，劝她放宽心，但是许志芳又说："那日本人可是在跟我们打仗呀!"

"那中国人还有当汉奸狗腿子的呢，你就长了一双神眼，能把人心都看个究竟?"

许志芳还想争辩，赵丽芳出来说道："志芳姐，别说了，她好歹救了我堂哥一命呢，人家不是坏人……"许志芳"哼"了一声，边上的人又絮絮叨叨："这赵东升也还没醒来，是不是她们伤的，我们哪里知道？不安全，不安全!"

"我们家的人才不会做这种事，你们无凭无据，怎么冤枉人?"静姝大喊了一声。大家瞪着她，想把她逼出门外似的。竹田江美把馒头递给静姝："你吃一些吧，不想吃也要吃一些。"

静姝摇摇头："你吃吧……你怀孕了，身体重要。"

竹田江美也摇了摇头："我一点胃口也没有……还是把东西放回去吧，这里人很多，每个人都需要，也许这一点点食物还能救一个人呢。"

"真会装好人!"许志芳骂道。静姝不想与她争辩，一言不发地把馒头放了回去。静姝没有回应，许志芳也就去忙自己的事情了，毕竟伤员每天都在增加，没有人在这时候能够停下来找麻烦。

静姝叹了一口气。兴隆寺里的人比她离开时又多了不少陌生面孔，红十字会的人却一个都没有多。她往里看了看，寺院里进进出出的不少人中，有她的同学，有她学兵营里的朋友。连许志芳都在忙着，没有继续找她麻烦。静姝心想：这样的事也不止她一个人在承受着，与其在这感怀伤痛，不如把剩下的力气花在救援伤兵身上……想到这里，她拿了一点食物，去分发给伤员。竹田江美看静姝已经开始忙了，也跟着去拿了纱布和绷带，要给伤员换。可是才刚拿起一卷绷带，背后就被猛地推了一下，让她一个趔趄，摔在了地上，把好看的旗袍擦出了一个小小的洞。竹田江美往身后一看，原来是许志芳，正怒气冲冲地瞪着她，指着骂道："日本鬼子滚出去！昨天让你进来也就罢了，今天还留在这，想通报给日本人吗?!"

静姝见这副场景，赶紧跑来把竹田江美扶起。许志芳叉着腰，像只趾高气扬的公鸡。

静姝很是生气，还想过去扇她两个耳光。竹田江美一把抱住她，哭着说："静姝！别过去了，我走，我马上走……"

静姝转身抱着竹田江美："我们凭什么走？这兴隆寺不是她家开的，红十字会也不是她家的！我们就不离开！"

许志芳从地上爬起来，尖锐地说："这里不欢迎你们，你们来这，还会给我们造成负担！多一个人就多一张嘴，况且我也不信任你们！"

"你们说够了没有?！伤员这么多，你们不来帮忙的话全都出去！"护士长看见她们争得面红耳赤，气不打一处来。本来伤员就在不断增加，药品不够，食物也不够，居然还在这里吵架，"不管中国人也好，日本人也好，我们红十字会就是帮助有需要的人！就像这里，伤员进来就已经犯了寺院的忌讳，寺院里是见不得血腥的。可是方丈只说'见死不救才是最大的忌讳'。昨晚这位姑娘带着母亲来这儿，一定是遭遇了什么事，你又何苦一早来招惹她们呢？"

许志芳还想说两句，护士长说："我是这里的护士长，如果你非要浪费时间，无事生非的话，我有权请你出去。"

许志芳咬着牙，冲静姝说道："我不招惹你，你也别招我烦！"

等许志芳走了，静姝把竹田江美扶着坐下，帮她擦了眼泪："别哭了。

爸爸的仇，我们中国的战士一定会帮我们报的。爸爸没了，我唯一的亲人，就是你了。”她说到这句话的时候，想起了姑姑，兵荒马乱的，也不知道她怎么样了。

静姝比竹田江美想象中的坚强许多，她投入到救援工作中，面对流血的战士，被炸伤的战士，也没有露出一丝害怕的样子。她一面安慰着那些痛苦不堪的人，一面为他们细心包扎、上药。一整个上午，甚至一口食物都没有吃，一口水都没有喝，像个无止境工作的机器，在那里忙碌着。

竹田江美也想试着帮忙，可是，当她看到中弹的战士，听到他们的哀号，她就会忍不住想起昨晚的那一阵枪响。那些子弹，也许都结结实实地打进卢先生的身体里，他痛苦极了，在地上打滚，在地上哀号，可是没有人帮他。她又想起大津佑之，在一群浪人的棍棒下，抱着头，求他们别打了。等所有人离开，只剩下一具冰冷的躯体。

想到这些，她就忍不住哭起来。两任丈夫皆是被日本人打死，从中日矛盾开始，她每天都活在惶惶不安之中。大津佑之不是个热爱战争的人，卢先生亦是如此，两个无辜的人却因为战争而失去了生命，永远地离开了她。她想不通，为什么两个国家不能和平共处呢？多少家庭因为战争而破碎：苦苦等待儿子归来的老母亲，养育了孩子20年，却连他最后一面都没办法见；分别的恋人，姑娘在门口驻足多月，等来的却是光荣证；大津佑之提倡和平，却惹了其他人的不满，运回来的尸体是冰凉的；卢先生只是想保护一家人，这样的愿望在战争时期变得相当奢侈，奢侈到他拿命去换，也换不来平安。

也是这个上午，临时组成的中日调查团，带着一群记者在宛平城搜寻。在松下次郎的引导下，一路假装走走停停到了尼姑庵。大家把尼姑庵翻了个底朝天，也不见日本兵的踪影。松下次郎和日本军官暗地里交换了一下眼色，一脸疑惑。他们搜遍了宛平城，也没有见着志村菊次郎的尸体。

一场蓄意的阴谋就这样草草收场。然后中日双方又回到了谈判桌上。王冷斋他们有了底气，口口声声说这是阴谋。日方恼羞成怒。日本士兵丢了就是丢了，千真万确！日本兵总不能飞天遁地，一下子无影无踪，宛平就这么大地方，日本这边没有，当然是被中国掳走了。

“欲加之罪，何患无辞！”中方也不甘示弱。

“志村菊次郎失踪已经好几天了，中国早有准备，把尸体藏起来，不让我们找到！等我们攻下了城，掘地三尺，肯定能找到。”

“这怕是莫须有的罪名！”

……

谈判就这样不欢而散。

这次调查团到宛平，收获不少，战争的惨状在报纸上刊登，引发国际社会强烈的反响。他们还带来了一首歌——之前大刀队雨夜夺回铁桥的事迹登了报，大家广为传播，有人写了一首《大刀进行曲》，为29军鼓劲助威。这首歌瞬间就传开，今天就传到了宛平：

大刀向鬼子们的头上砍去，
全国武装的同胞们，
抗战的一天来到了，
抗战的一天来到了。
前面有东北的义勇军，
后面有全国的老百姓，
咱们中国军队勇敢前进！
看准那敌人，
把他消灭！把他消灭！
[喊：冲啊！]
大刀向鬼子们的头上砍去！
[喊：杀！]

卢沟桥的中日冲突，让全国瞩目，每一天这里的消息都牵动全国人民的心。而这些关注，也让守城的将士们感到慰藉，我们并不是自己在战斗，身后还有四万万同胞！

静姝和竹田江美一大早便去学兵营，想找找有没有卢学初的遗体。二人一到学兵营，就被吓住了。一个个尸体整齐地躺在地上，紧闭着眼，毫无血色。在学兵营里寻亲人的百姓，哭啼的声音扰得二人内心不安。竹田江美的泪水在眼眶里打着转，此时，她无比希望，在这里永远别看到卢先生——或许，他活着呢？或许松下次郎良心发现了，把卢先生带回去救治，又或许，先生遇到贵人，被救了一命？静姝哭丧着脸，走起路来都有些趺趺撞撞，竹田江美赶紧扶着她。二人在学兵营寻了许久，也没有找到卢学初，可是静姝不愿意走，竹田江美也不肯离开。

半晌，又有人哭喊着跑来："外头又要打起来了，不知道会不会打到这儿，大家都躲躲吧！"无奈，竹田江美和静姝放弃寻找，一路躲藏着，回了兴隆寺。这次的炮火没有持续太久，二人直在心里叹气：也许可以回去再找找呢？可是心里又有些不愿，不愿真的看见卢学初死去的模样。

等到日上三竿时，护士长急急忙忙走出来："我去街上看看有没有粮铺还开着的，讨些来。"

竹田江美站起来，关切地问："没有粮食了吗？"

护士长点点头，竹田江美又说："我去取吧！家中还有一些。"

静姝忙说："那我一块去！你一个人回去，太不安全了。"

赵丽芳也提出想一起去，赵东升还没醒，她心里既感激，又带着疑惑——是不是真如许志芳说的，哥哥是被她们给伤成这样？可是又怕冤枉了她们……

静姝想着，两个人去也拿不了多少，就高兴地应允了。三个人一齐往静姝家走去。

一路上，赵丽芳都没有说话，只是看着眼前的二人。静姝只觉得她面熟，想了许久，不就是平日里总是跟着许志芳的那个瘦瘦的女孩嘛！想到这里，她也不想与赵丽芳说话，于是转头问竹田江美："家中有米吗？早知道上回就应该取了来。"

"等会儿再拿一口大锅回去，不然没锅，也煮不了米。"竹田江美建议道，“那些调味品，也都拿着去。”

静姝点点头，又问：“对了，家里的仓库怎么都没东西？”

竹田江美有些诧异地停下脚步：“什么？”

“家里仓库的东西都没了。”

竹田江美紧锁眉头：“先生之前好像有叫人带去给……”

静姝见赵丽芳还在身边，就咳嗽了两声，摇了摇头，示意竹田江美别再说了。仓库里的东西，恐怕是父亲与松下次郎撕破脸皮前，都送给松下次郎了，毕竟要离开中国，这些东西带着也没什么用处——倒便宜了松下次郎这帮鬼子！父亲一片好心，却落了这个下场，真叫人气愤！

竹田江美想了想：“我记得店里的仓库还有库存，下午可以去那里看看。”

“那下午我也跟着一起去。”赵丽芳半天才说了这么一句。静姝大概能猜出她跟来的原因了，只是点点头。而竹田江美很热情地答：“好呀，这样能多带些物资给大家。”

赵丽芳一直板着一张脸，一直走到静姝家，竹田江美开了门，她才又说了一句：“你家好大啊！”

竹田江美和静姝进了厨房，她还在外头打转，新奇地看着一切。

“别看了，快来帮忙！”静姝喊了她，她才有些不舍地走进来。静姝正扯了一只布袋，竹田江美往里头一杯一杯地舀着米，看赵丽芳进来了，就把米杯交给她：“我去找找面条放在哪里了，如果有别的就更好。”

赵丽芳又睁大眼看着四周，静姝连叫了她几声，她才回过神。

静姝催促道：“我们快一些，大伙等着呢。”

赵丽芳又说：“我们家还没有你家厅堂大呢，一家四口挤在一块儿……你们家还顿顿有白米白面吃呀！真好。”

静姝忍不住问：“那你平时吃些什么呢？”

赵丽芳突然红了脸，不再说话，只是一杯一杯舀米。装了两个大布袋，竹田江美也拿好了其他东西。静姝看了看，把家里的大锅抬了起来。

“太多了太多了，我们拿不回去的。”赵丽芳说。

“没关系，我记得仓库还有个推车，等会儿我们推着回去。”竹田江美说。

“静姝！你们家还有仓库！”赵丽芳又惊呼了一声。

静姝点点头：“我爸爸是商人，有时候进货，仓库不够用，所以在家清了个屋子做仓库。”

“那你爸爸不是汉奸咯？”赵丽芳问。

静姝的眼眶里瞬时充了泪水：“我父亲为人正直，怎么会是汉奸？如果他是，那日本人昨晚也不会开枪打死他！”

赵丽芳赶紧解释：“我、我不是这个意思，因为许志芳总是说……”

静姝擦了擦眼泪，有些生气：“怎么许志芳说的，你就会全信了呢？你是看着我父亲去做了汉奸？还是她见着了？我父亲是为了救我而去引开日本人，被打死的，你们说我就算了，又何必要往一个死去的人身上泼污水？”

赵丽芳抿着嘴，好久，才说：“对不起，我不知道的……”

静姝摇摇头，表示不想答话了。竹田江美说：“我回房间去找找店里的钥匙。静姝，你把独轮车推出来吧？”

赵丽芳很是愧疚，主动去帮忙推车。静姝把整理好的东西往车上搬。好一会儿，静姝说：“别人这样说我父亲，我多少都会生气。我不知道为什么许志芳总是找我的麻烦，可我父亲堂堂正正，从未做过龌龊事。”

赵丽芳有些慌张，赶紧点点头：“我的父亲也走得早，留下妈妈带我和两个弟弟。我也不喜欢听别人怨我的父亲。”

“哪个父亲不疼爱自己的儿女呢。”静姝叹了一口气，“我父亲只是个生意人，没有出卖国家，何来汉奸一说？”说到这里，静姝愧疚难当。曾经她也误解卢学初，顶撞过他，冲他发过火，想离他远远的。直到最后才明白，自己是父亲唯一的孩子，所有的疼爱，所有的温情，再想唤回来，可是父亲，已经永远离开自己了。

许志芳见静姝默不作声，怕再惹出她的眼泪，只好紧紧闭着嘴，不敢多说什么。

静姝把那口大锅扣在推车最上头，又去厨房取了所有的碗筷，紧紧地挤在角落，以防掉下。

竹田江美从楼下下来，脸上又带了泪。她拿着一把钥匙，慢慢从楼上走下来。

“家里还有什么东西可以拿去吗？可以就都带上吧！”静姝说。

“推车已经满啦，再多，就放不下啦！”赵丽芳笑得很高兴，可是静姝和竹田江美都沉默着。这个家，少了卢学初，也只剩一堆木头和砖瓦罢了，当静姝推着车走过门口的榆树下，她仿佛看见父亲提着一盒点心朝她走来。地上铺了一些叶子，可那叶子不是枯黄的，而是深绿的。也许是被炮弹震下的，也许是被小孩扯下的，蒙了灰，无声地落在地上。

静姝她们推着一车的东西回了兴隆寺，每个人都很高兴，连赵丽芳都洋溢着笑。几个受轻伤的伤员还起来，帮忙在院子里搭个小小的灶台。静姝把锅拿出来，等火起了，热热闹闹地煮了一锅白粥。这两日，大伙吃进嘴里的都是干粮和冷水，有了静姝的帮忙，终于吃到了白米粥。虽然只是一碗稀粥，却让大家更有动力了。

因为伤员多，所以并不是所有人一起吃饭的，还有许多姑娘顾不得吃喝，只在那照顾伤员。许志芳也不肯吃，赵丽芳特地端了一碗粥过去，劝道：“人是铁饭是钢，你不吃，哪有力气救伤员呢？”

许志芳把她拉到一边：“哎，你说说，你去她家都看到什么了？”

“她家又大又漂亮，啥都有！”

许志芳冷笑一声：“我知道！还有呢？她家有没有日本人？有没有找到她是汉奸的证据？”

赵丽芳想都没想，还有些生气：“你别总是说她了，我看她和她妈妈都不是坏人，哪有什么汉奸呀？她都告诉我了，她爸爸不是汉奸。”

“她告诉你的你就信？”许志芳才是一脸愠色，“我告诉你的你怎么不信？你不是我的朋友吗，怎么站她那边去了？”

“没有她，我们哪能吃到白粥呢！做人也要有良心的吧！”

许志芳的嘴都有些扭曲：“一碗白粥就把你收买了？你可真没志气！你

这个朋友我不要也罢!”

赵丽芳急忙拉着她的手：“你别这么说呀，我一直当你是好朋友的，只是我觉得卢静姝没有你说的那么坏……”

“那是你还没看到。”许志芳道，“不信，你下午继续盯着她，看她有没有搞什么花样。”

赵丽芳只好点了点头：“她们下午去她家店里的仓库，我已经说好跟她们一起去了。”

许志芳点了点头：“你这是为抗日做贡献，我们宁可错杀一千，也不能放过一个!”

正吃着粥，门外一个战士扶着另一个战士进来了。竹田江美差点喊出来——被扶着的战士少了一条腿，而扶着他的战士，满脸是血。

“先救救他!”那个战士最后喊了这一句，就倒在地上。大家七手八脚把两位战士抬进寺里，忙着去取水。其中一位战士情况不严重，简单处理了伤口，竹田江美帮着喂了点粥。可是缺腿的另一名战士，因为失血过多，在过程中昏死好多次。

其实这样的情况，这两天发生了好几次。寺院的条件是没有医院那样好的，更别说给病人输血。遇到这样的病人，除了止血抢救外，只能祈祷了。

护士长的双手被血染得通红，地上也都是战士的鲜血。那位战士最后说道：“谢谢你们……”

在场的人看着这位战士，他慢慢闭了眼睛。几个护士低着头。其实，这对战士来说也是一种解脱——这样的环境，连一瓶止痛药都很难拿出来了，每场抢救都是痛不欲生的。

竹田江美还是不能适应这样的场景，她在寺院里徘徊着。赵丽芳想去安慰她，被静姝拦下了：“她需要适应这些事情，让她自己静静吧。”

赵丽芳点点头，无意中看到静姝鼓鼓的背包，好奇地问：“静姝，你的包里放了什么？我看你一天到晚都背着，里面放了什么好东西?”

静姝从里面拿出一台相机：“这是我父亲买给我的礼物。可惜他……”

“相机?!”赵丽芳惊喜道，“你可以为我拍张照吗？我从来没有拍过照片。”

“当然可以。”静姝勉强笑了笑。想到父亲送的相机，还从来没有拍过照片呢。想起自己曾经的记者梦，不知道是否能实现。静姝试着调了调相机，然后端起来，对着赵丽芳说：“丽芳，你摆个姿势。”

赵丽芳不知道要摆什么姿势，就傻傻站在那儿。“咔嚓”一声，静姝的相机发出清脆的声响，吸引了不少伤员。伤员们纷纷请静姝给自己拍照。这里除了战士，还有无辜受伤的百姓，还有在战火中因救援而受伤的护士……无论是年长的老人，还是稍大的少年，都没有人质问静姝这是哪国的相机，这让静姝心中没有那么多压力，拍下了不少好照片。对这里的人来说，拍照是件新奇的事，好多人都没有拍过一张照片，没人知道，怎么一台小小的盒子，“咔嚓”一声就能把人印在漆黑的胶卷上。对静姝来说，这是她收到的最后一份父亲赠予的礼物，她想用这台相机记录下战争时期的景象。看着寺院里的一个个伤员、一名名战士，她突然意识到，这些照片将成为这场战争最重要的证据——这场战争不应该被遗忘，那些烈士也不应该被遗忘，她要把这一幕幕拍下来，送到外界去，告诉外面的所有人，这里有一群人正在战斗，正在拼搏!

只有许志芳还在与她“敌对”着，说她是在拍寺院的情景，好给日本人报信，劝大家当心被打个措手不及。但是，很少有人再搭理她，因为静姝已经为大家做了不少事，相比之下，许志芳的无故猜测让大家反感，认为她无中生有，没事找事。

到了下午，静姝与竹田江美、赵丽芳一同往自家店走去。平日里静姝经过自己家的店，也不愿意往里看两眼，如今却推了车，要从这里拿走一些东西。

竹田江美开了仓库，所幸，这里的东西都没少，除了积一层厚厚的灰，看上去脏了一些。应该是这几日的炮声把梁上的灰给震落下来，才蒙了这么厚的一层。

竹田江美拿了好多大衣，一件件放在车上。静姝问她，她说：“夜里，大家都没有东西遮盖，到了凌晨就十分寒冷了，还是要准备一些的。”

赵丽芳一面看，一面说："静姝，你家卖的都是日本货呀！"

"是的，我父亲早些时候常去日本。"

"但是这几年大家都抵制日货，生意不是很好做。"竹田江美说。

赵丽芳若有所思地点点头，静姝看她这样，又解释了一句："我父亲只是卖日货而已，他不是汉奸。"

"我知道的！早些年，我母亲病重，我父亲还去偷了药……"赵丽芳点点头，"被活活打死在街上。"

静姝沉默了，帮着去拿架子上的织物，放在车上。

或许每个人都有一些不想提起的事情，可惜这样的事情是跟着自己，一辈子都不会被消除掉的。

装好车，三个人又推着往回走。就快到了，日军又发起了猛烈的进攻，炮火声再一次侵袭了宛平城。

竹田江美拉着两个女孩，大喊："把车丢了！我们先藏起来！"

"不行！我们要带去给大家的！"静姝紧紧拖着车不想放手。赵丽芳着急地劝："静姝，快放手！我们先找地方躲起来！"

"你带她先躲起来！我自己推过去！"

正说着，又一个炮砸在不远处，赵丽芳尖叫一声，拉着竹田江美往远处跑去，紧接着，一个战士冲出来，一把拉开静姝放在车把上的手，紧紧拉着。此时身后又落了好几个炮弹，战士赶紧找了掩体躲藏。

静姝定了神，那战士侧着脸往外看，样貌颇为熟悉，莫非是……对，一定是，每次把自己从阎王爷那儿拖回来的，可不就是他！想到又与他相遇了，静姝心里又惊又喜，于是她试探地问了句："谷少城？"

"是老子王中阳。"王中阳本来见到静姝，心生喜悦，可听见她喊了别人的名字，于是转过脸，满脸不悦，"我救了你，你还想着别人，太不道德了吧？"

静姝扁扁嘴唇："认错了而已……"

"我比他俊这么多，你竟然认错！"王中阳又气又好笑，"你说你是不是不要命了，为了点东西就站在那儿等着被炮打？"

静姝抬起头往外看，刚才停车的位置只剩下一个大坑，车上东西被炸得七零八落。

静姝懊恼地往王中阳身上一捶："我的东西都被炸完了!"

"大小姐！你打我做什么!"王中阳抬起两只手，挡着，"又不是我炸的，你要打也别打我啊!"静姝看见他的左臂绑着绷带，有些不好意思："你……你的手还好吗?"王中阳苦笑道："你可算知道关心我了，我还心想，我还不如那车东西贵重呢!"静姝轻搡了他一把："你说什么呢！再说，我不搭理你了!"

王中阳有些不高兴："你……你刚才还把我认成少城哥呢，我都没说不搭理你。"

静姝嘟着嘴："看来你是没啥大碍了，还有心思开玩笑。"王中阳斜着眼，心里颇不高兴，但还是问道："你——你没事吧？刚才没伤到吧?"

静姝扁扁嘴，心里有些惭愧："我没事，你还好吧?"

"我没伤着，你没事就好。"王中阳看静姝没事，也就松了口气，"现在去哪?"

静姝又探出头，喊了一声："赵丽芳！你们还好吗?"

"我们没受伤！去兴隆寺见!"对面回应道。

静姝拿出相机，对着远处的炮火又连拍了好几张，才跟着王中阳，一块回了兴隆寺。

外面的炮火还在轰鸣，王中阳的左臂绑着绷带，却还是说要去西门打鬼子。

远处的枪声、炮声，在耳边回响，而静姝的心中，却想着，谷少城是否还好？他有没有受伤？

她的心中叹息着。这样的变化太快，短短几天，她就失去了父亲，多了不少经历，见了很多人，也亲眼看着伤员在她面前死去。她想起自己对父亲说过的话，也想起学兵营的日子。当时的自己有些天真，参与了几次学生运动，与父亲顶几句嘴，就是在"抗日"了，可真正战争来临，她只能这样远远望着，哪怕有人在她面前死去，也束手无策……

十五 梦魇

穿过一条街道，隐约能够听见女孩的哭声。那哭声听着十分熟悉，静姝睁大了眼，刚想要去看个究竟，身后就一阵枪响，一个男人应声倒地。

那是谁？静姝感到悲伤，她想过去看看地上男人的脸，这时候，又是一阵枪响，炮弹落下来，把那男人炸得焦黑。她拔腿往前拼命地跑，拼命地跑，想要逃离这个地方。女孩的哭声在耳边越来越响，越来越响，像是扎根在脑海里一样，无论如何也甩不开。

突然，一切声音都停了。

静姝慢慢停下，她看着周围……周围的尸体堆积如山，她想回头去，可是脑袋却别不过去。她抱着自己发冷的双臂，在尸体中慢慢穿梭着。地上的人睁圆了眼睛看着她，裸露在空气中的几条手臂竟然还微微动了动。忽然，她停了下来，惊恐地看着面前的一座尸山——上面的每一个面孔，都是她认识的人——赵丽芳、王中阳、许志芳……突然，一张脸狰狞起来，他狂笑着，嘴里说些她完全听不懂的话——她认出来了，那是松下次郎！

静姝猛地后退两步，又撞进了一个人的怀中。她吓得直躲，那人亲切地喊：“静姝，是我呀，我回来了。”她抬头一看，原来是谷少城。谷少城伸出双臂，对她说：“你过来，我抱抱你。”

静姝往前走了两步，伸出双手想去抱他，可手臂竟然直接从他身体穿了过去。谷少城不好意思地挠挠头：“哎呀，不好意思，我忘记我死了。”静姝睁大了双眼，谷少城又指了指她身后的尸山，“你看，我在那儿呢。”

静姝只一瞥，看到一个满脸是血的头颅在往她这边跳来，她发了疯似的，一边狂奔着，一边落泪着。好久好久，她又回到了一开始的街道。女孩还在哭，她喘着粗气，小心翼翼地走过去。拨开树丛，她看到了正在哭泣的女孩。静姝拍了拍她，她慢慢抬起头，额头上的弹孔里还在往外冒血，静姝张大了嘴——她看到那是另一个自己。她惊呼了一声：“啊！——”就在这时，又一个炮砸了下来——

梦醒了。

静姝能够听见自己强烈的心跳声。她的眼角还挂着泪。竹田江美是第一个醒来的，她关切地问：“做噩梦了？”

外头的阵阵炮火声还没有停，大家也都是半睡半醒着。甚至有些人完全放弃了睡眠，依然坚守着自己的工作。静姝想拼命回忆起那个梦，可是那个梦像一团气一样，在醒来之后就开始消散。她闭着眼，努力地去回想，惊愕地发现自己有些记不清父亲的脸了——那个倒在地上的男人，就是父亲呀！

她难过地哭了起来，尽量让自己不要影响其他人，于是憋了一口气，后背不住颤抖着。竹田江美一点办法也没有，只能一边拍着她的后背一边说：“别怕，有我在呢。”

现在的静姝唯一能依靠的就是竹田江美了，她们俩像两只受惊的兔子，蜷缩在角落瑟瑟发抖，把身上的最后一点温暖交给彼此。静姝在竹田江美的怀里想着这几天的事，一幕幕，一个个人，从她脑海里经过，她痛苦地缩成一团，躲进竹田江美的一丝温暖中。她想起两个最值得她记起的朋友——王中阳下午也去了西门，不知道他现在还好不好。还有谷少城，一点音信也没有，实在令她担忧。

她就这么啜泣着，一直等到竹田江美又闭上眼睛，在背后轻拍的手也慢慢放下，她才慢慢缓和了一些情绪。她睁开眼睛，抬起头，确认竹田江美睡着了，便把一边的布包抓过来，轻轻起了身，蹑手蹑脚出了门——她觉得，她有必要去西门看看。

西门的炮火还是那样猛烈，那个噩梦的阴影还没散，静姝闭上眼睛，努力不去想那怪异的梦，然后深吸一口气，鼓足了勇气，才慢慢往那边走。

城楼已经被炸掉了一角，到处都是轰鸣的战火、刺鼻的硝烟和一具具战士的尸体。那些鲜红的血，被炮火映得发亮。

静姝举起相机，拍下这一副副惨状。接着，她登上城楼，想要去寻谷少城的身影。

静姝还没走上去，突然，就听见一阵阵梭子一样的枪声，一个年轻的士兵胸膛被打穿，从城楼上滚下来，不偏不倚砸在了静姝身上，把她死死压住了。静姝被吓得直叫。战士的鲜血汩汩地往外流，浸在她身上。年轻的战士在死前没有遭受太多的痛苦，只是用了最后一丝力气，艰难地从喉咙中吐出几个字："帮我……帮我转告……"便咽了气。

静姝用力把手从他身下抽出，轻轻推了推他，带着哭腔喊："你说什么……你还没有说完，我一定帮你转告的，你快醒来……"

她自然是知道自己这么做，都是徒劳无用的。她抬起手，手上还染着战士的血——就这样，帮他合了眼睛。城楼上，城楼下，不管是中国士兵也好，日本士兵也罢，一条条鲜活的生命，会说会笑会哭喊，却这样倒在地上。他们的家人也许还在牵挂着，爱人也许还在等待着——还能等来什么呢？一罐随风而散的骨灰吗？还是只有一块沉重的石碑？

不远处的卢沟桥桥头，29 军战士还在奋勇杀敌。从机关扫射，到大刀劈砍，能用的都用上了。谷少城的机枪早已没有了子弹，他从地上捡起带血的大刀，用力往鬼子身上砍去。他的身上都是血，有自己的，有鬼子的，也有战友的。不远处的王中阳也在浴血奋战，他的年纪不大，可是砍起鬼子，和那些老兵不相上下。谷少城瞥一眼，大喊一声："中阳小心！"说着，就砍倒了王中阳左侧要冲杀过来的鬼子。王中阳手起刀落，刀光从谷少城脸颊闪过，落在地上的鬼子身上——他受了伤，却没死，正端着枪对准了谷少城。王中阳一刀砍向他的胳膊，他的手一折，子弹打在了泥地里。谷少城喘着粗气，说了声："谢了!"王中阳回头说了简单的两字："客气!"话毕，两人又冲进尘土和硝烟之中，砍出一条血路。渐渐地，日军终于被击退，又进入僵持阶段。

29军的战士，有一大片倒在血泊之中。医生和护士抬着担架，在倒地的战士中寻找尚存一息的人，只找到了寥寥几个。叶天明双腿发软，几乎要跪在地上。这眼前的一片猩红，变成了漆黑的恐惧，紧紧裹着他炽热的心。而一旁的金振中一言不发，眼中悲愤交加。他看到日军已经退去，赶紧安排大家抓紧时间休息片刻，留下几个人站岗。

"谷少城!"王家宁一路小跑过来，"你可知道我在那边看见了谁?"

谷少城满脸是血和汗，他没有看王家宁，而是看着地上的战友们。他伸手抹了抹血和汗，说："兄弟们死了大半，我没有心情跟你猜谜语，你有话就直说。"

"我好像看到静姝了！就是你在学兵营带的女学生，卢静姝呀!"

谷少城一听"静姝"二字，声调都拉高了："在哪?"王中阳本来无神的眼睛，突然亮了："少城哥，我们一块去找静姝吧!"

静姝也在找谷少城，她咬着嘴唇，从城楼走下来，看着地上的尸体，几乎要把自己的嘴唇咬破。两个红十字会的姑娘抬着一个面目全非的人从静姝面前经过，她突然疯了一样扑过去，把那人的手捧起来，看了又看——谷少城的手不也是绑了绷带吗?还是自己亲手绑的！这一定是谷少城!

她跪在那儿哇哇哭着，想起自己做的不吉祥的梦，梦里那个带血的脑袋朝她跳来，不就是眼前这样的景象吗！抬担架的两个姑娘说："姑娘，你快起来和我们一道走吧，这人还有一口气，晚了就来不及了。"

静姝点点头，伸手去帮着一起抬担架，忽然，身后一声唤："卢静姝!你往哪儿去?"

她往后看，模模糊糊看见两个熟悉的身影。她抬起右手，用力把泪水从眼前擦去，带血的手让她眼睛生疼，更加看不清眼前的人。

其中一个人慢慢走过来，她才认出来——这才是谷少城！她一下子破涕为笑，转而又号啕大哭起来。谷少城摸了摸她的头发："干吗呢？又哭又笑的。"她把整个脑袋埋进他的胸膛，放声大哭。哭了好一会儿，她才举起拳头，轻轻打在他身上："活着就好，活着就好！"

"我活得好好的呢。"谷少城怜爱地看着她，"我一辈子都没有像现在这么精神过。"

王中阳看着静姝投进谷少城怀里，心里有些失落："静姝刚才怕是又认错人了？少城哥，你身上都是土和血，别蹭脏静姝了。"

静姝又带着泪笑了，像个傻子似的，紧紧抱着王中阳，王中阳惊喜交加，忘了刚才的失落，举着自己的脏手，不知道该放哪里。

卢静姝对着谷少城和王中阳痴痴笑了许久，笑得谷少城心里直发毛："别笑了！傻丫头！你太吓人了！"王中阳道："估计是看到我俩好端端的，高兴坏了，要笑个痛快才罢休。"

"看见你们没事，我就安心了。"静姝看他俩脸上挂了彩，黑红色的脸上都是炮灰和血液。刚伸手想去擦谷少城的脸，又收了手，一是怕弄疼了谷少城，二是王中阳也在边上，总有些不好意思。谷少城顺手拉住她的手腕，仔细打量一番："小丫头，你自己怎么浑身是血了？受伤了吗？"

静姝摇摇头："都是别人的血。"王中阳道："少城哥，我们去那边洗洗干净吧。"谷少城点点头："静姝，你去城墙下等我们，我们一会儿就来。"

静姝坐在城墙下，看着那两兄弟在不远处洗脸洗手，王中阳还捧了水往谷少城身上泼去，传来哈哈的笑声，惹得静姝也忍不住掩嘴笑了。两人洗干净后，便一左一右坐在静姝身旁。三人把头靠在城墙上，渐渐睡去。静姝在睡梦中，突然觉得有座五指山压在肩头，猛地醒来，才发现是兄弟二人倚靠在她的肩头，睡得很沉。他们实在太累了，不知道战斗了多久，也不知道杀了多少鬼子，现在，他们安心地靠在静姝的肩头，响起了微微的鼾声，像是到了安全的庇身之所。

黎明已经走近了，东方翻起的鱼肚白微微有些晃眼。静姝爱怜地看着谷少城满脸洗不尽的血污，又回头看着王中阳像个大孩子，安静地睡着，忽然觉得这片刻的宁静像是上帝赐予的礼物。也许，没有哪一个时刻比这个瞬间更让人看到死的绝望，也没有哪一个时刻比这个时刻更令人感到生的渴望。卢静姝一动不动地看着日出，就像看着生命的永恒。

日军打着谈判的旗号，一次次偷袭宛平城，伤员不断增加，现在弹药不足，战士也死了大半，大家都知道宛平城恐怕是守不住了。

人在城在。静姝想起之前在北平游行，那个晚上与一群学生在油灯下写着那些抗日救亡的标语的时刻。那时候能预想到的牺牲，根本就不是现在的模样。曾经少年意气，想的都是英雄模样，一个个高高在上，闪耀着圣洁的光芒；可是，在战争中，这些少年意气，简直就是儿戏，那些战士血肉横飞，尸骨无存，根本就没人会知道——死亡不再是难过和悲壮的代名词。这些都是英雄，可是谁在意他们叫什么名字呢？他们都被简化成数字，一个笑脸消逝就在死亡簿上画上一条线。

静姝忽然就理解了父亲所做的一切：在战争的车轮之下，个体实在太渺小，太脆弱了。父亲向来有大是大非之心，却为了生存，在日本人面前低声下气，小心翼翼地维护家庭。

忽然，谷少城动了一下，牙咬得咯咯作响，脚使劲地往上踢，大概是在梦里又经历殊死搏斗吧？静姝忽然缓过神来。当我们身陷其中，不得不勇敢地面对厄运。静姝想，如果少城牺牲了，那我也就不活了。

天亮了。

谷少城忽然惊醒过来，“我睡了多久了？”

“没多久。”静姝温柔地说。她一点都不觉得时间流逝，她恨不得可以这样相依着，地老天荒。

谷少城看了一眼还在熟睡的王中阳，说：“让他再睡会儿吧，我得去准备战斗了。你们要小心。”

“等一下！”静姝叫住了少城，然后把王中阳的头抬起，轻轻靠在城墙边。王中阳真的太累了，完全没有醒来，只是轻轻打着呼噜。两人走到一边，静姝把他手上的绷带解下来。“换了再去。”原本不大的一处伤，现在早已经狠狠裂开，她一揭下黑红的绷带，皮肉就展现在她眼前。静姝心疼得差点掉下眼泪。

静姝从背包里拿出新的绷带，给谷少城缠上。谷少城问道：“你怎么又一个人跑来这里？你爹会担心你的！”

静姝神色一紧，忍不住眼泪掉下来，说：“我没有爹了。”

谷少城十分惊讶：“怎么啦？你爹怎么啦？”

静姝擦掉眼泪，说：“被日本人杀了。”

谷少城不信：“城里哪有日本人?!”

静姝咬着牙说：“是松下次郎。打着开店的名义，实则是在与日本军队联络，偷送情报。”

“松下次郎！”谷少城突然想起什么，猛地拍自己的脑门。

静姝咬牙切齿地说：“对，他原本是我父亲的朋友，父亲还曾有恩于他，没想到他忘恩负义，那天晚上我们一家从他那儿逃出来，父亲为了保护我，就把他引开了……于是死在他们枪下。”

谷少城睁大了眼，没想到前几日还与自己谈话的卢学初，已经死在日本人枪下了，真是世事难料。

“城里有日本兵吗？”

静姝摇摇头：“没有的，他只带了些佣人，但是那群人有枪。”

谷少城一手扶着头，一手垂地，闭着眼睛想了一会儿。静姝没有打扰他，只是拿出相机给他拍了照。“咔嚓”一声，引得谷少城睁开眼：“别拍我呀，我不好看。”

“好看，你最好看。”静姝说着，又问道，“你说，我现在当个战地记者好不好？”

“不好！”谷少城有些激动，“这么危险，不准！”

这一声，把王中阳给吓醒了，他口齿不清地喊道：“日本人开枪啦！”谷少城道：“中阳，你醒了没？”“醒了，醒了！”王中阳嘟嘟囔囔，“少城哥，我饿了！”

谷少城说：“那你快回兴隆寺，那里应该有东西吃。”王中阳挠挠头：“我们仨一块回去吧，还能送静姝回去。”谷少城点点头，又问静姝：“你家中那位伯母呢？她现在在哪？”

静姝“噢”了一声：“我差点忘了！你快随我一同去兴隆寺，她现在也在那儿帮忙呢！”说着就去拉谷少城起来，“我出来这么久了，她一定担心我了。”

路上，谷少城对静姝建议道：“宛平迟早会沦陷的，你和伯母撤离到安全的地方去吧，离开宛平。”

静姝想了想，说：“那你们俩跟我们一起走吧，不然你们不走，我也不走。”

谷少城看着眼前的女孩，说道：“如果没有遇见你，那我一定会当一个逃兵，早就偷偷跑走了。”

静姝有些摸不着头脑：“怎么？我长得太丑，你吓得不敢跟我走？”

谷少城有点脸红，他深吸了一口气，说：“你是我见过最好看的女孩……因为你的一句话，我才坚持了这么久。”

静姝更加不解：“我说了什么，就让你非留这儿不可了？”

“我曾对你说过，我与王中阳都是在街头被叶连长看中，才来当了兵，对吧？”静姝点点头。

两年前，王中阳和谷少城在街头卖艺，表演大刀杀鬼子。谷少城扮演29军将士，王中阳扮演日本鬼子，周围一群看热闹的群众。谷少城拿着亮晃晃的大刀用力往王中阳身上一劈，王中阳应声倒地，大街上人头攒动，掌声、叫好声，层出不穷。表演完的王中阳端着个铜锣，四处绕了个圈：“我俩自小与师父学艺，就为讨口食吃，现在师父两腿一蹬，只留了几个拳脚功夫给我们，在座的叔叔婶婶们，有钱的捧个钱场……”还没说完呢，围观的人群就渐渐散了。

谷少城叹了口气：“师父离世后，生意一天不如一天啦，看来我们得去找别的活做做。”“是啊，”王中阳附和道，“拉车扛包袱，这些大老爷们的活，虽然辛苦，好歹有点工钱。守着师父这点儿本事，保不齐我们也跟着师父伸了腿了。”谷少城点着头，计划明天一早去车行租两辆车，二人一起去拉黄包车得了。想着，就把师父传下来的行头收拾收拾，打算去当铺换点钱。这时，眼前突然伸出一只拿着大额法币的手，谷少城抬头一看，那人笑呵呵道："你俩身手不错，有没有兴趣参军?"

"参军?"王中阳的眼睛都亮了，叫他惊喜的倒不是那大额法币，而是对方一身崭新的军装，让他心动不已。他向谷少城投去急切的目光，没想到谷少城笑嘻嘻地接过法币，道："我们俩打记事开始就是自由自在的，怕去参军，和别人起争执，到时候您左右为难。"

叶天明打量了他们一眼，道："现在国家正需要你们这样的人才。"

"言重了，我们就会使些花拳绣腿的功夫罢了。"

叶天明道："你俩改变心意的话，我随时恭候。"

王中阳看叶天明离开了，颇有些生气："少城哥，穿军装多帅啊，干吗拒绝他!"

"当兵的上了战场，没几个能回来的。况且我们吃不了那苦。"谷少城淡淡回应。

1935年冬天，中日形势不断吃紧，街头弥漫着不安的气息。谷少城和王中阳断断续续做了一年的车夫、挑工，也去扛过米袋，还去店里做过伙计，可是生计越来越难讨。衣衫褴褛的谷少城和王中阳不知不觉徘徊到了叶天明军队驻地，远远地，王中阳指着前头的队伍喊道："少城哥，你看!"一群年轻力壮的小伙子正在排队登记入伍，谷少城和王中阳一合计，哪里都不安定，哪里做工都容易被人辞退，只有军中能稳稳当当地吃口饭，于是，他们也加入了长长的队伍。

穿上军装的年轻士兵们列队向叶天明行军礼，保证以后服从军令。但是，谷少城和王中阳等人却整日过得很颓废，不是装病不去训练，躲在宿舍里打牌，就是训练的时候借故上厕所开溜。因为他们参军不过是为了混口饭吃。

直到遇到卢静姝，谷少城才幡然醒悟，军人的义务、中华儿女的责任是保家卫国。他诚实地对卢静姝说，当时看到静姝参与学生游行，只觉得是个小丫头在玩游戏。但是卢静姝的一句话却让他陷入了深深的自卑。"打日本鬼子不行，欺负女学生倒是在行!"这句话刺痛了谷少城。她是有思想有文化的高才生，满腔爱国热情，而他却不知何为国，何为家，整天都在混日子。慢慢地，他在认真做好一个军人的过程中感受到了自己的价值。他认为是卢静姝让他获得重生，是静姝给他指引了人生的方向。

王中阳挠挠头："我是想着，一定要活着才行，不然静姝肯定为我伤心的。"

静姝握住了谷少城和王中阳的手："既然如此，我再给你们引一条路，你们与我一同走吧。那时的我根本不知道何为战争，可我看见我们的朋友死去，我父亲也因为战争死了，一想起你们还要在战场上，我就难以安心。"

王中阳想开口，可是不知道说些什么。他的心里强烈地感觉到，静姝应该是对谷少城有好感。他虽然没有谷少城成熟，但是早已学会隐藏自己的心思。王中阳的心里有些难过，但是很快，他又放下这种沉重的感觉。静姝在他眼里一直是个可爱的妹妹，或许这么久以来，自己都只是对静姝有这样的好感呢？

谷少城听了静姝的话，反手把静姝的手握住："我当然想和你一起走，去一个没有硝烟、没有战火的地方共度余生。可是现在我不能走，我不能抛下这块饱受荼毒，需要守护的中华大地，不能做回那个令你鄙视的人。要不然我一辈子不会原谅自己！"

静姝看着眼前的男人，一时说不出话来。这让她原本脆弱的心变得异常柔软，柔软到像一捧水，感动、惭愧、爱慕……无数种情感在她的心头缠绕。如果说以前只是莫名的喜欢，那在这一刻，她确定自己爱上了眼前这个正在成长为男人的男孩。她喜极而泣，在下一秒钟又悲从中来——若他们在战争中相爱，那么，随时可能因为战争而永远分开。

谷少城解下脖子上的铁哨："这是我认真训练时，一个排长送我的，说来，也是因为有你的鼓励，我才有了这个哨子。现在我把它送给你，如果我们不小心分开了，你就吹它，我一定会循声跑着去找你。"

静姝仔细端详着这个铁哨，这是平日训练时谷少城经常吹的哨子，上面还有谷少城的余温。她把哨子戴在脖子上，问："好看不？像不像你？"

谷少城和王中阳都笑了，王中阳道："嗯……这倒是有些女军官的样子，将来必定也是个狠角色！没准是个穆桂英呢！"谷少城道："对，对，所谓巾帼不让须眉，静姝没准也是个女将军。"

正闹着，赵丽芳看到三人，道："你们快进来吧，静姝，伯母找了你好久，都急坏了。"竹田江美见静姝回来了，一把就去搂住她，又看了好多遍她身上有没有多些伤。看见她衣服上那么多血，竹田江美差点就要静姝把衣服解开让她看看，静姝赶紧解释："这是战士身上的血，不是我的，我没有受伤！"

王中阳和谷少城吃了点干粮，王家宁就跑来催二人回去。静姝千叮咛万嘱咐："你们俩千万要小心，别伤到自己。"谷少城笑着摸摸她的头："好，你不要乱跑，别让我们担心。"

王中阳道："静姝，你天天跟个小孩儿似的，救伤员的时候可别瞎跑！"那许志芳一点儿也没闲着："两位教官，同样是你们带的学生，怎么就单单关心静姝一个人呢？"说着还露出恶心的神情，"哎哟，卢静姝，两个男人来替你担心，你可真有本事。"

静姝没有理睬她，还是叮嘱道："万事小心。"

王中阳道："行了，我们会安全回来的，我保证少城哥平平安安的。"

静姝摇摇头："不，你们俩都要安全。"

两个人渐渐走远了，静姝还在兴隆寺门口直直站着。好一会儿，赵丽芳过来催了句："静姝，他们都走了，你别看了……"

许志芳呵呵一笑："赵丽芳，你现在是哪头的人了？"赵丽芳努努嘴："志芳姐，你别为难静姝了，她不是坏人……啊！静姝，忘了告诉你了，我堂哥醒过来了。"

赵东升正走过来呢，他的头上还裹着绷带，看见静姝，他过去连连握手："谢谢你了，姑娘，要不是你们母女俩相助，恐怕我已经冷在巷子里了。"静姝摇摇头："我们才要谢谢你呢，不是你的话，我们准被日本人抓去了。"

许志芳道："这位兄弟，你可别上当了，她小妈就是日本人，保不齐是她们把日本人引到你那儿去的。”

赵东升摇摇头：“我原本是在铁路上工作的工人，带头发起几次游行，日本人早就看我不顺眼了。”

赵丽芳担忧地说：“那你还是留在这里比较安全，别走了。”

赵东升摇摇头：“我还想去打鬼子呢，现在日本人已经在开火了，我在这儿畏首畏尾，算什么男人？”

静姝道：“你还是好好休息吧，这一伤，躺了一天一夜了，你这个样子实在上不了战场。”

“说得对呀。”赵丽芳拉着静姝，说道，“静姝……你能不能再帮我和堂哥一起拍张照片呀？”

静姝听赵丽芳这么说，笑了：“那还不容易呀，随时都可以帮你拍。”

赵丽芳乐呵呵地说：“上回是我第一次拍照，没准备好，这次可要好好拍一张。”

可是，静姝伸手去拿包里的东西，才意识到相机忘在城墙下了。她对赵丽芳说：“你等我一会儿，我的相机忘在城墙下了，我去取来。”说着，就往外跑去，不知道是急着找相机呢，还是借了理由急着去追人。

可惜谷少城他俩的脚步太快了，静姝一路跑到城楼，跑得上气不接下气，都没有追上他们。听着远处的号子声，应该是去集合了。静姝只好沿着城墙边慢慢走着。远远的，有个十来岁、浓眉大眼的男孩坐在城墙下，静姝看见他怀里抱着黑乎乎的一块东西，就小跑过去，定睛一看，还真是自己的相机。

“大姐姐，你在找这个吗？”那孩子礼貌地把相机递过来，“这是你的东西吧！”

静姝点点头，伸手接过来，道了谢。细看这孩子，竟有些面熟。

孩子站起来，扯着静姝的手，说道：“姐姐，你前两天给我拍过照的。”

静姝想起来了，这个男孩一家人是从城外进来志愿照顾伤员的。静姝把相机放进背包，跟着孩子一起坐下，问：“你爹娘呢？”

“爹娘叫日本人乱枪打死了……”孩子有些哽咽。

静姝不敢再多问，呆坐了一会儿，说："那你跟我一起走吧！"

孩子摇摇头："我想参军的，可是他们说我还太小，不让我去。我就在这儿等，等到他们答应，不然我就不走了。"

"那他们一直不肯呢？你和我一起走吧，等你长大一些了，再参军，也可以的。"

男孩还是坚定地说："不，我在这日日夜夜等，他肯定要同意的。"

静姝想了想，又说："我拍的照片还没有洗，你跟我一起去暗房洗出来，就当我的小保镖，好不好？"

孩子还是摇头："姐姐，我就在这儿等你，也等他们答应我。"

静姝又说："你记不记得刚才我拍照的那个哥哥？他也是战士。等他来找我了，我就让他带你去参军，好不好？"

孩子说："姐姐，你现在就同他说去，好不好？"

"不行呀，军中有军规，不是想怎样就能怎样的，我们突然跑过去，被认成坏人，就不好了，对吧？"

孩子想了想，才点了头，牵着静姝的手，一同往回走。

远处，叶天明队伍的口号声比阳光还要炽热。在静姝的心中，成为战地记者的愿望更加强烈。如果谷少城可以为了她而成为更好的人，那她也要为了谷少城成为更好的自己。既然这场战争唤醒了他们的爱情，那就让这场战争来见证他们的爱情。她想与谷少城并肩作战，一同在战场上，为国家献出自己的一腔热血。

十六 战火再燃

一大早，寺院的每个人就开始忙碌起来。竹田江美刚刚把一口大锅架在灶台上，门外就传来了报童清脆的吆喝声："29 军与日军达成停战协定，日本人不再攻打宛平啦！"

静姝正拿着帕子擦脸，这时，外面一阵炮响，把报童活活炸死。印着"和平"二字的报纸被鲜血染红，随风飞走。枪响惊动了寺院里的人，他们娴熟地抬起担架，背着药箱，一齐往外跑去——他们要抢救战场上的伤兵。宛平城外，日军火力更猛，绵绵不断，是丰台的鬼子增援到了。

战场上死伤无数，极其惨烈。为了守住宛平城，赵东升提出要参加战斗。赵丽芳很是担忧："堂哥，你我虽不是亲兄妹，但是这几年你待我家的姐弟们比同胞兄妹还要亲，你上战场我们实在放心不下。"赵东升摇摇头："参军一直是我的理想，现在好不容易盼到这个机会了，我是一定要上战场的。"

这些年，堂哥一直待自己如亲妹妹。堂哥看到赵丽芳家穷得揭不开锅，就亲自背着高粱小米来她家。在厂里工作后，他慷慨地把自己的工资拿出来接济赵丽芳一家。

赵丽芳有些不安，但是她深知堂哥的性格。最后，赵丽芳松了口：

“行，你上战场，我负责后勤，你千万要平安。”赵东升点点头，和王中阳一起离开兴隆寺。

静姝在枪林弹雨中不断寻找掩体，拍下战士们英勇作战的照片。许志芳从她身旁跑过，静姝把她拉了回来：“前面没有遮蔽物了，你别过去!”就在那一瞬间，一排子弹嗖嗖嗖地打在许志芳刚刚跑过的地方。

许志芳正吓了一身冷汗呢，刚才什么也没看，就顾着往前了。回头一看，竟是静姝，便转过脸去，没有回话。静姝一面调试相机，一面找好机会拍照。许志芳不想和静姝一起待着，就想往外跑。看许志芳又要出去，静姝又伸手拉她：“许志芳！你会死的!”

许志芳把手一甩：“你少充好人了。一个劲在那拍照，什么事都不做!”

“那你又做了什么?”静姝反问，“你每天不就在那不停讽刺我和竹田江美吗？给战士包扎个伤口都不敢睁眼，你算什么护士?”

许志芳又骂了两句，诸如“汉奸女儿”之类的话，但是静姝习以为常，也不理睬她。突然，前方传来熟悉的声音。

静姝小心地往外探出头去，一看，竟是王家宁。他的右腿中了一弹，左手也在流血，而日军的枪子不停地打在他的周围。离他不远的地方，那个叫陈庆业的，已经奄奄一息，子弹“噗噗”地打在他腿上，他的肌肉还在抽搐着，看得人心惊肉跳。

“那不是王家宁？你不是说我什么都没做？你看我把他拖回来!”许志芳想也没想，就顾着和静姝一争高下，于是往外冲，静姝没来得及拉住她，只得跟了出去。正巧，对面飞来一颗炮弹，静姝把许志芳扑倒外地，捂紧了耳朵——“轰”的一声，身后火花迸溅，刚才跑过的地方，被炸出了一个焦黑深坑。许志芳喘着粗气，额头滚滚汗珠，她害怕极了，侧着脸对着那个躺着不动的陈庆业，他有一张年轻的脸庞，棱角分明，虽然脸上都是泥灰和血污，但看得出来应该很英俊，他腿上的血还在汩汩地流着。陈庆业挣扎着笑了，说：“替我告诉少城哥，我一点都不害怕了……”又一颗炮弹飞过来，正好落在他的身体上，轰隆一声巨响。许志芳脑袋“嗡”的一声，失去了听觉，她觉得全世界都慢了下来，眼前的尸体四分五裂，年轻的脸庞瞬间消失了，被炸弹撕裂的身体和衣服到处都是，鲜血溅了一脸。

许志芳惊呆了。静姝顾不得悲伤，连忙让许志芳帮着一起把王家宁拖了回来。许志芳呆呆地坐着，看起来已经魂飞魄散，根本没听到卢静姝在说什么。

卢静姝顾不了那么多，先把王家宁往安全的地方挪。王家宁的牙紧紧地咬着，两个腮帮子都爆出青筋，梗着脖子，鼻孔里发出“哼哼”的呻吟声，听起来痛苦极了。

然后她又冲出去，把许志芳拖到安全的地方，认真检查了一遍，没有发现流血，才放下心。过了好久，许志芳苍白的脸才有了一些血色。

对面日军的攻势小了许多，静姝和许志芳赶紧抬着王家宁回了兴隆寺。王家宁的右腿中弹颇深，直往外汩汩冒血。赵丽芳惊呼一句：“止痛药没有了！麻醉药也用完了！怎么办呢!”许志芳双手抱胸，道：“那只能看他的造化了，我能把他拖回来就不错了。”王家宁十分清醒，他坐了起来，毫不犹豫地说道：“卢静姝，你去拿个镊子来!”

静姝傻傻愣在那里：“你要做什么?”王家宁的额头直冒冷汗，又喊了句：“快去啊!”静姝慌张地“哦”了一声，赶紧跑去找镊子。王家宁看了看左右，又对许志芳说：“你去帮我点个蜡烛，拿把刀来！快!”许志芳意识到了什么，紧张地问：“你会痛晕过去的!”王家宁怒道：“不取出来我这腿也是废了，男子汉敢上战场，还会怕痛？快去!”赵丽芳站在那儿不知所措，她还没给伤员做过手术，也不知道怎么取子弹。王家宁催促道：“你去拿绷带、药棉这些能止血的，快去!”

三个女孩慌慌张张地把东西拿过来，可是谁也不知道要怎么办。这下手重了，把王家宁疼死过去，自己不就等于杀人了？她们三人面面相觑，王家宁倒顾不得那么多：“刀给我！你们女孩子不敢动手，我自己也可以!”静姝抿着嘴：“我来吧……”可是她始终下不去手。王家宁有些恼怒：“刀给我!”静姝颤巍巍地把刀递过去，王家宁先用刀把裤子划开，露出了正在流血的伤口。许志芳端来蜡烛，王家宁把刀和镊子在火上烤了烤，道：“伤口太深了，我找不到子弹，我要割开伤口，你拿绷带来把我的腿绑紧一些。”

许志芳害怕地把脸扭向一边。王家宁咬着牙，生生用刀尖划开自己的皮肉。他从喉头里发出闷哼声，强忍着痛，把镊子探进去。赵丽芳已经脸色发白。一会儿，子弹被夹取出来，王家宁青白的脸上全是汗水。静姝不敢耽搁，赶紧把工具拿过来，帮王家宁缝合伤口。可是静姝的手不住颤抖，王家宁夺过她手里的针，道了一句："你害怕，我自己来吧！"足足缝了8针，最后，王家宁瘫软在地上，有气无力地说："帮我包扎好。"

静姝的手还是忍不住地颤抖，许志芳麻利地把王家宁的腿包扎好，说道："卢静姝，我总算比你有些能耐了吧？"

静姝咬着嘴唇看着她，她的脸也是煞白。没有人见过受伤的人自己取子弹，自己缝伤口的，静姝被深深地震撼到了。是一个什么样的人，才可以这么坚强啊？

许志芳又道："你也没比我厉害多少——今天你也算救了我一命，我就不说你些什么了，但是不代表我们的关系能缓和一些——我还是会盯着你的！"静姝无奈地看着许志芳，不想多说些什么。

西城的战争愈发激烈，叶天明见局势不妙，编一排人，打算从敌人后方包抄。谷少城加入了突击队，而王中阳也执意要一同前往。叶天明伸手扯了一下王中阳的胳膊，王中阳疼得"哎哟"了一声，叶天明道："你这样子还能上战场？别去了！"王中阳不服气："连长，你这是瞧不起我，别看我左胳膊受伤了，那拿刀的，可不是右手吗？就算我这左臂整个断了，还是能当个独臂大侠，使一套绝世刀法，不在话下！"叶天明道："你去了，我还得找人照料你呢！"王中阳不服气："赵东升没啥经验都能一块去，凭啥我就不能去了？""哎！我们能一样吗？"赵东升插话，"我没受伤，你受伤了！"谷少城严肃地说："中阳，上战场可不是开玩笑，你就听连长的话吧！""我不服！"王中阳道，"你们就是小看我了，我非得证明一下自己才行！"谷少城看王中阳倔驴一般，就把他拉到一旁，低着嗓子道："你留在这儿，保护静姝她们。你看她们不是女孩子，就是伤员，没人保护她们，危险得很。你要顾全大局。"王中阳想了想，才点头应允。

金振中带着这队人从敌人后方包抄，得以近身将卢沟桥上的日军歼灭。

然而，铁桥东部的阵地已经被日军占领。

午后1时，双方队伍均疲惫不堪，相距400米，形成对峙状态。3时许，保安第4团第2营曹营长带领4个连长来见金振中，说奉师长命令参与战斗。金振中开会安排了夜间的偷袭。布置完了，金振中拿出了一坛酒，给每个战士倒了一碗，然后举起坛子，眼中噙着眼泪，哽咽着说："宁为战死鬼，不做亡国奴！"

很多士兵都哽咽了，端着碗，慷慨激昂地跟着说："宁为战死鬼，不做亡国奴！"然后把酒一饮而尽。

凌晨，各连均按计划出击敌人。士兵们用白毛巾缠着脖子。刹那间，喊杀声、枪炮声连成一片，第3营与占领铁桥的日军发生了一场激战。从手榴弹到机关枪，再到大片刀，经过两个小时的激战，死伤无数。

然而，日军还是不肯死心，不断增兵，不断反扑，将战士们杀红了眼。护士们跑断了腿，阵亡负伤的人数不胜数。大家军民一心，同仇敌忾，终于把鬼子打退了。大家按照惯例，清理战场，看看有没有能用的武器装备。金振中提着大刀，帮着一个一个地打扫战场。忽然，一个隐藏起来的鬼子从尸体中坐起来，拉响一枚手榴弹，正好丢到金振中脚下，金振中躲避不及，随着一声巨响，他的腿应声而断。不知道从哪里射来一发子弹，从他左耳贯进，右耳下穿出，顿时血流不止。叶天明上去一刀，就把鬼子的头颅砍了下来。金振中脾气火爆，浑身是血，依旧大骂不止，众人赶紧送去医院救治。

团长负伤，群龙无首，大家都看着叶天明，希望他站出来主持大局。叶天明倒有点为难，他眉头紧锁，嘴张了好几次，"不适合，不适合。"可是他看着身边，都是谷少城、王中阳和王家宁等人，许多还是学兵营拔擢上来的新兵。看起来是责无旁贷了，他眼里闪过一丝痛苦的神色，"那我就勉为其难，一定死而后已！"

谷少城看到叶天明这样的神色，总觉得叶天明心中有太沉痛的过往。他想起叶天明在城墙上欲言又止的样子，想起他闲暇时呆坐在角落仰望天空的样子。想说点什么，可是什么也说不出来——在这乱世，谁没有沉痛的故事呢？大家都背负着一些难以承受的痛苦，艰难前行。

因为战争太惨烈，人员已经不够用了。学兵营的人，还有一些愿意上战场的壮丁，也都扛着枪上了战场。叶天明知道，这些人没有基本的经验，面对疯狂的日军，只是去充当炮灰——可是，他没有办法拒绝他们，如果只靠着第3营，宛平撑不过三天。

赵东升，因为第一次作战，没有什么实战经验，也负了伤，被一起带了回去。赵丽芳看到堂哥这个样子，心里很是愧疚："今天再拦着你就好了……"

赵东升笑着说："我今天还杀了两个鬼子呢！"

"哼，要不是有我在你身边，你早就人头落地咯！"谷少城笑道。

赵东升也不恼，笑着说："这条命老子欠你的！明天上战场，打两个鬼子送你，当利息！"赵东升抱着谷少城的肩膀，两人相视，哈哈大笑，满脸视死如归的悲壮。竹田江美和几个护士正在给他们洗伤口，听得两眼泛泪。竹田江美想，大家都是人，就因为不同的国家，就得这样互相杀戮吗？

夜里，一辆军绿色的大车缓缓行驶在无人的街道。这是北平派来的车，送来补给品，并接一些受伤严重的战士去保定养伤。大家七手八脚地把伤员抬上车，不少人不愿意离开，认为自己还能为宛平作战。

王家宁就是这样一个人，他的腿上包扎了好几层，鲜血还是在渗，可是他倔强地紧紧抓着院门，就是不肯上车。

静姝见状，走了过来，交给他一个纸包。王家宁疑惑地打开纸包，还没看清是什么东西，就突然被谷少城一把抬上了车。

静姝对他说道："王家宁，我知道你不愿看到国土沦丧，你看看，这上面都是日本人的罪证，现在你有个重要的任务，我要你帮我把它送到报社去，好吗？"

原来，里面装的是一张张静姝拍下的照片。有死去的战士，有漆黑的炮坑，有受伤的战士，还有护士们给伤员包扎、喂药的场景。其中有一张照片令他最为心酸——在一个炮坑边，一位母亲趴着，紧紧抱着怀里的孩子，后背被炸烂了，裸露着血肉，但她终究还是没能保护住孩子的周全，一枚弹片在母亲的腋下穿过去，打进了孩子的太阳穴。两个人浑身焦黑，保持这样哺乳的姿势，长眠在这熟悉的土地上。

王家宁冲静姝敬了个礼："我一定帮你送到！"

赵东升还是比较配合的，赵丽芳同他说了好多遍："去北平好好疗伤，将来还有一群弟弟妹妹等着你回家呢。"赵东升冲她点点头："我会好好疗伤的，你也万事小心。"就上了车。

等轮到王中阳，他也不肯上车了。静姝好说歹说，他也不愿意走。

"王中阳，你快上车吧，你的手再不治，就只能截了！"护士长催道。

王中阳看了看自己的手臂，满不在乎地说："我刚才用水冲过了，我不走，把位置让给其他人吧！这里不是还有个孩子吗？静姝昨天带回来的，那个——荣生！"

荣生听见王中阳喊自己的名字，跳了出来："我才不是孩子，我已经18岁了！"

王中阳嘿嘿一笑："18岁？你咋18岁还差我这么大一截儿呢？"

荣生不好意思地说："我记错了，我、我16岁！"

"年纪都能记错？名字你咋不记错？"

"我就……差3个月16岁！"

"我看你才14岁！"

荣生的脸一阵红一阵紫，他转头看向静姝："静姝姐姐，你说好带我参军的呀！"

静姝无可奈何地摇摇头。谷少城弯腰说道："不是你姐姐食言，你这么小的个头，要是上了战场，就是白白送命，你还是跟着大家一块离开宛平吧。"

荣生使劲摇头："我不要！不能参军，我就留下来帮忙，我可以少吃点！"

见荣生固执，大家也不再为难他，转头看向王中阳。王中阳还是不肯走，提议道："这儿有这么多女学生，不如送走几个吧，女孩子家的在这儿不安全！"

静姝第一个反对："这时候还分什么男女？我们可不是添麻烦，单说赵丽芳吧，今天就把五个战士抬回来。我们不能走!”

王中阳看了静姝一眼：“你的照片也拍很多了，你可以先走呀。”

“对啊，静姝你先回去吧。”谷少城道，“你也拍了不少照片了，你到后方等我们打胜仗回来。”

“不行!”静姝摇摇头，“每天都在打仗，这点照片是不够的！就算我不拍照片，也可以留下来帮忙救助伤员。”

竹田江美伸手去握住静姝的胳膊，静姝转过头，竹田江美含泪道：“孩子，你是卢先生唯一的孩子，你和他们一起回去，我也算对你父亲有个交代了。”静姝咬着牙拼命摇头：“你也是我给父亲的交代，我不会先走的，我一定要和你在一起。”竹田江美心里五味杂陈，她不希望静姝受到伤害，她像爱自己的亲生孩子那样爱着静姝。

“静姝，你先回去，之后我再让人送伯母一起回去。”谷少城实在不放心静姝留在宛平城，可是静姝说道：“车子本来就坐不下这么多人了，我没病没伤，还能为大家做点事，不应该浪费这个资源，还是把位置留给需要的人吧!”

“把那日本人送走!”许志芳喊道，“她在这儿，我心里头不舒服!”

“那不如把你送走！这里只有你一个人不舒服!”静姝反嘴了一句。

“走就走!”许志芳露出一个令人不解的表情，然后在众目睽睽之下上了车，“既然有人不喜欢我，那我走就是了!”

车上的人满了，司机发动了汽车。战士们对着汽车行军礼，注目许久，才慢慢回了寺院。寺院里的伤兵少了好一些，那些无法上战场的都离开了宛平，又添了不少药品、食品，大伙都很高兴。

静姝与谷少城在树下聊天，谈起作战地记者的梦想，谷少城反对道：“你这两日确实拍了不少照片，但我还是不同意。太危险了。”

静姝从怀里拿出一张照片，那是城墙下为谷少城拍的。她抚摩着照片，说：“你知道吗？只有照片能够定格住一瞬间。日本人在我们中国犯下了滔天罪行，杀害我们中国的百姓，侵略我们的领土，只有照片能够记录下这些事实。我想把事实全部拍下来，我想做战争的记录者，我要告诉所有人，告诉我们的后代，日本人这些令人发指的法西斯罪行。”

谷少城还是不愿意，但是静姝一如既往地固执。这件事确实意义非凡，他说：“那么，你一定要把自己的安全放在第一位。”

静姝把照片放回怀中，说：“我这样带着它，就好像每时和你在一起，有你在我都不怕。”

谷少城紧紧地抱住了卢静姝，把沉重的脑袋靠在她的肩上，不一会儿，竟然睡着了。他睡得很沉，从来没有这样安心过，甚至打起了小鼾。静姝带着笑，用手去摸他的头发。看到王中阳在不远处，她轻轻喊：“王中阳——你能帮我拍张照吗？”

王中阳心里很不是滋味，可是还是帮静姝拿来相机。他把镜头对准了这两人——一个是他喜欢的女孩，一个是他最好的朋友。他有些沮丧，边把这两人放在镜头的最中央，边张口——他想问一句：“静姝，我能不能跟你一起拍张照片？”

还没问出口呢，寺院门外慌慌张张冲进来一个姑娘，她像失心疯那样跑进来，嘴里不清不楚地喊着：“死了人，死人了，都死光了！”

王中阳还没拍下眼前的两个人，只顾着看那位姑娘。众人还不知道是怎么一回事，就看到那姑娘蓬头垢面，颇像刚走的许志芳……就是许志芳！

许志芳一屁股坐在地上，嚷嚷着：“死人了！他们都死了！”

“谁死了？”

“全死了！一车的伤员，都死了！”

赵丽芳冲过来，哭喊道：“我哥哥呢？我哥哥赵东升呢？”

“死了！全死了！”

听许志芳说，车还没出城门，突然不知道为何，城中响起一阵枪声，司机被打死在驾驶座上，车子直直撞在墙上。战士们还没弄清怎么一回事，刚下去几个人，就被打死了。大家慌了，想逃走，可是因为受伤，行动不便，一路上又死了不少战士。唯独许志芳，在战士们的掩护下成功逃了回来。

“其他人都……”

“都死了。全死了。”许志芳说。

她满脸都是泪水。在场的人沉默了，像是不约而同地为战士们默哀，又更像是在心中燃起了怒火——连受伤的战士都不放过，这是何等的罪恶！赵丽芳难过极了，她想依偎在许志芳身边。想起临走时与堂哥说的一番话，心里头很不是滋味。日本人，又是日本人！战争拆散了他们小小的家，炸毁了他们的房子，杀害了她的亲人……她感到愤怒，感到悲伤，所有的美好都在战争中一点点消亡。她现在的唯一依靠，就是身边认识多年的许志芳——这个曾经与她相谈甚欢的朋友。可许志芳用悲哀的表情回应她，不愿意与她靠近。

在忐忑不安中，大家相继睡去。毕竟，明日又是一场苦战。静姝想请王中阳继续帮忙拍照，可是相机没有了胶卷，等她装好新胶卷，谷少城又被叫回去集合了。

静姝心中感到失落，她看着天空闪烁的星星，祈祷谷少城和王中阳不要受伤。

7月12日，10列军列分载着日军各种部队、附战车、汽车、弹药等，由山海关陆续西进，至傍晚已经有5列到达天津附近。同一日，800余名日军分乘战车、炮车和载重车，由通县逼近北平。北平也成了战场，张自忠师长率部在北平与日军周旋。卢沟桥附近的日军也没有按照约定撤退。

而这几日，因为激烈的战斗，兴隆寺已经容纳不下这么多的伤员，静姝带着一部分人回了自己家，此时的卢家成了新的收容所。

竹田江美已经能与中国的伤员们谈笑风生，这让静姝十分欣慰。她一直担心竹田江美会被其他人所歧视、排挤。没想到如今，竹田江美成了许多人的精神依托。她像个慈祥的母亲，帮孩子解除心中的病痛。

有一日，荣生坐在厅堂的椅子上又哭又笑，竹田江美过去问他怎么了，他拿出静姝送给他的照片，说：“我想起我的爸爸妈妈了。”

竹田江美看着照片，若有所思：“嗯……我也有点儿想念我的父母。”

“他们在日本吗？”荣生问。

竹田江美闭着眼，摇了摇头：“他们已经去了天国。”

荣生擦了擦眼泪，竹田江美与他一起坐下，抱着他，唱起了一首日本的歌。在这中国的土地上，城外是日本军队疯狂的进攻，一个日本女人在城里唱着日本的歌《你不要死去——为包围旅顺口军中的弟弟而悲叹》：

啊，弟弟呀，我为你哭泣，
你不要死去！
你是咱家最小的弟弟，
双亲加倍地疼爱你。
双亲何曾教你紧握利刃，
为了杀人到前线去？
双亲把你养育到24岁，
哪里是为了你先杀别人后葬自己？
既然是这土界市的商人世家，
值得自豪的主人，
你就必须传宗接代，
你不要死去！
旅顺城即便攻打不下，
或能夺过来，又有啥关系？
你当然不会晓得，
商人家规里并无这一条。

你不要死去，
你不要死去！
天皇不会亲自参加战役。
皇恩浩荡，
岂能有这样的旨意，
让人们流血而死，

让人们死如禽兽，
还说什么
这就是荣誉？

啊，弟弟呀，你不要在战争中死去。
去年秋季父亲逝世，
母亲余悲未息，
又痛心地送儿子应召开拔，
自己则孤苦伶仃，独守四壁。
纵然是升平的圣代，
母亲的白发却日见增多。
你那年轻纤弱的新娘，
常常蜷伏在帘后哭泣。
你已然忘怀，抑或尚在思念，
新婚不满10个月就凉了枕席。
要哀怜这少女的心啊，
她在世上依靠的只有你，
只有你一个人呀，
你不要死去！

竹田江美的歌哀伤而缠绵，如泣如诉，荣生认真地听完了，问："这是什么歌？我从来没有听过。"

竹田江美说："这是日本的歌曲，有很多日本人也是不愿意打战的。"

"谁教你的？"

"我的母亲。"

"她在哪？"

"在天国。"

"人死了都去天国吗？"

“对。”竹田江美微笑着说，“离开人间的每一个亲人，都在天国等着我们。他们只是去了另一个更好的世界而已，那个世界里没有战争，也没有疼痛。”

“那样真好。”

荣生坐在高高的红漆木椅子上，晃着两条腿，抬起脸，看着竹田江美，问：“你真好，我可以叫你妈妈吗？”

静姝心中一颤。竹田江美的前一任丈夫就是因为反对军国主义，被日本的好战分子活活打死，她也是跟我们一样的受害者。这几年，她一直带着仇恨的眼光看待竹田江美，可是却从来没有了解过她。这样的她，与每日跟她争吵的许志芳相比，又有什么区别呢？如果人与人之间都能试着将心比心地去了解对方，也许，无数的矛盾都能一一化解——甚至战争也可以避免。

入了夜，七八个女学生都来静姝家了。安顿好伤员后，静姝带她们去自己房间，换上干净的衣服——她看了一眼许志芳，自那晚之后，许志芳总是一言不发，有时一天也不吃些东西，就呆呆地看着天，看着地，看着一株草——现在也是如此。她呆呆地站在那儿不动，眼神恍惚，连骂卢静姝的话也没有再说一句。

静姝拉着她的手，想要与她亲密些，她就慌张地甩开。

“你怎么了？”静姝问，“你的衣服都好几天没有换了，脸也没有洗，我房间里有干净的衣服，大家都换了，你也来吧。”

许志芳只是猛烈地摇头，然后坐在墙角下发呆。其他女孩们换了干净漂亮的衣服，洗了脸，重新编了辫子，感觉清爽了许多，和静姝一起坐在饭堂聊天。

穿着静姝的漂亮裙子，赵丽芳心里有些复杂。她坐在红漆木椅上，双手撑着脑袋，看着周围的女孩。这几天大家都累坏了，也疲惫了，看多了生死离别，流了无数次泪，只有这个地方——由几个女孩围坐成的小圈子，像是把痛苦隔离在圈外似的，大家暂时忘记了伤痛。

曾经为难过静姝的女孩，有些不好意思：“真是抱歉，曾经对你说些不堪入耳的话，没想到现在，你家成了我们的避难所，没有你这一方宅子，我们的伤员都不知道去哪儿呢。”

“大家都是为了抗战，能为前线的士兵做点小事，我是很乐意的。”

赵丽芳时不时想起堂哥赵东升，他总说：“一人的力量有限，但是人人的力量是无限的。”她现在颇有感悟——没有静姝的宅子，大伙就没去处，没有红十字会在战场救援，伤兵们便是死路一条。没有战士们的奋勇拼搏，不仅是宛平，恐怕整个北平都已经沦陷。她的心里叹息道：战争真是个摧毁一切的东西，但愿这场仗结束后，天下再无战事……

“静姝，真的对不起，以前那样误解你，误解你的家人。”赵丽芳愧疚万分，“现在我的堂哥也死了，家里不知道还有谁活着，我这一辈子，要一个人活那么久……我就觉得不是滋味。”

静姝的眼眶湿润了：“我父亲为人正直，我却也质疑过他，恨过他。现在他们都去了极乐世界了，他们也不愿意看到我们这副模样——从今儿起，你我就是姐妹了，我俩要活得比从前更有意义，为还在战斗的英雄一起努力。”

赵丽芳点点头，另一个女孩也说：“算上我！我也是你们的姐妹。”“还有我！”一下子，围坐在桌前的女孩激动万分。静姝道：“在这宅子里的，都是我们的兄弟姐妹！”“不！宛平城里的所有人都是我们的亲人，我们是一家人！”赵丽芳补充道。

静姝点点头，破涕为笑：“我给你们拍张照吧！”

女孩们挤作一团，整理好自己的衣服，赵丽芳想把许志芳也拉过来的，可是喊了好几声都没有回应。女孩们站在那儿，一起拍了照片。

卢静姝在暗房里，看着这些女孩的照片，一个个脸庞皎洁，这么多天的战争，并没有让她们失去神采，反而在她们身上留下一种说不出来的气质，卢静姝不知道该怎么形容——这大概就是成长吧？这几天每个人经历的比任何一个时刻都多，生离死别，得到、失去，在战争中学会彼此相爱，在眼泪和鲜血中收获信任。

静姝的家里从来没有这么热闹过，从来没有这么多的欢声笑语过。虽然是在战争时期，可是竹田江美听着这一声声笑，心中很是宽慰。在中国，她偶尔会被噩梦惊醒，时常会想起大津佑之，而最近的日子，她梦见更多的，是卢学初和亲眼看着死去的战士们。看见女孩们这样高兴，受了伤的战士也觉得安心。一会儿，女孩们唱起了校歌，枕着这样的歌声睡去，卢家的每个人都进入了甜甜的梦乡——哦，除了许志芳。

许志芳在一片黑暗之中，恍惚地看见死去的战士——死去的王家宁睁着眼把静姝给她的纸包递过来，可是她不敢接。王家宁又冲她大喊："你怎么可以逃？你是个懦弱的人!"她仿佛看见伤员们埋怨她，她的精神倍受压力——那晚，她只知道拼命地往前跑，只知道身后的日本人连连开枪……她什么也不顾，只知道拼命跑，拼命跑……心中的阴影挥之不去，她只能用沉默的方式来驱赶心里的不安……

十七 王中阳之死

松下次郎正端正地坐在饭厅吃早餐，他用筷子夹起一颗绿油油的豆子，放进嘴里细细地咀嚼着。左手边的报纸吸引了他的注意——这是中国的《申报》，报纸上赫然登着几张宛平城内的景象。

他紧锁眉头，把报纸折好，放在一边，继续吃他的早饭。粒粒晶莹的白米在他嘴里翻滚着，他总是觉得少了点日本的风味。这时，手下的一个保镖过来报告："松下先生，西城门快守不住了，我们的人快进来了。"

松下次郎点点头，还是继续吃自己的饭。

"要不要我们帮他们一把？虽然人手不多，但是我们从后面给中国人来个突然袭击，宛平城马上就是我们的了。"

松下次郎摇摇头："我们只负责交流情报，打仗与我们无关，不需要做我们分外的事。"

"可是先生，我们的目的都是为了占领北平，现在中国人明显支撑不下去了，我们在背后来个突然袭击，尽快把宛平收入囊中，岂不是更好？"

松下次郎没有回答，而是扒了两口米饭进嘴里。许久，他擦了擦嘴，顺手把报纸丢在地上，漫不经心地说："你前天夜里是不是带人偷袭了中国伤兵的车?”

“是的，先生。”

松下次郎愤怒了：“我让你做这件事了吗?”

保镖不敢隐瞒：“当时情况紧急，我来不及向您汇报，所以……”

“要么就别做，要么就把事情做干净点!”松下次郎骂道，“那车里的人，你不但没有收拾干净，还让人带了这样的照片出去，你是怎么办事的?”

保镖低着头，不敢出声。佣人过来把饭具撤了，换了一杯茶过来，松下次郎喝了一口，继续骂道：“去通知军方，特别注意战场上有没有什么记者，先把记者给毙了!”

保镖点点头：“先生，那偷袭的事……”

“滚出去。”松下次郎只说了这三个字，保镖低着头，往后退出门去，并把门关上。

松下次郎在喝的这杯茶，正是卢学初送来的茉莉花茶。他喝了一口，茉莉香气往每个毛孔里穿去，他喜欢这样的讲究，仪式感能带给他不一样的快乐。他还是会替卢学初感到惋惜，特别是喝完茶以后。他拿起手边的茶叶罐，摇了摇，听起来已经所剩不多。他想，“卢先生，我不是没有良知的人。但是在国家和朋友间，我会优先选择我的国家。这一杯，就当作我给你赔的礼，往后，宛平归我们大日本帝国，你的茶我也喝完了，我们的友谊也就此结束了。”他把一杯茶浇在脚下的地板上。

他的眼里出现的，是卢学初谦和友善的脸。对他来说，卢学初确实是一位很儒雅的朋友——他的朋友很多，但是在中国，能称为朋友的仅此一位。松下次郎深受军国主义的影响，可卢学初怎么也算是“恩人”，当卢学初提出要成为日本公民时，他还为此十分高兴——许多日本人劝他与中国人保持距离，他终于可以没有这个顾忌。可当卢学初知道他以商人的名义为日军搜集情报后，他苦心经营的“友好”“温和”的形象一下子瓦解了，他为此羞愧，为此恼怒，为此孤注一掷，他举起手枪，亲手打死了自己的朋友——好几日，他时而后悔这样的决定，时而又提醒自己，这是在为自己的国家打死反抗者，这是对的——他忘不掉卢学初头上的黑洞，不住地往外淌着红白的液体：红的是血，白的是浆。卢学初带着笑意的眼神，每一秒都在审视着松下次郎，要告诉他什么——不是可怜，不是仇恨，不是解脱，而是同情。不，更准确地说是悲悯。卢学初在临死前的想法，是悲悯！卢学初了解他的愧疚，他一切的想法。

他忽然跪了下来，想要流泪，却一滴也流不出来。他不知道为何而流，可他真切地感到痛心。在日本，他也杀过人，杀过反对建立东亚共荣圈的人，可是没有一次是那样复杂的心情。卢学初不是他的第一个朋友，也不是他最知心的朋友，甚至见面也只有几次，只是卢学初身上，总有与他相似或者说是他在试图学习的气质——是儒雅谦和的君子风度，是博爱和平的情怀，是平等济世的胸襟。这些都是贵族气质。

松下次郎手里的茶喝完了，茶杯里的香味还没散。不知为何，他泡的茶总是带着一些涩口的感觉。他想到卢学初的遗孀和他的女儿，心中略有些不是滋味。自己也有妻儿，如果自己死在中国，那他们是怎样的一种心情呢？

不，他不会死的。因为日本旗上的红色太阳，总是闪耀着胜利的光辉。总有一天，这片中国土地会插满日本旗帜，街头的中国人都在为日本人服务——这不是征服，这是大日本帝国带领中国人走向更美好的未来！是一种救助。

静姝手边也拿了一份报纸，这是王中阳一大早从军营拿来的。因为受了伤，王中阳被“遣返”回卢静姝家，叶天明命令他保护好这里的每个人。王中阳拿来的报纸让静姝疑惑不解：许志芳明明说车上的人都被炸死了，怎么自己拍的照片反而被送到了报社？她一边读着报纸上的字，一边慢悠悠地在院子里踱步。

许志芳听到静姝念报，突然站起来，把报纸夺了过去，颤抖着手，看了又看上面的照片，反复问道：“这上面的照片是你拍的?！是你拍的?！”

静姝点点头：“是呀。可是王家宁他应该……”

“有鬼！他回来找我！回来找我了！”

许志芳把报纸撕了个粉碎，又回到角落去蹲着，神神道道。静姝想去安慰她，被王中阳一把拦住："别过去了。我看她精神状态不好，别伤了你。"

正在这时，门外响起两声汽车的鸣笛。静姝还没走到门口呢，车上下来几个全副武装的战士。大伙儿都出来了，原来是上头又派车来接伤员去北平。

许志芳听到门外热闹，也出来看。突然，车上下来一个人，让她的脸煞白。那人脸上裹了厚厚的绷带，只露出眼睛和鼻子嘴巴，手上、腿上也是绷带。他被两个士兵抬了下来，司机说："这是你们的朋友，他非要过来一趟，我们拗不过他，只好带来了。"

那人摆摆手，沙哑着嗓子说："静姝，是我呀。"

"王家宁!"

第一个喊出这个名字的是许志芳。她慢慢从人群中挤出来，"扑通"一声跪在那人面前，"你没有死……你没有死!"

赵丽芳听到这话，也跟着出来："王家宁！你没有死！我表哥也没有死，对不对?!"王家宁长长叹了口气，赵丽芳也许领悟了，眼泪又开始往下流。

静姝正疑惑是怎么一回事呢，赵丽芳已然哭成了个泪人儿，而许志芳的身体不住颤抖。王家宁不能轻易动弹，但是他的眼珠子能转，嘴里还能说话，他向大家道出了原委。

那晚，带走伤员们的汽车往北平驶去。一路上，外头的山、树都往后头奔去，漆黑的道路十分静谧。大家都寡言少语，甚至有几个人已经睡着。许志芳看着茫茫黑夜，想到死去的哥哥，想到死去的战士们，那些鲜活的生命，都瞬间在自己眼前消失了。她害怕，无比害怕，害怕那个被炮弹炸得粉身碎骨的场面……她鬼使神差般做了逃兵，有点羞愧，想说点什么来掩饰一下："回北平是好事，至少远离了战场，能获得暂时的安全，也能好好休养一段时间，所以应该高兴。"说着，还带头唱起了《大刀进行曲》，说要鼓舞士气。只唱了一会儿，司机在前头说："别唱了，回头暴露了自己。”

但是许志芳不以为然，依然在唱着。自上车之后，她的心里有些愧疚，又有些许解脱。曾经喊着抗日，最大声的是自己，如今见了那些断胳膊残腿的战士，反而有些胆怯。死去的哥哥不时浮现在自己脑海里——人没了，就那样没了！一颗枪子贯脑而过，不管是多热血的一颗心，也叫那冰凉的子弹给消了火。死了，就什么都没了，都完啦！她在这样的恐惧里过了几日，每每从哥哥死去的样子中惊醒，可是看着周围的人，她不敢说自己怕了，她怕被众人瞧不起——怕被那卢静姝瞧不起！现在，一切都好啦，坐上了这辆车，不消多时，就到了安全的地方。“我在后方照顾伤员，也是为抗日出了力的，不一定要冲在最前头。我……我又不是男人……”她这样想着，唱歌的声音，越发大了。

突然，一声枪响，车子没有停下，竟然还加快了速度，直直就撞在了路边。车里的人不明白是什么情况，歌声戛然而止，王家宁喊了司机好几声，也没人回应。担心出了什么事，几个腿脚还能活动的战士就下车去察看，下车后，一个战士就大叫一声：“司机死了！”接着就是一阵密集的枪声，把外头的伤员都打死了。

车里的伤员们不敢轻举妄动，只能坐在那面面相觑。不多时，车外就传来了日本人的声音，可是大家都没有带武器，而且个个受了伤。很快，日本人拉开帘布，发现了这群伤员。

当时，许志芳因为害怕，就躲在了最角落。王家宁见她是个女孩，于是用身体遮住了许志芳，不让日本人看见。日本人对着车里的每个人开了好几枪，大家应声倒地，有几个战士中了枪，但是还没有死，只是躺在那里呻吟。王家宁为了保护许志芳，即使中了好几枪，还是一直坚持把背抵着她，不让日本人发现。许志芳在王家宁背后瑟瑟发抖，捂着自己的嘴尽量不发出声音。日本人也没仔细瞧，在外头又笑又闹，听到还没死的中国战士们痛苦的声音，他们反而十分高兴，唱起了日本的军歌，挑衅一样又一齐放声大笑。

最后，日本人在汽车旁边浇了汽油，点了火，扬长而去。许志芳听见日本人已经离开，就推开王家宁，想要逃走。此时的王家宁感觉自己气数已尽，临死前想让她把静姝的相片带走，但是许志芳只是回头看了他一眼，就惊恐地用力推开他的手。跌跌撞撞两步，一脚踏到赵东升身上，赵东升一阵吃痛，瞬间清醒过来，死死抱着许志芳不肯撒手，用尽身上最后一丝力气，求她带句话给赵丽芳，但是许志芳惊慌地踢开他，自己头也不回地跳下了车。

“我错了!”许志芳跪在地上迟迟没有起来，“我非常后悔，我应该把你们一起救出来的!”赵丽芳很是激动，她第一次这么粗鲁地去扯许志芳：“我堂哥说什么了?”许志芳无力地摇摇头：“我太害怕了，根本没有听。”赵丽芳失落地坐在地上，她不敢相信听到的这一切——自己最要好的朋友，怎么会做出这种事?

王家宁闭上眼睛，继续回忆：“当时，车上不少战友中了弹，但是没有全死。几个兄弟还有一口气在，日本人想活活烧死我们。许志芳听见他们喊了，可是她没有回头。她自己逃下了车。”

许志芳低着头，无话可说。

“后来，我吸了浓烟，晕过去了。当我醒来时，身边一个战友用尽最后一丝力气把我从车里抬出来，他中了三弹，身上都是黑红的血，最后死了。

“我的身上火辣辣地疼，是被火烧的。我的皮肉和衣服粘在了一起，想离开那里，可是一站起来就又倒在地上，好几次痛得晕过去。再后来，又有一辆汽车从那条路经过，车上的人是北平来的，特地寻找接走我们的车——那辆车已经被烧得焦黑，车上的战友也已经永远离开我们了。

“所幸，他们在翻我的衣物时，从我口袋里找到了静姝交给我的纸包。外面的照片已经烧了一些，里面还有几张照片没有烧，都送去报社了。”

王家宁的嗓子越来越沙哑，王中阳拿了一杯水给他。许久，王家宁对跪在地上的许志芳说：“你起来吧。”

许志芳慢慢从地上起来，她低着头，害怕看到王家宁的眼睛。

“说实话，我真的怨你。”王家宁的眼神似利剑，“但是怨你又能怎样?他们已经永远离开我了。”

在场的人没有一个人说些什么，赵丽芳也没有再说一句话。这让许志芳倍受煎熬。她渴望有人能站出来说几句话，哪怕是一句，她也能因为这一句话“赎罪”。

大家还是沉默着，没有人想为此发表任何意见——那些死去的战士和百姓，他们已经见得太多了。倒不是麻木——遇到那样的状况，谁又能保证自己比许志芳做得更好呢？她不该怨吗？该怨。这几日大家有目共睹，她在角落里像个疯子，时而自言自语，时而颤抖，时而失神地望着天。她是个恶人，她也是个可怜人。没有人再想多说些什么。

就在这样的无声里，不知谁带了头，大家一个接一个卷起袖子，把车上的物资搬下来，再把伤兵们一个个送上车。这一次，随车来的还有几个带着枪的战士，想必会安全许多。

王家宁对静姝说道：“我想，我无论如何都要回来一趟，告诉你我还活着，告诉你，你交给我的任务我完成了。这一次，我想带更多的照片回去。”

静姝点点头：“我去取来。”

许志芳落寞地站在那里，看着来来回回帮忙的人。她心中突然生了一股自卑，她害怕每个人的眼神，那些眼神仿佛在对她说：“你才是该死的人。”

可人们顾不上许志芳，只留她在原地站着，每个人都有事忙，她渴望得到的安慰没有人能给。没有人去问问她还好吗，也没有人试图安慰她。以往跟着她的几个女孩，从她身边走过，赵丽芳抬了一箱绷带，说了声“借过”，她觉得刺耳极了，好像那不是一声“借过”，而是一声“滚开”。

静姝把照片包了又包，放进王家宁的手里：“这是这几天的照片。这两天炮火更密集了，医院都已经被炸了，情况非常不好。四周几个收容所已经快容纳不下伤员了。”

“北平也开战了，不知道局势会怎么样。”

“北平……总归会比宛平好吧？29军主力都在北平。”有个伤员说。

“你放心，我回去后一定向上级反映，再派车过来，一定把大家都平安带走!”

等车走了，大家又开始忙碌起来。竹田江美在做饭，看到许志芳又在角落蹲着，她想过去安慰几句。见有人过来，许志芳像遇到了救命稻草似的——她向来是讨厌竹田江美的，可是如今，肯与她谈话的只有竹田江美一人。

竹田江美温柔地看着眼前这个可怜的女孩，说道：“几年前我的丈夫被我的国人打死，我想为他报仇，可是我没有这个勇气。你知道吗？当我独自一个人坐在空荡荡的屋子里，想起丈夫的脸，我讨厌自己那样的软弱。我没有能力与那些人斗争，甚至想结束了自己的生命，去追随大津佑之。”

许志芳一言不发，但是心中无此感激有人与她谈心。

“后来遇到了卢先生，他是个温柔的人。现在想起那时的自己，我总想：人生就是这样不平坦的，曾经我以为自己过不去的磨难，现在还不是过去了？死去的人，就算我死了，也不能把他换回来，只是徒劳添了活着的人的痛苦罢了。”

许志芳点点头，竹田江美又说：“其实你的选择，并不能说是错的。你可以选择救其他战士，也可以选择自己逃走，这都是你自己的选择。你不必压力太大——我这样说，对死去的战士们是不太公平，可是我想，他们会理解你的。你只是个女孩，遇到了危险会害怕，会不知所措，没有人能在那一瞬间把所有事情都往最好的方向计划好。你只是选择了保护自己的最好方式而已。”

竹田江美想要用这样的方式让许志芳放宽心，许志芳“哇”地一下哭出来，她投入竹田江美怀中，哭道：“我对不起他们……”

竹田江美摸着她的头：“哭出来就好了，大声哭一哭……战争结束后，我们一起为战士们烧香祭奠。”

许志芳哭了许久，最后，在竹田江美的怀中沉沉睡去。这几天，她总是从噩梦中惊醒，她害怕所有的人，她也没有安心吃过一顿饭。她的精神压力很大，抛弃了受伤的战士自己逃走，她是个名副其实的逃兵……竹田江美的一番话没有让她彻底解脱，只不过有人与她谈话，她的心里舒服了一些，放松了神经后，疲惫也就席卷而来，占据了她的身心，她沉沉睡去。

7月17日，蒋介石在庐山发表讲话，延安方面也发表声明，全民族统一抗日战线形成了，举国上下同仇敌忾，抗日热情一阵高过一阵。然而，日军的军力也大大提高，各种重型武器纷纷上线，加快了侵略的步伐。

战场上，日军的飞机裹挟着炸弹，密密麻麻地向29军将士袭来，士兵和护士们只能躲在战壕里。王中阳死活要跟着静姝，要保护她的安全，被静姝说了好几次：“你受伤这么严重，就留在这里养伤吧！别总是跟着出来了，少城也一直在我身边，不会出事的！”

王中阳伤势严重，手臂的伤口已经溃烂了，护士说，如果再不回去治疗，怕是要得破伤风了。可王中阳坚决不走，坚持要上战场。

叶天明早就下了令，叫他去北平：“如果再不回北平，以军法论处！”

王中阳红着眼，嘶吼着：“你叫一个战士离开战场苟且偷生？你不如开枪杀了我！纵使你们不会瞧不起我，我也会往脑袋来一枪！”

叶天明和谷少城都没有办法，只得把他留在宛平。

在城墙边的阵地上，王中阳一而再再而三地哀求叶天明，让他上阵杀鬼子。叶天明不同意，只说，“你还年轻，杀鬼子来日方长！”

王中阳说：“你跟我们讲过的，大丈夫当马革裹尸！要死也要让我死在阵地上！”

谷少城哭笑不得，只好取了个折中的办法——保护战地记者卢静姝。这下，王中阳欢天喜地地领了任务。

静姝一再催促王中阳回兴隆寺去，但是王中阳就是不肯离开静姝半步。他又解释道：“你现在也算个记者，好多珍贵的照片是你拍的，我保护你，可是保护了重要的证据。再说了，这是连长的命令，我得执行！”还一脸嬉皮笑脸的。卢静姝也生气不起来。

静姝和王中阳在战壕里半蹲着，谷少城满脸是灰，他们已经快半日没吃东西了，谷少城和王中阳倒还好，只是静姝有气无力的。大家都忙着找新的地方掩护自己，无奈日军的进攻愈来愈猛，好几名战士都死在了炮火中。

静姝再次举起相机，她的正前方有个血肉模糊的士兵。不知他家中有没有人在等着……她的心头一酸，刚想按下快门，突然，她发现那战士的手微微动了动——她意识到这个战士一息尚存，想也没想，就跳出战壕，想把他拉回战壕来。谷少城刚要出去，就被王中阳拉了回来："你在这儿待着，帮我们防着鬼子！我去拉她回来！"突然，王中阳看见远处一个日本兵拿着枪对着静姝——他迅速地跳出战壕，一把拉住静姝，用力往后一拽，又用力一推，粗鲁地把她推回战壕里，谷少城开了一枪，把那日本兵打死了，就赶紧去拉地上的静姝。一发炮弹砸下来，王中阳正往回跑，结果被爆炸的热气震开老远。他顾不得向后看，就往回爬去，一边爬一边问："静姝！你还好吗？"

卢静姝愣愣地看着他，一动也不动。他又大喊："你快趴下！你是不是傻了！"谷少城瞪大了眼，赶紧跳出战壕，想把他拖回来，王中阳一边推他，一边吼："你滚回去！我自己能回去！静姝怎么样了？受伤了吗？你有事没？"谷少城一声不吭，用力地想把他拖回战壕，王中阳用下身一用力，才意识到自己的腿毫无知觉。瞬时，疼痛感侵袭而来。

他明白了什么，还是拼命把谷少城往回推："你回去！回去！"可是不但谷少城没回去，静姝也跳了出来，一起拉着王中阳回去。正拉着，王中阳的后背又中了几弹。静姝吓得惊呼了一声。王中阳的下身使不出力气，生生压在了静姝身上。

静姝哭着喊道："我们现在就带你回去！"说着，用尽了全力想把他拖回去。王中阳忍着剧痛，尽量不让自己发出痛苦的声音。可是刚拖了两步，又一个趔趄，静姝自己摔在地上。静姝又急又气，急的是王中阳的伤一刻也不能拖，必须马上止血，气的是，她无论如何也使不出力气把他抬回去。谷少城把静姝拉到一边："你帮我把他抱到我背上！来，中阳！你趴上来！"

王中阳看着他们这个样子，竟然忍不住笑了："你们别……你们别费力气了……"他有些勉强地说，"我想我这一劫是逃不过去了……"

"你瞎说！"静姝捂了他的嘴，"王家宁中弹都能逃出来，你平时这么壮的一个人，瞎说！"说着，她用力把王中阳抬起，放在谷少城背上。

王中阳一把扯住谷少城的衣襟："别动！……少城哥！我……我想我快

死了，有几句话，还没对你们说过，你们别浪费这个时间……好好听我说，行不行?”

谷少城哪肯，他背起王中阳往回跑：“你有话就在我背上说，静姝和我都在，我一边跑，你一边说，我们都听着!”

王中阳强忍着因疼痛而从喉头里发出的哼声，谷少城的每个动作都加重了他伤口的疼痛。他紧紧攥着谷少城的衣领：“少城哥，我疼……你别走了……真的……”谷少城忍不住落了泪，他一言不发，拼命往回跑。静姝带着哭腔大喊：“少城！他流了好多血!”突然，谷少城脚下一个不留神，重重地摔在了地上。王中阳在他背上发出沉重的闷哼声，他用尽最后的力气拉住谷少城：“少城哥……你们，你们听我说……”

静姝看到他的血流成一条小河。她找不到东西给他止血，急得哭了。忽然想到了什么，手忙脚乱地把相机的带子解下来，想绑住王中阳的腿，刚刚放上去，就被血浸透了。王中阳抓住了卢静姝颤抖的手，微笑着摇头，叫她别再浪费时间。谷少城意识到王中阳气若悬丝，开始痛恨起自己的无能为力。他用力擦掉脸上的眼泪，说道：“你有什么要说的？我们都在，你说吧。”王中阳苦笑道：“少城哥，我快死了……”谷少城拼命摇头：“你喜欢静姝对不对？你要活着呀，你不活着，不就让静姝白等了?”静姝看王中阳这个样子，深感不妙，意识到，他很快就要离开人世了。她哆嗦着把王中阳的脑袋捧进自己怀里。他的右腿已经被炸断，后背的血染红刚才走过的路。因为失血过多，他的脸色苍白，眼神都恍惚了。

王中阳看着静姝，摇摇头：“我死了，静姝……静姝，还有你照顾呢。我知道，少城哥，你也喜欢静姝的，对不对……”

“静姝……”王中阳从怀里拿出一样东西。静姝接过来，哭得更凶了——那是许久前，他和谷少城打架那晚，静姝给他们擦脸的帕子。

“我一直留着呢……”王中阳勉强挤出一丝笑，“我……我一直很喜欢……但是我……你们要好好的……活下去……”

静姝的眼里只是不住地落泪，她用力点点头：“其实我知道的……你一直保护我，我心里知道的！我不要你祝福我们！我要你活着!”

“你和少城哥在一起……也是很好的……我真心地祝福你们……只是，没有跟你一起拍一张照片，我很遗憾……”谷少城听了这话，手忙脚乱地去拿静姝包里的相机，抖着双手，拿起相机，对准静姝和王中阳，“咔嚓”一声，拍了一张。

卢静姝哭着说：“中阳，你要好好活着！看我们一起拍的照片，好不好，好不好！”

王中阳又笑了：“我，好看吗？”

“好看！特别好看！”谷少城哽咽着。

王中阳说：“少城哥，我俩……跟师父学艺，师父老说我没有定性。现在我当兵……你说，我见了师父，他还会这样说我吗？”

“不会！你是师父的骄傲！”

静姝紧紧抱着王中阳，那个最好的朋友。他的血已经染红了她的上衣。静姝跪在那里，脸上都是泪，泣不成声。王中阳抬起手：“你哭，不好看……你不要哭……我这辈子能死在你怀里，值了……”他想抬手去帮静姝擦掉眼角的泪水，可是手还没碰到她的脸，就无力地垂了下来。他的眼睛慢慢合上，鲜血还在流淌。静姝抱着他哭喊着：“王中阳，你不准死！你不准死了！你死了，我怎么跟叶连长交代！你不准死！”谷少城一把抱起自己的兄弟，拼命往回跑，静姝在他身边紧紧跟着，两个人一刻也不肯停下。

耳边的炮火声依旧，战士们看见一个男人，发了疯似的把一个已经合眼的士兵抱到后方，那个士兵被炸断了一条腿，伤口流下的血被拖成了一条血路，而他的手里，还紧紧攥着一块柔软的丝帕……

十八 / 宛平之殇

静姝的腿已经酸麻，她硬撑着跟谷少城跑了许久，可是体力跟不上谷少城。她站在原地停了片刻，谷少城没有来得及顾她，已经跑了很远，她把相机收进背包里，然后继续往城里跑去。才跑到一堵墙边，她就歪斜地倒在地上。王中阳的死给她的打击太大了，她几乎不能控制住自己的身体，她想用尽全力去狂奔，可是她的身子忍不住地颤抖，怎么也停不下来。她倒在地上，痛恨自己现在的怯懦。

这时，又一枚炮弹砸过来，落在破墙上，迸溅的砖石把静姝掩盖住了，她的额头被一块瓦击中，陷入昏迷之中……

谷少城把王中阳背回了兴隆寺，回头才发现静姝不见了。王中阳早已咽了气，谷少城把他轻轻放在地上，给他擦干净脸。王中阳从小到大总是脏着脸，现在走了，总要干净些。而后，谷少城提起刀——他还要把静姝带回来，还有29军的战友，还在等着他。

在另一条战壕里，赵丽芳带着几个女孩躲藏着。因为心有愧疚，许志芳也参与了救援。可是女孩们还没找到伤员，就被日军的一顿炮火轰得找不到方向，只能暂时先在战壕里躲着。飞机轰炸过后，日军改为坦克进攻，炮火越来越密集，进攻越来越猛烈，女孩们躲在战壕里不知该往何处去。她们背着的药箱已经布了一层灰，脸上也尽是尘土，有个女学生还被炸弹碎片给打中胳膊，手肘上一片乌青，还疼得厉害。

正当大家不知所措时，眼前突然出现了三个日本兵。他们见到战壕里的女孩，两只眼睛像贼鼠一般闪出亮光，叽叽咕咕说了几句日语，然后把枪口对准了女孩们。女孩们个个抿着嘴，屏气凝神地看着这三个日本兵。

赵丽芳悄声说："待会儿我假装投降，你们有枪的趁机把这三个日本人打死，听见了吗？"

女孩们都被吓傻了，根本没有听进去，赵丽芳又重复了一遍，问："听懂了没有？"许志芳深吸一口气，向她点点头，并在身后给枪上好保险。

赵丽芳举着双手，慢慢朝日军走过去，说："我们投降！"其中一个日本人根本听不懂中国话，毫不犹豫地拿起刺刀往她肚子上猛扎过去。许志芳还来不及开枪，被突然发生的一幕吓得慌了神，"砰"的一声，她的手枪竟然先走火了！这一声枪响惊动了对面的日本兵，赵丽芳见势不妙，强忍着肚子上的痛，拿出了一枚手榴弹。可她还来不及拔出引信，其中一个日本军大喊了一声："八嘎！"就又一刀刺向她的脖子。一股黑红的血像喷泉一般喷涌而出，赵丽芳睁着眼睛，想吐出一句话，可是喉头只往外冒着血泡，日本人又猛地把刀抽出，赵丽芳倒在地上，当场毙命。

后面的女孩哇哇乱叫起来，其中一个女孩比较冷静，她很快地夺了许志芳手里的枪，把杀死赵丽芳的日本兵一枪干掉，接着，另外一个带枪的同学也迅速给枪上了保险，把冲过来的日本兵一枪打死。大家看日本兵已经死了两个，大声叫喊着冲去与那最后一个日本兵搏斗，一个女孩把刚才杀死赵丽芳的刀捡起来，硬生生扎进了那个日本人的肚子里。

许志芳看见赵丽芳的死状，被吓坏了，她又想起那天夜里的伤员，想起王家宁的眼睛……她害怕地往战壕的另一个方向夺路而逃。许志芳逃了许久，终于停下了步子。她的胸腔里火辣辣地疼，她害怕极了。抬头看向前方，她已经从战壕里逃出来，再跑几条街，就可以回卢静姝家里避难了。想到这里，她的步子迈得更大，只顾往前狂奔。

女孩们把赵丽芳从战壕里抬起来，想把她带走，突然，对面一阵枪响，女孩们吓得松了手，四处乱逃。那个手臂受伤的女孩没来得及逃走，她在地上痛苦地匍匐着，有个女孩想要回去救她，结果一齐被日本兵乱枪打死。

“竟然三个军人打不过一群女学生，真该死！”

坦克上的一个日本兵轻蔑地看了一眼战壕里的女孩，那女孩清澈的眼里，分明地映出他的脸庞。

剩下的女孩们看见中国士兵还在浴血奋战，她们放下背上的药包，捡起死去战士们的大刀和步枪，一同参与了战斗。鬼子们尖利的刺刀扎在一个女孩肚子上，她吼叫一声，直直往前大跨几步，一刀劈在鬼子的肩膀，鲜血汩汩流淌而出，两个人一同倒在了地上。

叶天明看着战士们一个个在身边倒下，眼前又是一片眩晕。他倒在一旁，隐约地出现了幻觉——他看见一个妇人拉着孩子在滚滚硝烟中徐徐走来，可是他完全看不清他们的脸。旁边女孩痛苦倒地的声音让他顿时清醒过来，他很快地调整好自己的心态，回到战场中厮杀。他没有注意到，自己的泪水慢慢流了下来——他不是一个轻易流泪的人，身边的战友和那些女孩，给他留下了很大的震撼。日本兵被打急了，竟然直接抱着枪，叫喊着冲进阵地。叶天明迅速指挥大家进行白刃战。战士们提着大刀，这场你死我活的仗，在滚滚的硝烟和尘土中，只剩下厮杀声。叶天明坚持不久，又跪在了地上，一手扶额，一手撑地。一个拿着刺刀的日本兵趁机往他后背扎去，一旁的谷少城见势不妙，立刻伸手一刀把刺刀劈走。日本兵又开了一枪，从叶天明的后背直穿胸膛，谷少城反手一刀割在他的喉咙上，让他断了气。尔后，谷少城把叶天明扛起，找了掩体掩护。

“连长，喝水。”他把水壶打开，递给叶天明。叶天明把水壶推开：“拉我回去，我还能打。”

谷少城说什么也不肯，叶天明就硬撑着自己站起来，提着刀往日军冲过去，继续厮杀着。谷少城不敢离开半步，帮他挡去了不少挥舞着刀枪冲来的日本兵。

这场疯狂的白刃战，进攻日军全部战死，国民党军队也只剩下寥寥几人，谷少城重新整编了队伍，把两个营加上学兵营整成一个连，准备迎接日军下一次的猛烈进攻。

谷少城和战友抬着担架，扛着叶天明往卢静姝家走去，叶天明已经很虚弱，他努力从胸腔中发出声音，想让谷少城听见。

“谷少城……你把我放下……”

谷少城咬着牙，只顾往回走。他想起王中阳临死前，他没来得及带他回去……现在叶天明也让他停下，他是坚决不愿意的。许久，叶天明伸出手，紧紧攥住他的衣襟：“谷少城，把我放下，我想喝水。”

谷少城把叶天明放在地上，拿水给他喝。他大口喝了一顿，抹了抹嘴，笑道：“还能喝上一口水，真好。”

“连长，我先带你回去止血吧！”说着，谷少城又要抬他回去。

叶天明摇摇头：“这一刀太深，你别忙了，我、我还有话与你说。”叶天明在战衣的里面拿出一个油纸包着的东西，颤抖着，一层一层打开，是一张照片，他把照片拿给谷少城，指着上面三个模糊的影子：“中间这个是我的母亲。旁边这个高的，是我。而这个矮一些的……”

他失声痛哭起来：“是我弟弟，亲生的弟弟！”他因为剧烈的疼痛，艰难地咳嗽起来。往事一点点浮现，像走马灯一样呈现在叶天明眼前。

1936 年春，在与宁时雨的汉奸部队作战时，29 军扛着大刀片，与对方厮杀了一夜。当时的叶天明也是个慷慨激进的普通战士，一心想着在战场上立功。叶天明目睹自己的兄弟一个个倒下，活着的人在尸体堆里，早就杀红了眼。黎明将至，天边的猩红与地上的血红几乎染成一片。当他还在大砍伪军时，一位战友突然倒在地上，他往后一看，是一位非常年轻的伪军杀死了他。那个伪军满脸是血，浑身没有一块干净的地方，杀了人之后，脸上的表情似笑非笑，似哭非哭。看到叶天明，更是一脸难以捉摸的表情。叶天明提着大刀快步走过去，那伪军立刻跪在地上求饶，一边求饶一边喊：“大哥？大哥！”叶天明只当他是临死前还要耍什么诡计，举起大刀想为战友报仇。可是踌躇许久，刀没落下，他反复打量着眼前的人，总感觉有些熟悉。

突然，叶天明发现他的手伸进上衣口袋中，要往外掏出一个什么东西。叶天明杀了一天的人，总感觉对方会拿出一支枪来，就下意识挥刀砍去，年轻的士兵当场毙命。叶天明蹲下一看，原来他要掏出的是一张照片。

而这张照片，现在就被叶天明紧紧握在手中，已经皱成一团，上面还带了暗红的淡淡血渍、四周泛黄的痕迹。

叶天明本是山东人。有一年闹饥荒，好多乡亲活活饿死。叶天明一家不得不走旱路，闯关东。怨只怨天不遂人愿，路上，父亲被土匪杀死，弟弟被绺子抢去，生死未卜。母亲拉着叶天明，一路跌跌撞撞，才保了一条命。没想到弟弟竟然被土匪拉去做了伪军，更没想到的是，自己会亲手杀死弟弟。自此之后，他的每一场仗都打得小心翼翼。战场上的每个人都有家人，有父母，有兄妹，他无法直视自己杀死弟弟的事实，一度想通过逃避战争而逃避过去。可是过去的事已经发生了，他无法改变，作为军人，他必须要拿起刀枪杀死敌人，不然死的就是他——他曾经也想一死了之，可是他连死去的勇气都没有。别人称赞他骁勇善战，羡慕他的一身气概，可是没人知道，他每天全身心投入训练之中，是试图把自己从杀死弟弟的痛苦中拉扯出来。

谷少城听完叶天明的故事，一时之间不知道该说什么好。

“我命不久矣，没有什么好伤怀的了。”叶天明说，“我弟弟的骨灰在我宿舍里，你到时候帮我取来……如果我死了，你把我和我弟弟葬在一起……我向他好好赔个不是……”

谷少城不由分说，把他重新抬起来：“你不能死，我们这里的战士等你带领，你不能死!”说着，就往卢家跑去。

谷少城踹开静姝家的门，喊道：“来人！来人啊！叶天明受伤了!”

许志芳第一个冲出来，帮着一块抬了进去。护士们手忙脚乱，帮叶天明打麻醉药，取出身上的子弹，包扎、止血……叶天明沉沉睡了过去。

谷少城紧张地问护士长：“他还好吗?”

护士长摇摇头：“情况不是很好，子弹取出来了一颗，血也止住了，但是这里条件不是很好，如果可以，尽量要往医院送。”

许志芳一刻不离地守着叶天明，时而帮他擦去额头的汗水，时而检查他的纱布是不是在渗血。护士长“呀”了一声：“谷少城，你的腿上也在流血啊，快坐下，我帮你包扎！”谷少城往四处看了看，一把拉起许志芳：“其他学生们呢？怎么只有你在这里？静姝去哪了？她回来了吗？”

许志芳支支吾吾了半天，才说：“她们都去战场了……”

“日本人已经撤了，怎么她们没回来？”

许志芳半天憋不出一句话，一边的小护士也很疑惑：“对呀，你和她们一起出去的，怎么就你回来了？”

“我……我……她们让我回来取点东西，我就先回来了……”

谷少城打量了她一番，追问道：“取什么东西？”

许志芳还是说不出半句话，突然，谷少城的心里出现一个不好的念头。他顾不得许志芳，转身往门外跑，竹田江美好像知道了什么，也跟在后面。谷少城一口气跑到了城门，他看着四周，满眼凄凉。四处都是残垣断壁，他用尽全力大声喊：“卢静姝！”

“卢静姝！你在哪里？”

“卢静姝！你快出来！”

红十字会的人也出来帮忙一起找，竹田江美的眼眶红红的，她已然觉得事情不妙，只是她不愿意张嘴说出来。

天黑了，所有人都在劝谷少城放弃。

“少城，回去吧。静姝可能已经……”

“是啊……回去还有一屋子的活人等着我们呢，我们先回去吧……”

人们陆陆续续离开了，只有谷少城还在搜寻着静姝，连竹田江美都绝望了，她坐在土堆上一动不动，只是发呆，抹泪。可是，谷少城还在不停地搜寻，他的嗓子哑了，他也不管，他的伤口已经慢慢不再流血了，他也不知。终于，他在一堆砖石旁听见了微弱的口哨声，他循声而去，拼命刨那土堆。他的指尖都是血水，掺着污泥，他却没有任何知觉。竹田江美呆呆地看着他，他——他是不是疯了？

他真的疯了一样大喊：“静姝在里面！静姝就在里面！我听见她的声音

了!”

竹田江美一下冲了过来，帮着搬那些砖石。许久，他们终于挖出了奄奄一息的静姝。她满脸是血，紧闭着眼，嘴里还含着谷少城送她的口哨，在往外微弱地吐气。

谷少城背起静姝就往城内跑，腿上的伤因为用力过猛而伤口裂开，血又往外流。刚把静姝交给护士长，他就晕了过去。静姝从一片吵闹声慢慢睁眼，她看到谷少城就在不远处躺着，想伸手去拉他，可是怎么也抓不住。不一会儿，静姝也晕了过去。

竹田江美急得团团转，护士长给静姝检查完后，说：“静姝没什么大碍，只是长时间缺氧、缺水，加上饥饿，导致她短暂昏迷，身上有些伤，幸好都是皮外伤，休养几日就好了。”

院子里的人议论纷纷，说着北平部分地区已经沦陷的事，日本正在加速侵占平津一带。竹田江美从静姝的背包里找到了相机，去暗房里把照片冲洗出来。看着一张张惨不忍睹的照片，她不禁落泪。两任丈夫、静姝，还有她在宛平的每个朋友，都受到了伤害。她愤怒地把照片收进怀里，迫切希望让这些无数人用生命换来的血的见证公布于世。

当耳边响起亲切的“静姝”两字时，静姝仿佛看见了自己的母亲朝她伸出双臂，父亲在一边点头微笑。她轻声呼唤“爸爸、妈妈”，转头，看见竹田江美向她招手：“静姝，你饿不饿？我给你盛鱼汤。”

她慢慢睁开眼睛，发现竹田江美就在床边坐着。她一下痛哭起来，抱住了竹田江美。她想念自己的父亲和母亲，想念每一个死去的朋友。

她转头望过去，谷少城还在床上躺着，眼睛紧闭。她伸手想去把他的眉头展平，谷少城的手突然抓住了她，他嚷了一声“静姝”就醒了过来。看见静姝好端端地在他面前，他咧嘴笑了，喜极而泣地抱着静姝。

正当二人在彼此的怀抱中体会温暖时，许志芳跌跌撞撞跑了进来：“不好了！叶连长他……他牺牲了!”

谷少城跳下床，去寻叶天明。叶天明已经合了眼，像睡着那样安详。谷少城发现他的手里还拿着照片，他把照片拿过来，放在叶天明的胸膛。

护士们拉了白被单，盖过叶天明的头顶。谷少城想起叶天明交代的事，说道："连长让我回去拿他弟弟的骨灰。将来他俩要葬在一起的。"

还没有出门，几辆红十字会的卡车开过来，停在门外。这车是来接红十字会的医生护士回去的。有些车已经坐了一车人了，一个战士从车上匆忙下来，喊道："南苑失守了，北平也沦陷了！赵登禹将军、佟麟阁副军长已经殉国了，日本人很快就要进城了！这是最后一辆带走伤员的车，你们能上来多少人，都上来吧！"

"南苑怎么失守的？"

"28 日一大清早，鬼子出动 30 余架飞机轮番轰炸南苑兵营，然后是一阵猛烈密集的炮火狂轰滥炸。接着又派出了 40 多辆坦克装甲车，切断了守军北平方向的退路；守军被包围在狭小的营区内，在无防空武器被动挨炸的情况下，奋勇抗击，与日军展开了激战。佟麟阁副军长一直坚持在一线阵地，指挥军训团和学生兵作战，坚持战斗 3 个多小时。最终，鬼子在坦克掩护下突破了我方防线，守军被迫向北平撤退。"

大伙面面相觑，有人提议送走伤员，可是伤员们并不愿意离开。有人说，那把女孩们带走吧，女孩们都抗议起来。谷少城想送走静姝和竹田江美，可是她们俩态度坚决："松下次郎还在城里，不杀了他，我不安心！"最后，大家一致认为，要把荣生送走，他年纪最小，不应该在这里承受战争带来的痛苦。荣生喊道："我不走！我要为我爹娘报仇！"

"荣生，我有更重要的事要你做。"

荣生站直了身子："是！你说吧！"

谷少城看着他，把自己的帽子给他戴上："现在你是个小战士了。叶连长临死前让我将他和他的弟弟葬在一起，你带着他们回北平去。你到了北平，去医院找王家宁，他会帮你。等你长大了，再跟我们一起打鬼子！"

荣生抬起稚嫩的脸："不，我要留下来和大家共进退！"

"乖，你听话。"谷少城半蹲下来，摸摸他的头。但是荣生坚决不同意。少城说："那你先去，等你把叶连长的遗体带去火化，让连长入土为安了，再回来找我，我就在这儿等你。"

说完，他给司机打了个招呼：“您这一趟会经过学兵营吧？中途停下两分钟，让娃娃去拿个东西。”

司机点点头。竹田江美道：“荣生，我也有事要麻烦你。”荣生行了个军礼：“竹田江美妈妈，你尽管说，我一定完成任务!”竹田江美摸了摸他的头，把静姝拍的照片交给荣生：“这些都是静姝姐姐拍的照片，你一定要全部带到安全的地方，交给那边的长官们。”

“一定完成任务!”

谷少城把叶天明和王中阳的遗体送上车，可是许志芳一直不肯放手。谷少城把她拉开，她又扑了上来。大家劝道：“叶连长死了，你放手吧。”好一会儿，她才慢慢松了手，眼里一滴泪也没落，可是满脸都是哀愁。谷少城把荣生也送上了车，荣生道：“说好了，你在这儿等我的，一定。”

“一定。”

车子开走了，许志芳在车后追随了很久，她慢慢停下脚步，呆呆望着前方。那是她唯一喜欢的一个人，已经死去了，永远离开她了。几年前，兄长被日本人打死，母亲因兄长的死而伤透了心，精神失常，不久后就下落不明。许志芳一直想为母亲、兄长报仇，她恨透了日本人，恨透了日本的一切……可，当她真的来到战场，她不知所措了。看到身体断成两截的士兵，看到皮肉绽开的尸体，她心里的热血瞬间被浇灭，取而代之的是深深的恐惧。一车伤员的死虽然与她无关，可是她要一辈子活在恐惧和愧疚之中。如今叶天明死了，连唯一支持她活下去的理由也没有了。她在大街上漫无目的地走着，直到傍晚天见黑，才回到卢家。

不知道为什么，知道死之将至，人反而会变得更轻松，像是得到某种神谕，在神谕里得到解脱。不少人还把快一个月从未刮过的胡子清理了，人显得精神。

静姝给在场的每一位战士拍照，这些人中，有伤员，有护士，有她的爱人，还有她的家人——竹田江美。静姝唤道：“妈，你和大家站在一起，我给你们拍照。”

竹田江美整理好自己的衣襟，她的衣服有些肮脏，头发有些杂乱——

没有人会在意这些。听到静姝喊了一声“妈”，她的泪水忍不住落下来，随之是一脸的微笑。静姝不见许志芳，便问道：“许志芳去哪了？”众人摇摇头，赵丽芳道：“也许是跟着车子一起走了？她那么喜欢叶连长，可能跟着去了。”静姝的心情有些复杂，许久，她想到，这样也好，许志芳的状态并不适合继续留在这里。于是，她又继续给大家拍照。

胶卷只剩最后一张底了，静姝抱着相机，问道：“我还没与你一起拍过照，我们要不要……”

“当然要了。”谷少城爽快地回应着，他转身去扯了一块红色的桌布，挂在身后，“你快来，我们在这红布下拍照，就算结婚了。”

“哪有人这样结婚的呀！”静姝走过去，举起拳头轻轻捶着他。他一把拉住静姝，“等战争结束了，我就娶你。”

静姝点点头，把相机交给竹田江美：“妈，把我拍好看一些。”

“这里你最好看。”竹田江美答道。“咔嚓”一声，两人的笑容被定格在胶卷中。

傍晚时分，日军开始进攻宛平城。

南苑失守，北平沦陷，得知这个消息后，大家早已知晓，攻下宛平城对日本来说无异于探囊取物。可是没有人肯离开——人生自古谁无死，留取丹心照汗青！谷少城带着大家拿起武器，与日本人誓死一搏。

这时候，宛平已经没有退路了。要么战，要么降。谷少城转身去拿了一支枪，站在院子中央，大声说：“兄弟姐妹们，南苑失守了，北平也沦陷了，下一个一定是宛平。从九一八开始，日本人杀我兄弟，淫我妻女，毁我家园，占我河山，我们受了太多的屈辱。今天，我愿把这身血肉，染红这青天白日旗！城可以失，但抗日的信念不能失，宁可站着死，绝不跪着生！”

静姝伸手去挽住他：“誓死保卫宛平！”

院子里又躁动起来，那些躺着的士兵都扶着墙、椅子站起来，眼含热泪，喊：“誓死保卫宛平！”“一尺一寸国土，不可轻易让人！”

卢静姝和谷少城看着眼前这些伤员，看着这些柔弱的女孩，强忍着眼眶中的泪水。躺在床上的伤员们给枪上好了保险，女孩们脱下了护士服，摘下口罩，纷纷拿起了枪。静姝把相机和照片都交给竹田江美，叮嘱她照顾好家中的伤员，一定等她回来。

城中的人们殊死抵抗，宁死不屈。宛平城从来没有受到过这么猛烈的进攻，这或许是最后一次进攻了——每个人都深知结局，可没有人松懈。无论是战士还是普通百姓，面对日军，没有人往后退一步，哪怕刀尖已经扎进胸膛，只要还有一丝力气，就想多打死一个鬼子。

所有人都握紧武器，与日军决一死战。男人们发出野兽一般的低吼。那些日本人把刺刀扎在他们喉头，把子弹打进他们身体，有的人狂笑着，用手直直拔出刀，反手扎进日军胸膛，有的人穿过枪林弹雨，为后面的人铺上一条血路。日本人略显吃惊。已经到了尘埃落定的地步了，可是中国人依然奋勇抵抗着。战争一直持续到夜晚 8 点半——日军最终还是占领了宛平。街上的尸体堆积如山，日本士兵踏着中国人的鲜血，一路进了宛平。

静姝和谷少城在一堆废墟之下，互相依偎着。外面传来日本兵踏步的声响，他们不敢出声，只是大口喘着气。谷少城的左肩被刀砍伤，留下了深深的一道伤痕，疼得他龇牙咧嘴。静姝的情况更糟糕些，腿上中了一弹，子弹还没来得及取出来。日本人已经进城了，29 军的战士们死伤无数，眼看大势已去，二人对未来感到无奈。他们的身上都是鲜血，谷少城的左手紧紧握着静姝，她疼得快要晕死过去。

“我这辈子……能和你死在一起，也，值了。”

谷少城听了这话，用力笑着，“咳……我也值了……”

“不求与君同生，愿与君同死。”

谷少城紧紧握着静姝的手，他想把这样的感觉牢牢刻在心中。静姝看他的眼睛，慢慢垂了下去，她的腿伤让她感到无比的疼痛，可笑的是，正因为这样的疼痛，她稍微能清醒一些。她的眼前出现了无数人，赵丽芳对她微笑着，王中阳伸手想拉她一把却又不好意思地转脸过去挠挠头，父亲慈爱地看着她，叶天明还是那样正经地站在那……还有无数无数的战友、护士、朋友……谷少城想靠近她，最后吻她一下，但是还没碰到她的脸，他的肩膀就是一阵吃痛。他只好把头无力地落在她的怀里。他想起曾经快乐的日子，静姝来城楼上与他一起看宛平城的夜景，那样恬静美好。他想起自己的兄弟王中阳，那个时不时从嘴里爆出脏话的大男孩。

“少城……你能不能，带我回家？”

9点整，蓬头垢面的许志芳带领松下次郎和其他三个日本人进了卢静姝的家。她追着汽车离开卢家后，失神地走了许久，结果被松下次郎的手下发现了。看到许志芳是护士打扮，他们逼问她伤员的位置。许志芳只想活命，她带着松下次郎等人来了静姝家。

松下次郎看到厅堂里形色各异的伤员，满屋子带血的绷带、补给品，忍不住哈哈大笑：“他们中国人所说的，最危险的地方就是最安全的地方，竟然是这个意思。我怎么从来没有想过，你们会在自己家里救援伤兵？”

竹田江美没有回答，只是坐在厅堂伤员们的前面一动不动。松下次郎说：“你让开，这些中国人，都罪该万死！”

竹田江美微笑地看着他，回答说：“谁敢说自己的手很干净呢？”

松下次郎说：“你和我都是日本人，我不想伤害你，你跟我一起走吧。”

竹田江美不肯，倔强地坐在位置上说道：“我在这儿等我女儿回来。”松下次郎亲自去拉她，她也不肯走。拉扯中，她怀里的胶卷和相机一齐掉在地上。松下次郎弯腰捡起胶卷，仔细看了又看，鼻子里狠狠吐了一口气：“这是谁拍的？”

“是我拍的。”竹田江美说，“相机是我的，照片也是我拍的。”

“你身为帝国的人，竟然做出这样卖国的行径，你已经不是我们日本人了！”

“我是中国人！”竹田江美喊道，“我的孩子将来也是中国人！我是中国人！”她紧紧抱着相机，不肯松手。

松下次郎瞬间抽出腰间的刀，指着许志芳：“竹田江美，我最后给你一次机会，照片是谁拍的？你若不说，我就杀了她。”许志芳吓得脸色惨白，一下跪坐在地上。竹田江美的眉头拧在了一起：“你有事冲我来就是了，欺负一个手无寸铁的女孩算什么？”

松下次郎绕着许志芳慢悠悠地踱着步，刀背在许志芳脖子上来回划动，吓得她不住颤抖。“竹田江美，这些照片是谁拍的？”

“我拍的！”竹田江美坚决地说。

许志芳承受不了了，颤抖着喊道：“是卢静姝拍的！是卢静姝！”

“哦？”松下次郎收了刀，饶有兴致地问道，“是卢学初的女儿卢静姝？”

“对！是她！”

“她去哪了？”

竹田江美闭着眼睛，沉沉地吐了一口气：“静姝早就离开了，她是我女儿，我不会让你伤害她的，你永远也别想！”

松下次郎狰狞一笑，对着许志芳说：“去哪了？”

许志芳的意志都被摧垮了，发了疯似的摇头，“我不知道，不知道。”

看起来是真的不知道。松下次郎拉了一张椅子，斜着身子靠在一边：“竹田江美，你是日本人，我不想跟你计较。这样吧，你动手杀了这女孩，我就带你一起回日本。”

许志芳跪地求饶：“竹田江美阿姨！我不想死……你别杀了我！”

竹田江美摸着许志芳的头，说：“我不会杀了你的，我是中国人！”

松下次郎有些愠怒：“你是日本人生的，日本人养大的，怎么就是中国人了？”

“我的丈夫是中国人，我的女儿也是中国人，将来我肚子里的孩子，也是中国人！”

松下次郎突然抽出刀，刀光在许志芳脸上闪过，刀架在竹田江美的脖子上：“竹田江美！你是日本人！”

竹田江美没有说话，闭上了眼睛，用手抚摩着隆起的肚子，轻轻地唱起了歌，歌声在寂静的屋子里回荡着，正是反战争的日本歌谣《你不要死去》：

你不要死去，
你不要死去！

天皇不会亲自参加战役。
皇恩浩荡，
岂能有这样的旨意，
让人们流血而死，
让人们死如禽兽，
还说什么
这就是荣誉？

松下次郎突然神色一紧，这首歌他曾听几个日本女人唱过，可是他并不喜欢这首歌——反对战争？没有战争，哪有你们这样舒坦的生活？松下次郎忽然咆哮，对着身边的日本人说："杀了她，杀了这个日本女人！"

可是旁边的日本人犹豫了，迟迟没有开枪。

中国的领土比帝国大太多了，不先发动战争统治中国，统治中国人，将来就叫中国人侵略！松下次郎毫不犹豫地把刀刺向竹田江美。竹田江美倒地，嘴里又吐出没唱完的歌谣，安详地闭上了眼睛。

"开枪！开枪！"松下次郎尖着嗓子咆哮。厅堂里响起杂乱的枪声，那些躺着坐着的中国士兵，都饮恨而终。

松下次郎又是猛地一刺，竹田江美的眼睛黯淡下去。他疯了一样连刺了好几刀："你是日本人！是大日本帝国的人！宛平沦陷了，北平也会沦陷，中国最终由帝国统治！将来全世界，都是由帝国统治！"许志芳吓得退到了墙边，心中十分慌张，用指甲在墙上留下一道道恐惧的痕迹。

松下次郎大口喘着粗气，紧咬着牙，额头青筋暴起。他用刀划开竹田江美的肚子，污血流成一片。接着，他丧心病狂地笑了，并从里头挑出一个已经成形的胎儿："竹田江美，你这个孩子分明就是日本人！你看他这手，这腿，很适合做一名武士！"许志芳被眼前的一幕吓得呕吐连连，松下次郎冷眼盯着她，她颤抖地跪在松下次郎脚边，不停磕头道："我知道的都会告诉你，你别杀我……别杀我……"

松下次郎提着刀，慢慢举起："你们中国人也不过如此，什么爱国，全都是笑话!”这时，耳边一阵女孩的尖叫，他回头一看，竟然是受了伤的静姝举着刀冲他砍来。松下次郎一个侧身躲过静姝一刀，又抬手往她腕上一打，打落了她手里的刀。松下次郎大笑道：“刚要找你呢，你倒自己上门来了!”说罢，便要举刀去刺静姝。谷少城见状，一个箭步飞奔而上，往松下次郎的手臂连开两枪，松下次郎后退两步，瞪着谷少城。“谷少城，你没死啊!”许志芳跪在地上喊了一句。

原来，谷少城带静姝回家，看到了松下次郎的车子停在门口。那些日本人时而笑成一团，时而叽里呱啦，不知道在说些什么。就听见正堂传来松下次郎的声音。静姝看见他杀了竹田江美，一时悲愤至极，拾了刀就要来寻仇。

松下次郎瞪着谷少城：“士兵……我见过你！当时就该杀了你!”

“可惜你没有，所以我来杀你了。”谷少城冷冷地说，“卢静姝，你给我在边上待着，看我帮你报仇。”

“报仇?”松下次郎冷笑一声，用那只受伤的还在淌血的手，狠狠扯着许志芳的头发，许志芳疼得涕泗横流。“我这里还有个人质，你确定要报仇?”谷少城的磨牙咬得咯咯直响，手上的枪也几乎要被攥出汗水。松下次郎大笑道：“你把卢静姝换给我，我就把这女孩送过去，我们做个等价交换，如何?”“不可能!”谷少城想都不想，就回了一句，并把枪对准了松下次郎。松下次郎狠狠踢了许志芳一脚：“这个学生对我来说没什么用处，倒是卢静姝，拍了这么多照片，可恶得很。你把卢静姝交给我，我大不了送你们出城!”

“不可能!”

许志芳的头发叫松下次郎扯得生疼。松下次郎把门外的保镖都喊了进来，众人看到这一幕，惊讶极了。接着，松下次郎又威胁道：“这个学生对我没用，杀了就是杀了，你再考虑考虑，用卢静姝能换你们全身而退，不好吗?”二人对峙着。静姝把竹田江美身边的相机藏了起来，然后说道：“可以，但你要保证，让他们平安出去。”

谷少城气坏了，一把把静姝扯了回来：“你不准过去!”静姝咬着牙，摇摇头："我们出不去的，外面都是日本人！"

谷少城看了看周围的日本人，把枪丢在一旁，笑道："好，我看我也是逃不出去了，我先跟你说了吧，静姝我是肯定不会交给你的，纵然我死，也不会把她交给你。反正要死了，你就满足我最后一个心愿。我素来喜欢和人比个高下，你拿着那日本刀，颇有一副武士的样子，不如就看看你那日本刀和我的中国大刀相比，谁高谁低？"

松下次郎笑了笑，让许志芳滚去静姝那一边："看来你们是抱了必死之心了，那就好好团聚吧！"又唤左右去拿两把干净的刀来："我也想看看，是你们中国人刚烈，还是我们日本人勇猛。"

静姝抱着哭泣的许志芳，满脸不安，低声对谷少城道："你让我过去吧，他们就要我一个人，你受了伤，肯定打不过他的。""你傻吗？日本人的话你也信！就算你换了我们，我们也不一定能保命。况且……我怎么会拿你去换！"

松下次郎喊道："你们说些什么呢！快动手啊！"谷少城猛地转身，张大了嘴，喊着冲过去，直直劈向松下次郎。松下次郎轻松闪过，一脚踢在谷少城的腿肚上，使他倒在地上，谷少城一个鲤鱼打挺，又要去刺松下次郎，松下次郎正往后躲，没想到谷少城竟然扭了刀的方向，往他腰上砸去。松下次郎吃痛地把刀高高举起，狠狠劈向谷少城的大刀，两把刀直直撞在一起，发出强烈的震动，二人的手一松，刀均落在地上。两人对视一眼，谷少城先反应过来，抽了地上长长的日本刀，刺进松下次郎腋下，松下次郎翻了个滚，顺手拾了中国大刀，砍在谷少城的大腿。不一会儿，二人又觉得对方的刀用得不顺手，于是丢了刀，扭打在一起。静姝见状冲过去把相机带勒在松下次郎的脖子上，周围的保镖马上举起枪，对准了卢静姝。

"你们输了！"卢静姝尖着嗓子喊，"你们输了！"

谷少城慢慢站了起来，他已经满脸是血。狠狠往地上啐一口血水，道："松下次郎是你们的头儿？要保他，就放我们出城。"说着，捡了一支枪，对准松下次郎的脑袋。

保镖们吃了一惊，没想到竟会发生这样的事。他们先端起了枪对着谷少城，其中一个大喊：“放下枪！松下先生在他们手上！”那些日本人迟疑一会儿，才放下枪，赶紧把车开过来，可是松下次郎却喊道：“你们是大日本帝国的人吗?！让他杀了我吧，这里的人一个都不能放走！”谷少城气得举起手，往天上开了一枪：“你住嘴！”对面的日本人不敢有大动作，僵持许久，对方把车让了出来。谷少城先让许志芳把静姝扶上了车，又把枪交给许志芳：“你拿枪顶着他的头！我把他手脚捆了！”松下次郎冷笑道：“我是不会屈服的，你有本事就杀了我！”谷少城嫌他烦，随手从衣服上扯了一块破布，塞进他嘴里。

对面日本人不敢轻举妄动，只能站在那儿，看着谷少城把松下次郎带上车。谷少城一踩油门，驱车而去，气得松下次郎心里直骂娘——怎么这群日本人这么孬?！

还没出宛平，谷少城有些担忧地问：“后面有日本人吗?”许志芳点点头：“有几个人，跟了一路了。”正说着，车后一阵枪响，看来日本人已经迫不及待要杀死他们，也顾不得松下次郎还在车上。松下次郎嘴里含着破布，哇哇乱叫，倘若是痛快给他一枪也就罢了，可是这样胆战心惊的，真是痛苦。接着，后头又扔了几枚手榴弹，谷少城屏气凝神，加快车速，一路开出了宛平城。才到郊外，静姝突然说道：“少城，不要再开了，带好枪，我们下车！”

许志芳有些激动：“我们好不容易跑出来，只要往北平去就好了，为什么还要下车?”静姝说：“那些日本人发现松下次郎被掳走，一定会一直追的。我们的车里有我这个伤员，少城也受了伤，你是个女孩子，与其正面迎战，不如先藏在林子里，他们找到松下次郎，就不会花太多心思在我们身上了。”“那把松下次郎丢下去不就好了！反正我不离开，有车谁还走路呀！”静姝摇摇头：“去北平可能一路很多日本人，开车太显眼了，我们路上如果遇到百姓，可以跟着一起假装是逃难的。”许志芳点点头：“那松下次郎怎么办?”静姝看着松下次郎，这个曾经儒雅的男人，曾经与卢学初相谈甚欢的男人，成了她的噩梦。她紧闭着眼，咬着牙：“我们杀了他！”谷少城第一次听见静姝这样愤怒又悲伤的语气，他愣了愣，随机展开眉头：

“杀了他！他手上那么多条人命，死不足惜！”

谷少城停下车，身后没有日本人追来。他把松下次郎的手脚又捆了两圈，把他架在驾驶座上，然后启动了汽车。许志芳扶着静姝，喊道：“后头日本人追来了！”谷少城不慌不忙，搬了一块石头压在油门上，汽车往反方向疾驰而去，他又狠狠丢了一枚手雷在车上。轰鸣之后，汽车炸成无数碎片。谷少城抱起静姝，对许志芳说：“走吧。”静姝在谷少城怀里落了泪，她惨白着脸，说：“谢谢你，替我父亲报了仇……”

身后的日本人追了过来，谷少城有伤，跑不快，带着她们钻进树林里。三个日本人紧追不舍，追杀而来。他把两位女孩藏在树丛里，独自扛着大刀站在路上，满身伤痕，满脸血污，但是威风凛凛。

三个日本人举着武士刀，往谷少城冲过来，谷少城敌不过多人，才伸手一刀砍了一个，身旁两个日本人又冲过来。不出几个回合，谷少城身上就挨了好几刀，衣裤都被划破，鲜血流了下来。谷少城硬撑着又砍死一个鬼子，另一个鬼子平举着刀，直直刺过来，谷少城无法回避。正在这千钧一发之际，许志芳从旁边冲出来，挡在谷少城前面，迎着鬼子的刀，看着它直直穿过了身体，然后倒在谷少城的怀里。刀刺进谷少城的肋下，她死死地抱着日本人。

日本人想拔刀与谷少城再战，已经来不及了，被谷少城一刀砍下脑袋。谷少城已然全身无力，再也撑不住了，倒在地上。卢静姝爬了过来，抱着谷少城和许志芳，忍不住哭出声来。

许志芳脸色苍白，露出一点笑意，艰难地抬起手，说：“对……不……起……”然后永远闭上了眼睛。

谷少城醒来，已经是三天以后，在城郊远处的一个民房里。

尾声

卢静姝陪着谷少城，在农家休养了几个月，渐渐恢复了元气。他们悄悄进了北平。

西单大街的沙袋撤了，所有的城门都打开了，多了许多日伪军和警察，茶馆酒楼照常开着，喝酒的，狎妓的，赌钱的，处处看来都跟原来一样，可是处处都已经跟原来不一样。

谷少城心中百感交集，几乎失声痛哭，静姝只是紧紧地拉着他的手，默不作声。这几个月，她失去得太多了，她有些害怕，害怕再次失去眼前这个能与她相濡以沫的人。

谷少城未再回到29军，他听闻张自忠将军战死，也只是深夜里对着浩瀚苍穹，敬上檀香三炷，水酒三杯。

他们隐姓埋名，在北平生活了两年。风雨如晦，鸡鸣不已。

一天夜里，谷少城迎来了两位老朋友——王家宁和荣生。

王家宁的伤势已经痊愈，他拉着荣生，找到了谷少城和卢静姝。夜里，几个人一起奔赴延安。

王家宁早在七七卢沟桥事变之前，就已经是中国共产党的一员，他一直联络着那些志同道合的抗日志士，为国共合作付出各种努力。他们在国民党军队里看到了许多难以消弭的鸿沟和分歧。

他们相信，只有中国共产党，才能救中国。

后记

讲两个小故事。一是，记得小时候我和妈妈有一次对话。我在院子里扛着“枪”玩，妈妈问我：“长大了要去当兵吗?”我答：“对啊。”“干吗当兵啊？要是牺牲了，就见不到妈妈了，怎么办？你不想我吗?”妈妈反问我。我说：“要是我牺牲了，多光荣啊，您就是烈士家属了。”“傻儿子，你牺牲了，谁养妈妈啊?”妈妈问。我认真地说：“董存瑞、黄继光都是英雄，他们牺牲了，谁养他们的妈妈？会有千千万万的儿子养他们的妈妈……”这段对话成为我和妈妈日后常常回忆的话题。小时候的我受黑白电影的影响巨大，“向我开炮”“一条大河”的声音今天都时常回荡在我的脑海里。二是，有一次和朋友小酌闲聊，我讲了一个小故事让他选择。一个将军爱上了一个姑娘，他答应在月圆的时候来娶她。就在迎娶新娘的路上，边关告急，将军没有完成自己的承诺去娶她，而是奔赴边关守卫疆土。如果你是这个将军，你会选择留下娶她还是去边关作战？我的朋友反问：“那姑娘美吗?”“哈哈，如果那个姑娘漂亮又有才华，你会留下？还是那个姑娘有钱、相貌平平，但她很爱你，你会留下？你怎么选择?”当天晚上我一直做一个梦，一个去战场的梦，梦里有一个人在等我回家！

今天手拿着热腾腾的《宛平城下》小说的初稿，我突然想起2017年10月我与编剧张琪在北京的一次对话，我对她说我想写一部电影，你愿不愿意和我一起来创作它？她问我是什么样的电影，我说是一部战争与爱情的电影，讲一个男孩爱上一个女孩和守卫一座城的故事，一个人徘徊在绝望与希望、毁灭与重生之中的故事。她问，这个故事是你的电影处女作吗？我说我希望它是。为什么是它？她问我，你要一个什么样子的电影，想讲什么？

电影《宛平城下》应是一个战争与爱情的故事。任何一个时代的人都有爱情，爱情来的时候我们自然选择爱情。强情节电影的特质就是按照细节逻辑建立起来一个又一个强烈的冲突——一个你死我活的冲突、一个力量悬殊的冲突、一个具有强烈对比的冲突。在冲突面前，人要做出选择！在我们的生活中也面临着各种各样的选择：关乎尊严和底线的选择，答案是唯一的；有关诱惑的选择，人们给出的选择是多种多样的。我时常问自己，面对选择，自己会怎么做？在我心目中，承诺是选择的一个支撑点！因此，我在作品里，让人有个承诺——对一个人坚贞不渝的承诺、对一座城不离不弃的承诺。这个承诺便是爱吧，爱也是我希望在故事里呈现的要素。当然，《宛平城下》讨论战争更强调国家意志，也时刻关注着战争下的个人命运。电影中的战争会让"突突突"的快感体现得淋漓尽致，电影的商业逻辑就是让肾上腺素膨胀。但电影里只有快感是不够的，它还要有悬念——战争中主人公想活下来是一种本能，在用生命展开对抗的危机处理中，你死我活就是一种悬念。更进一步说，主人公面对为人民负责和发生爱情时，道德与感情之间产生了一种微妙的对抗，战争是正义与邪恶的角力，此间，爱情只是一种载体，选择才是根本。

其实，我不是一个喜欢讲大道理的人，只是想讲一个故事给大家听。因为我一直认为只有在战争状态下才容易找到真正的浪漫、才容易遇见不离不弃的爱情，也才能挖掘出一种不可泯灭的人类精神。《宛平城下》表达的是特殊情境下的爱情，壮烈牺牲与猛烈感情冲撞出的爱情有纯美的力量，它也可以看作是对战争残酷性做极致的表达！

小说和电影表达的故事已经不一样了，但它们依旧有一个关于“人的选择”的共同主旨！

由于电影梦一直没有实现，所以便有了写小说的想法。琪琪给了我很多的帮助，现在大家看到的小说《宛平城下》有一半功劳要归属于琪琪。随后我又遇见了两位志同道合的朋友：一位和我共同创作的邱老师，我问邱老师有没有可能深入挖掘人对战争的态度、有没有可能描写人物在战争前后矛盾复杂的心态变化！他的回答是，没有问题，但小说和电影是两种不同的表达。随后我们便开始了小说的创作。还有一位是帮我出版这本书小说的许先生！他一直鼓励我坚持写完作品。

宛平城，一块弹丸之地！守城的29军在宛平城全军覆灭！当年守城的1400名官兵在面对侵略者时，义无反顾选择了坚守！我用个人的视角讲述29军誓死抵抗这一悲壮的故事，是为了表达敬意——致敬可歌可泣的他们，致敬他们为个人为国家做出坚守的选择，致敬这种巍然树立着的有伟大人格力量的国格精神。

任　重

2018年10月25日